태양을 삼킨 사냥개

태양을 삼킨 사냥개

초판 1쇄 발행   2025년 10월 28일

지은이 | 이상근
만든이 | 이한나
펴낸이 | 이영규
펴낸곳 | 도서출판 그린아이

등록 연월일 | 2003. 12. 02.
등록 번호 | 제2-3893호
주소 | 서울특별시 은평구 녹번로 6-11, 201호
전화 | 02)355-3035
이메일 | gmh2269@hanmail.net

ⓒ이상근, 2025

책값은 뒤표지에 있습니다.
잘못 만들어진 책은 바꾸어 드립니다.
무단 전재 및 복제를 금합니다.

ISBN 979-11-91376-62-3(03810)

이상근 장편소설

태양을 삼킨 사냥개

어느 사냥개의 토사구팽 이야기

그린아이

눈을 감으니 보이더라

　직장생활을 경험해본 8~90년대 사람들의 이야기입니다. 회사를 위해 목숨도 바칠 듯 열심히 일해온 직장인들의 절규를 귀에 담았습니다. 토요일과 일요일, 국경일마저도 반납하고 야근도 일상처럼 살아온 산업인들이었지요. 쥐꼬리만 한 월급에 웃고 울던 세대들의 시대적 아픔을 노래했습니다. 그 시대의 외침을 잊지 않기 위해서요.

　밤늦은 퇴근, 말은 없어도 자연스럽게 줄 서듯 술집으로 향했던 발길, 술에 의존하며 하루의 피로를 풀던 당시의 이야기입니다.

　노란 월급봉투를 손에 쥐는 날, 그날 하루는 가장의 체면이 서는 유일한 날이었지요. 취한 발걸음에 몸은 비틀거려도, 손에는 튀김통닭 한 마리를 움켜쥐고 있었습니다. 아내와 자식들의 환한 모습을 그리며, 집으로 향하던 가장의 등 굽은 뒷모습을 보고, 한 번이라도 눈물을 흘려 본 적이 있습니까. 아침에는 꽃처럼 웃고, 밤에는 된서리맞은 나뭇잎같이 축 처져 살아온 삶이었습니다.

　서울 올림픽이 끝나자 다시 불어온 노조 설립의 광풍은 회사와 사원들, 사원과 사원들의 불신과 투쟁을 불러왔습니다. 오직 직장을 위하는 것이 내 가족을 지키는 것으로 알고 살아온 순박하기만 했던 사람들이었습니다.

　노사분규는 직장의 질서와 평화를 깨는 시작이었습니다. 그때는 그나마 애사심, 소위 주인의식이 있어서 나는 회사였고 회사는 곧

나였지요. 그러나 위장취업자들의 선동으로 노조는 무조건 선이요 희생자였고, 기업은 무자비한 착취자요 악이 되더군요.

삶의 터전인 회사에는 직장폐쇄와 폐업이 유행처럼 번지기도 했습니다.

토사구팽을 아십니까. 회사가 노조의 극한 파업으로 어려울 때 불 속으로 뛰어든 어느 직장인들의 가슴 아픈 이야기를 그려보았습니다. 만신창이가 되도록 회사를 살렸으나, 그 대가로 회사에서 버림받았던 사람들의 아픈 이야기들을 하나하나 모았습니다.

눈을 감으니 보이더군요. 눈을 크게 뜨고 바라본 세상과는 달리, 마음을 정리하고 눈을 감으니 숨겨졌던 모든 것들이 보이기 시작했습니다. 용서와 화해를 위한 눈 감음의 시작이었지요.

회사를 위해 열심히 일한 직장인들에게 찬사를, 회사를 살리고도 토사구팽을 당한 억울한 이들에게 위로를 보냅니다.

긴 세월 묵묵히 곁을 지켜준 아내와 착하게 성장해준 두 아들에게 고맙다는 말을 해줄 수 있어 감사합니다.

곤지암천 가에 앉아서
계영 이상근

차례

프롤로그...4

제1부 아름다운 이별...7

제2부 천하삼분지계...59

제3부 토사구팽...113

제1부

아름다운 이별

정문을 열고 들어서자 회사는 온통 붉은 물결이었다. 남녀 사원들은 머리에 붉은 띠를 둘렀고, 허공은 붉은 깃발이 파도를 이루고 있었다. 힘차게 부르는 노래도 붉고 고함도 붉은색이었으며, 그들의 눈도 하나같이 붉었다. 어제까지만 해도 온통 푸른색이었던 회사가 초래한 하룻밤 사이의 변화였다. 온통 붉은 물결이 왠지 생소했다.

회사뿐만이 아니었다. 회사 뒤편에 멀찍이 자리 잡은, 깊은 여름의 광교산마저도 때 이른 단풍처럼 온통 붉게 물들어 보였다.

간부사원 비상 회의를 마치고 박상조 과장이 내려왔다. 과장 주재로 회의가 열렸다.

"오늘부로 회사에 노동조합이 설립된 것은 사실입니다. 수원의 한 대학에서 약 300여 명이 모여 발기인 대회를 열고 노동조합 규약까지 제정한 것으로 밝혀졌습니다."

직원들은 모두가 받아들이지 못하는 표정이었다. 언젠가는 유행병처럼 번지고 있는 노동조합이 제일정밀에도 생기는 것은 당연한 일이라고 나는 생각해왔다. 시기가 문제일 뿐이었으니 크게 놀랄 일은 아니었다.

"위원장으론 누가 선출되었나요?"

내가 물어보았다. 노조가 설립되었다는 것보다 더 궁금한 것은 누가 위원장이 되었는가였다.

"제작과의 정여포가 위원장이 되었답니다."

나는 정여포가 위원장이라는 말에 놀랐다. 고개를 좌우로 흔들었다. 믿어지지 않는 사건이었다. 노동조합 위원장쯤 하려면 교활하고, 소위 잔머리를 잘 굴리고 배짱도 두둑해야 하는데, 내가 아는 정여포는 그럴만한 위인이 아니었다. 평소에 정직하지만 리더십이 부족했다. 대중을 사로잡는 말재주도 없었다. 누군가로부터 조종당하는 바지사장은 아닌가 하는 강한 의구심이 드는 것은 왜였을까? 도저히 이해가 되지 않는 노조위원장의 등장이었다.

내가 근무하는 제일정밀에서 노동조합은 있을 수도, 있어서도 안되는 금기어였다. 회장부터 사원들에 이르기까지 대부분 그렇게 생각하고 있었다. 사원들은 그만큼 회사에 대한 자부심이 대단했고, 아울러 회장을 비롯한 중역들도 자만심이 팽배해 있었다. 자부심이었든 자만심이었든 노조는 남의 회사 일처럼 여겨온 것은 사실이었다. 회사를 온통 보랏빛 희망으로만 생각해왔던 어제까지는 그랬다.

운동장에서 펼쳐지는 붉은 파노라마는 노조위원장으로 선출된 정여포의 이른바 신고식인 셈이었다. 지도부의 면면을 보니 어제 금성식당에 모였던 제작과 직원들이 대다수였다. 모임이 있어 금성식당에 갔다가 회식하고 있던 그들과 마주친 것은 묘한 우연이었다.

정여포의 수염은 전날보다도 더 길며 덥수룩하게 보였다. 얼굴은 웃음기 하나 없는, 자못 근엄한 표정이었다. 전혀 어울리지 않는 모습이라는 생각이 들었다. 나도 모르게 웃음이 나왔다.

총무과 직원 한민주가 찾아왔다. 사장실로 급히 올라오라는 상무의 지시를 전달하기 위해서였다. 김구천 상무실의 여비서가 갑자기 퇴사하는 바람에 한민주가 임시로 비서 역할을 하고 있었다.

"새벽같이 출근해서 대기하시라고 했다면서요?"

"상무님이 그러셨어?"

"네."

아침에 김구천 상무가 급히 출근하라고 했다는 당직 사원의 전화 속 목소리가 생각났다.

사장실에 조심스럽게 들어섰다. 맹철종 사장과 중역들이 모두 모여서 심각한 표정으로 앉아 있었다. 싸늘한 분위기 속 중역들의 집합이었다.

사무실은 담배 연기로 숨쉬기조차 힘들었다. 마치 깊은 계곡에 짙은 안개가 내려앉은 듯한 모습이었다. 무겁다는 생각이 들었다. 침묵으로 포장된 긴장감이 사무실을 압도했다. 꿈속에서조차 생각하지 못했던 노조 설립, 출근해 보니 붉은 파도가 격랑을 이루는 이 비상사태 앞에서 누구도 먼저 말을 꺼내기가 쉽지는 않았을 것이다.

운동장에서는 노조원들의 노래와 구호 제창이 반복되고 있었다. 오늘 창립한 신생노조였으니 구호와 노래는 당연히 크고 우렁찼다. 내 귀에도 이처럼 크게 들리는데, 전혀 무방비 상태였던 중역들에게는 더 큰 함성으로 들렸을 것이다. 사장을 위시한 중역들에게 보내는 압박처럼 느껴졌다. 마치 중국 한나라 군사들의 사면초가 속에 포위당한 항우의 처지가 이러했을 것이라는 생각이 들었다. 서리맞은 호박잎이었다. 모두가 누렇게 떠서 고개를 숙이고 축 처져 있는 형상이었다. 입맛을 쩝쩝 다시고 있는 모습들이 그런 상상을 가능하게 했다.

사장실에 들어와 2분여가 지나도록 서 있었다. 누구 한 사람 알아채지 못하고 있었다. 서서 기다리는 내가 도리어 민망스러웠다. 나는 크게 헛기침을 했다. 창가에 서서 계속 밖을 바라보고 있던 김구천 상무가 돌아보았다. 그리고 자리로 돌아왔다.

"우공명이 왔구나. 여기 앉아라." 하며 나에게 자리를 권했다.

"회사가 그렇게 잘해주었는데 뭐가 불만이어서 지랄들이야, 지랄은."

내가 자리에 앉자 옆자리의 박철 이사가 약간은 짜증스런 투로 말했다.

"그러게 말예요. 쟤들한테는 아무리 잘해 줘도 소용없어요. 결국은 노조나 만들고."

나의 맞은편에 앉아 있던 길상천 이사도 푸념 섞인 원망으로 거들었다. 평소에 잘해 주었다고 자부하는 중역들이니까 할 수 있는 말이었다. 그러나 그것이 한계였다. 김구천 상무는 작은 수첩 하나를 내게 던져주었다. 그들의 푸념 따위는 애초부터 신경쓰지 않는다는 표정이었다.

"자네는 글을 잘 써서 불렀네. 오늘부터 수시로 내려가는 내 지시 사항들을 그 수첩에 꼭 메모해서 착오 없도록 하게."

"네, 알겠습니다."

"일단 오늘은 일반 사원들에게 동요하지 말라는 글 한 편과 노조원들에게 과격 행동은 자제해 달라는 글, 그리고 용인군민에게 보내는 글, 이렇게 세 편을 써서 가져와 봐."

나의 직책은 기계설계과 계장이다. 업무와 어울리지 않게 나는 평소 문학을 좋아했다. 나처럼 문학에 관심이 많았던 김 상무는 당시까지만 해도 나의 후원자였다. 나는 김구천 상무의 지시에 따라 옆의 탁자로 옮겨서 홍보문을 작성했다.

완성된 세 편의 글을 건네자 김 상무는 꼼꼼하게 읽어보았다. 몇 군데 수정해서 총무과 직원 B에게 넘기며 급히 인쇄해 오라고 지시했다.

"우 계장은 오늘부터 중역실 주위에서 항상 대기하고 있어. 언제든지 내가 찾으면 바로 올 수 있는 거리에서 활동하라고."

"네."

대답은 하고 나왔으나 왠지 모르게 썩 내키는 기분은 아니었다. 이 세 편의 글이 내 운명을 어떤 모습으로 바꾸는 계기가 될지를 그때는 몰랐다. 불길한 앞날을 예고하는 글이었다.

총무과의 한민주와 도서실의 오강희 영양사가 들어왔다. 오강희 영양사는 도서실 사서를 겸하고 있었다. 나와 눈이 마주치자 오강희는 활짝 웃으며 반가워했다. 한민주의 손에는 찻잔 쟁반이 들려져 있었다.

　한민주가 차를 한 잔씩 돌리는 사이 김 상무는 오강희를 따로 불렀다. 그녀가 긴장된 표정으로 다가갔다.

　"내가 그동안 읽었던 책들이다. 모두 반납해. 그리고 식당 밥에 대한 불만들이 계속 터져 나오는데 어찌된 일이야?"

　"식사 메뉴 선정부터 지배인의 통제가 워낙 심해서……."

　"아직도 지배인이 계속 관여해? 이 사람, 정말 안 되겠군."

　"……."

　"알았다. 내가 알아서 할 테니 영양사가 좀 더 신경써라."

　강희와 민주가 나가면서 손가락을 펴서 도서실 쪽을 가리켰다. 오라는 뜻이었다. 이 비상 상황에서 무엇이 좋은지 두 사람은 밝고 쾌활한 모습이었다. 신경이 곤두선 중역들의 눈에 띄였으면 한마디 듣고도 남을 일이었다.

　도서실에 들어가니 꽃향기가 그윽하게 깔린 듯했다. 낯익은 향기였다. 강희가 민주와 함께 차를 마시고 있었다. 내가 자리에 앉자 민주가 일어서서 찻잔을 들고 와 내려놓았다. 펄펄 끓는 주전자의 물을 따랐다. 역시 국화차였다. 움츠러들어 있던 국화 꽃송이가 활짝 피는 모습이었다. 며칠 전에 '어머나, 국화가 다 떨어져 가네' 하던 강희의 중얼거림을 들은 적이 있었다.

　"계장님이 좋아하신다며 어제 퇴근길에 강희 언니가 성남 모란

시장에 가서 다시 사온 거예요." 하고 민주가 말하자 강희는 "얘는." 하며 눈 흘기는 시늉을 했다. 밉지 않은 눈흘김이었다.
 "계장님은 행복하시겠어요."
 민주가 호들갑을 떨면서 나를 바라보았다. 그리고 강희의 표정을 살폈다. 생글생글 웃고 있는 강희의 모습에 조금은 질투심이 가미된 민주의 표정이었다. 나는 애써 그들의 대화를 외면하고 국화꽃의 운명을 생각하고 있었다. 살아서는 찬서리를 맞고 피는 꽃이 죽어서는 뜨거운 물에 잠겨야 피었다. 생사가 너무나 다른 국화의 운명이다. 하얀 찻잔 안에는 노란 감국 한 송이가 활짝 피어 있다. 환하게 웃고 있었다.

 일반 사원들도 노동조합의 현실을 받아들이고 있을 무렵 새해가 되었다. 날씨가 풀려서 멀리 보이는 광교산과 회사 앞산에 진달래와 벚꽃이 흐드러지게 피기 시작하는 4월이었다.
 출근하자 김 상무가 급히 찾았다. 계속 미루던 임금협상을 노조가 제의하여 3차 협상까지 간 것은 나도 잘 알고 있었다. 그런데 오늘 갑자기 비상이 걸렸다. 노조 역시 분주하게 움직이고 있었다.
 "오늘 노조가 일방적으로 협상 결렬 선언을 하고 쟁의 신고를 접수하였으니 항상 대기하라."
 "네, 알겠습니다."
 노조는 당장 준법투쟁을 가장한 수시파업에 들어갔다. 사실 노조는 원래 조합원들의 단합과 불만을 달래기 위해서 가끔은 파업을 하기도 한다.

제일정밀의 노동조합은 명분이 없는 것도 아니었으나 그렇다고 뚜렷한 명분을 내세운 것도 아니었다. 불투명한 부분파업이 시작된 것이다. 나는 또다시 바빠지기 시작했다. 사무실 업무를 하면서 상무의 지시들도 이행해야 했다. 퇴근은 보통 10시가 넘었다.

이렇게 회사를 어수선하게 들쑤시던 노동조합은 6월 초순쯤에 드디어 전면파업을 선언했다. 이날을 위해 그동안 분위기를 조성했던 것으로 느껴졌다.

본격 파업에 들어가면서 일반 사원들과 노조원들과의 격렬한 몸싸움이 시작되었다. 밀고 당기는 몸싸움은 점차 격해지기 시작했다. 그 와중에 나의 직계상사인 박상조 과장이 부상을 입었다. 장은영 간호사가 응급 처치를 하고 수원에 있는 병원으로 급히 이송했다. 나는 퇴근길에 병원에 들러 살펴보고 집에 왔다. 마침 정여포 위원장이 전화를 걸어왔다.

"형님, 과장님은 좀 어떻습니까? 부상이 심한가요?"

"방금 병원에 다녀왔는데 며칠 두고 봐야겠더라. 좀 심한 편이야."

"아~참, 그러니까 나이 먹은 사람들이 왜 괜히 앞장서서 설치고 그래요. 조용히 앉아서 구경들이나 하지."

갑자기 정여포의 목소리가 커지면서 신경질적이었다. 예전 같으면 감히 나에게 할 수 없었던 말투였고 태도였다. 나도 순간 화가 치밀어 큰 소리로 받았다.

"야, 위원장. 너희들 노조가 회사를 완전히 쑥대밭으로 만들고 있는데 우리는 가만히 구경만 하고 있으란 말이냐?"

"형님, 우리는 준법투쟁입니다. 합법적인 노동행위라는 얘기지요."

"합법? 그래 좋다. 합법이든 불법이든, 법은 그동안 너희들 입맛대로 했으니까 합법이라고 하자. 그런데 시작부터 폭력적으로 나오면 어쩌자는 거야."

"폭력을 우리가 썼습니까?"

"그럼, 우리가 폭력을 써서 박 과장님이 다쳤는가?"

"그건 유감입니다."

"……."

나는 잠시 호흡을 골랐다. 무턱대고 싸울 일은 아니었다.

"그건 그렇고, 언제까지 파업할 거냐?"

나는 높아졌던 목소리를 낮추어 조용히 설득하는 모양새를 취했다.

"회사의 반응에 달려 있습니다. 날짜는 기약을 못 합니다."

위원장 역시 톤을 낮추어 말했다.

"야, 위원장. 지금이 어느 때인데 파업이야 파업이. 요즘 회사가 얼마나 바쁜지 자네도 잘 알고 있지 않은가. 일은 하면서 부분파업을 하면 되지, 무슨 전면파업을 하고 그래?"

"형님, 형님 같은 '쫄따구 계장'에게 할 얘기는 아니니 그만 끊읍시다. 참, 요즘 계속 나오는 홍보물 모두 형님이 썼다고 하던데, 앞으로는 하지 마세요. 몸조심하라는 경고입니다."

그렇게 거친 말을 하고는 전화를 일방적으로 끊었다. 나는 한동안 수화기를 든 채 허공을 바라보았다. 이날 생각지 않았던 위원장의 전화는 두 사람의 운명을 예고하는 것이었다.

다음 날 상무실에 들어갔다. 마침 사장과 중역들이 같이 있었다. 어제 있었던 정여포와의 통화 내용과 내가 느낀 점을 보고했다. 사장과 다른 중역들은 말없이 듣고만 있었다. 유독 김 상무의 표정은 굳어 갔다. 무슨 날벼락이라도 떨어진 듯한 처음 보는 모습이었다.

"자네, 위원장인 정여포와는 어떤 사이인가?"

"한 부서에서 같이 근무하던 선후배입니다."

"그런데 위원장이 왜 하필 자네한테, 그것도 직접 전화를 했을까?"

"업무적으로 관련도 있고, 평소에 저한테 형님이라 하며 잘 따랐습니다. 그런데 뭐가, 잘못되었습니까?"

나는 공손하게 물었다. 기분이 언짢았지만 내색할 수는 없었다. 위상이 높아진 노조위원장이 일개 '쫄따구 계장'인 나에게 직접 전화했다는 현실에 의심하는 눈치였다.

"자네는 인간관계가 좋다고 하더군. 특히 제작과 애들이 모두 자네를 형처럼 따른다는 보고가 있었어. 그것이 이 비상시국에 꼭 좋은 것만은 아니야. 노조는 제작과가 중심이 되어 만들어졌고, 운영되고 있으니까."

"저를 의심하십니까?"

"그래, 진즉부터 자네를 자세히 살펴보라는 보고를 몇 사람으로부터 받았다. 그러나 나는 자네를 믿기로 했지. 그래서 이 중요한 일도 맡긴 것이고……. 자네는 지금 중요한 업무를 수행하고 있다는 점을 명심하라구."

경영관리실에 근무하는 후배로부터 '김 상무가 특별히 관리하는 사원들이 있으니 조심하세요'라는 말을 들어 짐작은 하고 있었으며, 그들이 누구인지 또한 알고 있었다. 경계하고 물어뜯는 것, 목표가 정해지면 뒷조사를 해서 시시콜콜한 여자관계까지 보고하는 것이 그들의 할 일이었다. 상무는 이미 그런 똥개들을 사육하고 있었다. 나도 그 똥개들의 감시망에 걸려들었다는 얘기였다.

이날 나는 김 상무의 얼굴을 처음으로 자세히 살펴보았다. 유난히 목이 길고 입술은 새의 부리처럼 툭 튀어나왔다. 수시로 짓는 입가의 미소는 물기 없는 메마른 모래와 같았다. 눈매는 날카로웠다. 가끔 눈동자를 좌우로 굴릴 때면 잔인해 보이기까지 했다. 머리는 명석하나 의심이 많아서 덕은 없어 보이는 인상이었다.

커피잔을 앞에 놓고 담배만 태우고 있던 중역들을 다시 한 번 유심히 돌아보았다. 무엇을 어떻게 해야 할지 모르는 표정들이었다. 대책이 있는 사람은 그나마 김 상무로 보였다. 김 상무의 교활한 표정을 뒤로한 채 상무실을 나왔다. 기분 나쁜 감정 한 가닥을 상무실에 남겨놓고 나온 것 같은 꺼림칙한 기분이었다.

감기 기운이 있어 급히 수원의 한 병원에 다녀오니 김 상무가 일찍부터 찾았다고 한다. 나를 보자 상무는 신경질적인 반응을 보였다.

"지금이 어느 때인데 한가하게 병원에 다니는가!"

"죄송합니다. 보건실에서 열이 심하니 병원에 가 보라고 해서 급히 다녀왔습니다."

"자, 이것 읽어보고 참고해."

상무가 던져 준 소책자를 펼쳐 보니 경찰청에서 보내온 서류였다. 우리 회사의 노조에 관하여 자세히 기록한 일종의 정보 보고서였다. 제일정밀 노조의 설립부터 지금까지의 상황을 분석한 자료였다. 우리도 모르는 내용들이 수록되어 있었다.

노조 뒤에는 위장취업한 대학생들이 있었다. 남학생 1명과 여학생 2명 등 3명이었다. 이들은 생산현장에서 주 야간 교대근무를 같이하며, 불평불만이 유독 심한 사원들을 선발했다. 선발된 사람은 성남과 용인의 연합노조 등 상급 기관에서 철저하게 교육을 받았다. 계획적인 포섭을 해왔다는 설명이었다.

그들이 다니던 대학과 신상명세서, 투쟁경력 등이 자세하게 기록되어 있었다. 본명은 따로 있고, 현재 이름은 가명이었다. 이들은 제일정밀에 투입되기 전 이미 구로공단의 다른 회사에서 각자 노조를 설립해 놓고 입사한 위장취업자들이었다. 소위 노조 설립 경력직이었다. 노조가 설립되자 임무를 마친 2명의 위장취업생들은 또다시 철수했다. 다른 회사에 위장취업을 하기 위함일 것이다.

주체사상을 신봉하는 운동권이라는 말은 당시에는 일반에 알려지지 않은 용어였다. 주체사상을 가진 사람들이 노동운동을 하고 있다는 것도 일반인들은 대부분 모르고 있었다. 경찰청 서류를 보고 나도 처음 알았다. 고문 경찰로 알려지기 시작한 경기경찰청의 김 모 경감의 제보였다.

노조가 첫날부터 잘 훈련된 군인들처럼 일사분란하게 조직적으로 움직이는 모습이 의아했었다. 위장취업 대학생들. 이제야 그 의문이 풀리게 된 것이다.

운동장에서는 유행가를 개사한 운동권 노래가 하늘을 울리고 있었다. 시골에서 중학교를 졸업하고 올라온 여사원들, 회사가 배려하여 야간 산업체 고등학교에 진학시킨 여고생들의 처절한 목소리였다.

"내 청춘 돌려다오, 한 많은 내 청춘."

내가 근무하는 제일정밀(주)은 용인군의 수지면에 있는 회사였다. 밖에서는 복지와 월급이 괜찮다고 소문난 회사다. 제일정밀의 근무복을 입고 있으면 용인군내의 어느 음식점이나 술집에 가도 믿고 외상을 줄 만큼 좋은 회사로 소문나 있었다.

CNC 등 첨단 공작기계와 일반 선반 밀링은 물론, 각종 생산설비를 주문 제작하여 국내에 공급하거나 주로 외국에 수출을 하는 회사였다. 약 800여 명의 사원이 연 매출 5,000억여 원을 올리는 대기업이다.

제일정밀도 노조가 설립되기 전까지는 노사협의회를 운영하고 있었다. 바로 전년도에는 나도 노사협의회 위원이었다. 노사협의회는 노조와는 근본적으로 성격이 다른 어용단체임을 부인하지는 않는다.

한국은 경제 성장률이 7~8%에 이르는 고속 성장의 시기였다. 쉬는 날이 너무 없다는 것이 가장 큰 불만이라면 불만이었다. 제일정밀뿐 아니라 국내 기업 대부분이 그런 형편이었다. 회사 입장에서도 그럴 수밖에 없었으니 회사만을 탓할 수는 없는 현실이었다.

생산부 및 지원 부서는 주 야간 교대근무였다. 토요일, 일요일은 물론 국경일의 특별근무, 평일의 연장근무는 평상시의 근무시간처럼 되어 있었고 그것을 당연시하고 있었다. 그러니 사원들은 쉴 시간이 없었다. 여름 휴가와 설날, 추석 연휴 외에는 가족들과 즐기는 여가생활은 꿈 같은 바람이었다.

현역에서 은퇴한 부모님을 모시며 아내들은 집 안에서 살림을 했다. 효도와 경제, 그리고 자식 부양까지 오직 한 사람의 어깨에 모든 것이 얹혀 있던 불쌍한 가장들이었다. 휴일 근무도, 야근도 군말 없이 해야만 살림을 감당할 수 있었다. '부모를 모시고 효도하는 마지막 세대였고, 자식들에게 효도를 받지 못하는 첫 세대'가 되었다. 어쩌다 그 시절에 태어나 그렇게 할 수밖에 없는 운명이었지만, 우리들의 등짝은 그처럼 무거웠다. 시대가 잉태한 슬픔이었다.

김구천 상무가 오강희 영양사에게 말했듯이 식사문제는 오래 전부터 불만들이 많았다. 식당을 운영하는 지배인이 경영진 중한 사람과 친구 사이여서 문제가 있는 것은 사실이었다.

　당시 임금 수준도 결코 낮은 것은 아니었다. 국내 대부분의 기업들도 임금 총액, 즉 겉모습은 그랬다. 기본급은 아주 낮았으나 각종 수당으로 월급봉투를 채우고 있었다. 좋다고 소문난 제일정밀이 그랬으니 다른 기업들은 더욱 형편없는 수준이었다.

　연월차 사용은 꿈같은 희망이었다. 회사에서는 허락하지 않았다. 월급이 그만큼 줄어 사원들도 원하지 않았다. 그사이에 노조가 생길 수 있는 토양은 이미 나름대로 다져지고 있었다. 그리고 노조는 만들어졌다.

　근무시간과 식사문제는 위장취업자들의 선전 선동에 아주 적합한 떡밥이 되었다. 특히 적은 기본급의 인상을 위한 투쟁 목표는, 노조에 관심이 없던 사원들에게도 좋은 호응을 얻는 무기였다. 그래서였을까. 위장취업자들이 짧지 않은 기간 동안 사원들을 포섭해서 교육하는 것을 과연 다른 사원들이 몰랐을까, 내가 가장 의아해했던 질문이었다. 목격한 일반 사원들이나 중간 간부들도 모른 척한 것이다. 심증적 동의였다. 이런 풍토가 마련되었기에 노조 설립이 가능했을 것이다.

　1980년대에 들어 전국의 기업들은 내부적으로 중병에 걸렸다. 불길처럼 번지는 노조 설립의 광풍에 몸살을 앓고 있었다. 서울올림픽 기간에 국제적 체면치레로 잠시 멈췄던 노조 설립과 파업이 다시 시작된 것이다.

　성공적으로 마무리한 서울올림픽이었다. 기업들은 한껏 올라간 국가 위상을 등에 업고, 세계를 향한 도약의 발판으로 삼으려고 사활을 걸고 있을 때였다. 그러나 노조의 설립과 파업은 그런 기업들의 꿈을 물거품으로 만들고 있었다.

그런 현상들의 책임을 무조건 노동조합으로만 돌릴 수는 없을 것이다. 경제가 급속도로 발전하는 과정에서 준비되지 않은 재벌과 기업의 총수들이 쏟아지는 부를 주체하지 못하고 사욕을 채우는 데 급급한 면도 있었다. 소위 졸부들의 탄생이었다. 이들도 건전한 경제발전에 걸림돌이 된 것 또한 사실이다. 노조들은 이 틈을 타서 사원들의 불만을 이용해 독버섯처럼 번식한 것이다.

운 좋게 피해가던 제일정밀의 행운도 잠시였다. 행운이 너무 오래 지속되면, 자신만은 예외라는 안이한 생각을 하게 된다. 그래서 중역을 비롯한 사원 대부분도 그렇게 안이하게 지내온 것이다. 1992년 어느 일요일이었다.

노조의 행동대장 C를 포함한 일곱 명이 나를 찾아왔다. 평소에는 형님이라 하며 따르던 후배들이었다. 같은 부서인 제작과 소속의 후배들이어서인지 예의를 갖추어 공손하게 말했다.

"계장님, 드릴 말씀이 있으니 2층의 대강당으로 가시지요."
"여기서 하면 안 될까?"
"좀 곤란한 얘기라서요."
"그래? 가자."

사무실 직원들은 눈을 크게 뜨고 겁먹은 모습들이었다. 초기 노조의 위세는 그만큼 살벌했다. 2층 대강당에 올라오자 C가

다소 목청을 높여 물었다.

"계장님! 묻는 말에 솔직히 대답해 줘야 합니다."

"그래? 뭐가 궁금한데?"

나는 빙그레 웃고는 의자에 다리를 꼬고 앉으면서 물었다.

"위원장 말대로 내가 홍보문을 써 날려서 그게 불만이냐?"

"물론 그것도 있지요. 그보다 우리 부서를 없애버리겠다는 소문이 돌던데 무슨 얘기입니까?"

나는 순간적으로 이들이 말하는 의도를 알아차렸다.

"부서를 없애다니, 어떤 개새끼들이 그딴 소리를 해!"

내가 화난 표정으로 크게 소리를 질렀다. 그들은 갑자기 목소리의 톤을 낮추었다.

"우리 부서만 독립시켜 회사를 만들겠다는 얘기는 곧, 부서를 없애서 우리를 모두 내보내겠다는 속셈 아닌가요?"

"없애자는 것이 아니라 큰 회사로 만들어 독립하자는 얘기였겠지. 그런데 그 일을 왜 나한테 묻는 거냐?"

나는 신경질적인 목소리로 말했다.

"듣기로는 계장님이 이 계획을 준비 중이라고 해서요."

"잘못 알았다. 맹 회장님 계획이야. 나보고 초안을 만들라고 해서 작성 중이었는데, 너희들은 그걸 어떻게 알았어?"

"어떻게 알았든 간에, 무슨 얘기인지 설명이나 해주세요."

노조가 설립되기 전에 맹 회장은 큰 꿈을 꾸고 있었다. 회장은 장기적으로 자동차 산업이 호황을 누릴 것을 예견하고, 자동차 부품을 전문적으로 생산하는 고부가가치 회사를 설립하는 것이 그의 꿈이었다.

 지시를 받은 나는 고민이 깊었다. 새로운 시설을 갖춘 법인회사를 새롭게 설립하는 것은 위험 소지가 있었다. 신규 투자 규모가 만만치 않았기 때문이다. 고심 끝에 기본적으로 설계 능력과 질 좋은 가공 설비를 갖춘 제작기술부를 단독 법인체로 독립시키는 것을 전제로 했다. 지금처럼 제일정밀에서 필요로 하는 부품과 기계를 제작하여 납품하는 것을 기본 업무로 하고 시장성에 따라 차츰 자동차 부품 품목을 다양화할 계획이었다.

 처음의 임금 수준은 현재의 회사 수준으로 하는 것을 최저치로 했다. 운영에 따라 제일정밀과는 관계없이 그 이상의 대우를 할 계획이었다. 사전에 부서원들과 왜 협의를 하지 않았느냐고 그들은 따졌다. 하지만 '그것은 나의 권한이 아니다'라는 말에 수긍했다.

 "성사된다면 우리 기계설계과도 너희들과 운명을 같이하게 되는데, 내가 불리하게 계획서를 만들 수는 없지 않겠어?"

 "그야 그렇겠지요. 그러면 이 계획은 계속 유효한가요?"

 "이젠 틀렸다. 이 상황에서 회장님이 진행하시겠나. 그런데 혹시 이것 때문에 제작과에서 노조를 만든 거냐?"

 "꼭 그런 것은 아니지만 좀 일찍 알았더라면 하는 아쉬움은 있네요."

 나는 그런 맹 회장을 존경했다. 회장은 경영면에서뿐만 아니라 사원들을 아끼는 덕망까지 갖춘 인물이었다. 당시의 한국 기업에서는 찾기 힘든 존경받는 경영자였다. 노사관계가 안정을 찾게 되고 나에게 일정한 권한이 주어지면 다시 추진하리라고 다짐했으나, 나의 날개가 처참하게 꺾이면서 그 계획은 지하에 묻히고 말았다. 이 일은 나 개인의 운명은 물론 제일정밀의 운명이기도 했다.

노조는 협상을 질질 끌며 시간을 보냈다. 상투적인 그들의 작전이었다.
협상을 마치고 사무실에 들어온 김구천 상무는 들고 있던 서류를 책상에 내던지며 노발대발했다.
"정윤희, 정윤희 이년 때문에 되는 것이 없어."
정윤희, 현재 혼자 남은 위장취업자의 가명이다. 서울의 H대에서 미술을 전공하다가 재학 중에 위장취업한 여대생이다. 그녀를 포함한 세 명의 대학생들이 어떻게 해서 회사에 위장취업을 하게 되었는지는 모른다. 재계에서는 건실하다고 소문난 제일정밀이었다. 이 회사에 노조를 설립할 경우 그 상징적 효과를 노리고 위장취업을 했을 것으로 짐작했다.
협상이 풀릴 듯하면 누군가로부터 위원장한테 메모가 날아왔다. 순간 위원장과 조합 간부들의 태도는 돌변했다. 협상 중 결정적일 때면 날아오는 쪽지의 주인공은 그녀였다. 제대로 될 가능성은 처음부터 없는 협상이었다.
정윤희와 지금은 없는 또 한 사람의 여대생과 남학생은 노조 설립 전부터 일부 남녀 사원들과 은밀하게 부적절한 관계를 맺어왔다고 한다. 약점을 잡고 소신껏 조종하기 위해서였다.

소문만 무성했던 정윤희를 처음 본 것은 사내 운동장에서 시위를 벌일 때였다. 앞에서 선도하는 그녀는 매우 차가운 인상의 이십 대 초반으로 보였다.

그녀는 위장취업자답게 워낙 극성을 떨었다. 일부 관리자들과 비조합원들이 그녀의 사지를 들어서 회사 밖으로 내칠 때도 많았다. 그 과정에서 그녀의 상의가 목 부분까지 올라가 브래지어가 보이기도 했다. 때로는 노브라 상태로 젖가슴이 완전히 노출될 때도 있었다. 그녀는 부끄러워하는 기색은 전혀 없었다. 오히려 냉소를 지으며 비웃듯 했다. 젖가슴이 보이도록 복장을 하고 나온 것은 그녀의 의도된 행동으로 보였다. 차가운 미소와 악마 같은 표정 속에서 그녀의 의중을 읽었기 때문이다. 성추행이나 성폭행이라는 말은 듣기 힘들던 당시였다.

그녀는 뛰어난 미인이었다. 화장기가 전혀 없는 얼굴임에도 그 많은 여사원 중에 군계일학이라 할 만했다. 시체처럼 창백하리만치 싸늘한 그녀의 표정은 또 다른 미인의 모습이었다. TV에 나오는 여배우들 못지않았다. 목적을 위해서는 남자들을 농락하고도 남았을 독한 여인의 모습이었다. 내가 그녀의 그런 행동을 자세히 관찰하며 느낀 것은 '단순한 소문이 아니겠구나'였다.

"요즘 파업 인원이 많이 줄어든 것 같지 않아요?"

김 상무의 사무실로 들어오며 길 이사가 말했다. 나는 홍보물을 작성하고 있었다. 고개를 들어 길 이사를 넌지시 바라보았다. 아울러 김 상무의 표정도 살폈다. 김 상무는 창밖을 바라보고 있던 몸을 돌려 소파에 앉았다.

"그런 것 같기도 하고……."

"인원이 좀 줄거나 늘었다 해서 대수인가요? 다 그놈이 그놈이지."

"그렇긴 하지요."

두 사람의 대화를 듣고 창가로 가서 밖을 내다보았다. 과연 파업 인원이 줄고 열기도 처음과 같지 않아 보였다. 아차! 싶었다. 하던 일을 멈추고 밖으로 달려나갔다. 생산부 소속의 가까운 후배 조합원을 만나서 노조 내부의 분위기를 물었다.

"아~ 처음과는 다른 건 맞아요. 조합원들이 노조에 대한 부담을 느끼고 있는 것은 사실입니다."

"혹시 내부 갈등이나 무슨 이유가 있는 걸까?"

"저는 지도부가 아니라서 잘 모르지만……."

"아직은 갈등이 없다는 얘기네."

"갈등까지는 모르지만, 일부는 아예 출근도 하지 않고 있어요. 등산이나 물고기 잡으러 다니는 애들도 꽤 돼요. 저도 고향에 가서 부모님 농사일을 돕다가 왔는데요."

"자네와 같은 생각을 하는 사람들이 많아?"

"생각보다 좀 많아요."

"어느 정도?"

"글쎄요. 남자 사원을 기준으로 보면 절반은 아니어도 꽤 될 것입니다."

"음, 그래?"

나는 이를 계기로 깊은 고민에 빠져 들어갔다. 중역실로 올라와 작성하던 홍보문을 들고 회의실로 갔다. 내가 헛발질을 하고 있는 것은 아닌가 하는 회의감이 들었다. 수없이 많은 홍보문과 격문을 작성해서 날렸으나 크게 달라진 것은 없었기 때문이다. 뭔가 획기적인 흐름이 필요하다는 생각이 들었다. 후배는 그렇게 얘기했으나 '파업 인원이 줄고 있다는 것은 현 집행부에 대한 불만이 있거나, 또 다른 세력이 확실히 존재한다는 의미일 것이다'라는 생각에 도달했다.

나는 그날부터 예전에 친하게 지냈던 조합원들을 통해 노조 상황을 수집했다. 특히 시위 시 참여 인원을 주목하여 살폈다. 파업의 열기와 조합원들의 단합력을 측정하는 데는 참여 인원의 수가 결정적이기 때문이었다. 5일에 걸쳐 데이터를 내보니 평균 150~200여 명 정도가 고정적으로 파업에 참여하고 있었다. 생각보다 적은 인원이었다.

노조의 지도부는 전면파업을 선언했는데도 계획대로 흘러가지 않자 긴장하는 눈치였다. 노조에서는 긴급 지도부 회의가 열렸다. 위원장 정여포와 수석부위원장 김영술, 사무국장 차은희를 위시해서 두 명의 부위원장과 각 행동대장 등이 모였다. 비록 감투는 없으나 이들을 돕는 최영길과 강현주 그리고 정윤희는 고정 멤버로 항상 참석했다.

"요즘 고생이 많습니다. 그런데 생각보다 투쟁 열기가 만족스럽지 않아요. 이래 가지고서야 전면파업의 성과를 얻겠어요?"

위원장이 심각한 표정으로 말했다. 잠시 침묵이 흘렀다.

"전면파업의 시기를 잘못 잡은 것 같다는 생각이 드네요. 너무 이른 것은 아닌가 싶어요."

노조의 직책은 없으나 발언권이 센 최영길이 먼저 입을 열었다. 그러자 수석부위원장인 김영술이 곧바로 치고 들어왔다.

"영길 형님, 시기가 어때서요. 지금이야말로 투쟁하기에 가장 좋지 않나요? 회사가 일 년 중 가장 바쁜 시기이니 얻어내기도 좋고."

"우리 조합원들이 아직도 노조에 대해 익숙하지가 않아요. 조합원들 사이에서는 '우리 회사에 노조가 꼭 필요한 거야?' 하는 질문이 돌고 있습니다. 좀 더 내부 결속을 위한 시간이 필요한 것 같아요."

대체로 온건한 강현주의 말이었다. 그러자 과격한 성격의 행동대장들이 들고일어났다.

"가만히 보면 형들은 꼭 회사 측 사람들처럼 말해! 아이, 진짜."

"너희들, 말조심해!"

특수부대 출신으로 나이도 가장 많고 덩치가 거대한 최영길이 탁자를 내려치며 일어나 고함을 질렀다. 시종일관 듣고만 있던 정윤희가 나서서 분위기를 바꿨다.

"영길 형, 좀 참아요. 다들 신경들이 날카로워져서 그래."

최영길은 한참을 쏘아보다가 자리에 앉았다.

"그보다 지금 회사 측에서 나오는 각종 홍보물을 쓰는 놈이 누구인지 아는 사람 있어요?"

정윤희가 담담하게 물었다.

사무국장 차은희가 자세를 바꾸면서 대답했다.
"내가 짐작하기로는 기계설계과 우공명 계장 같아요."
"우공명 계장? 그놈이 어떤 자식인데 글마다 우리 속을 뒤집어 놓고 있어. 그 새끼부터 제거하든지 손목을 잘라 놓든지 해야겠더라고."
"내가 우 계장에게 직접 전화해서 몸조심하라고 경고했다."
정여포가 긴 한숨을 내쉬면서 말했다.

한민주가 찾아왔다.
"강희 언니가 차 한잔하러 오시래요."
"무슨 일 있어?"
"아뇨, 언니가 보고 싶은가 봐요."
"누구를?"
"우공명이라는 사내를요."
민주가 짓궂은 표정으로 나를 놀렸다.
민주는 사무실에 들렀다 온다고 해서 나 혼자 2층의 대식당 옆에 있는 도서실로 들어섰다. 도서실은 영양사 사무실 겸 강희가 관리하고 있었다. 그녀는 벌써 탁자 위에 찻잔을 올려놓고 기다리고 있었다. 김이 모락모락 오르는 찻잔을 바라보며 조용히 앉아 있는 모습이 참 고왔다. 무슨 생각을 하고 있는지 내가 들어서도 모르는 것 같았다. 나는 잠시 기척을 하지 않고 서서 그녀의 모습을 바라보았다. 그 분위기를 차마 흩어놓고 싶지 않은 것이 내 마음이었다. 저 모습에 한복만 입혀놓으면 신사임당으로 보이고도 남을 현숙한 자태였다. 그래서 내가 오 사임당이라는 별명을 지어주었다. 강희가 눈치를 챘는지 잠시 놀라는 표정으로 나를 바라다보고는 조용히 일어섰다.

"들어오셨으면 기척을 하시지요."

입가에 살며시 스치는 미소가 아름다웠다. 그녀만이 간직한 미소였다. 나 역시 살짝 웃고는 맞은편 자리에 앉았다.

오늘도 역시 향기 그윽한 국화차였다. 나는 도서실 내부를 돌아다보았다. 강희가 말했다.

"아무도 없어요."

"그렇지 않아도 생각도 많고 머리도 아프고 했는데 잘됐다 싶어서 왔어."

"호호, 그러실 줄 알았어요. 사원들의 정신적 건강 관리 차원에서 책을 추천받으려고 계장님 오시라고 한 거예요. 혹여 오해 마세요."

"오해해 달라는 하소연같이 들린다."

"으이그, 계장님도 참."

말은 그렇게 했으나 그녀의 귓불에는 어느새 붉은 복사꽃이 피어 있었다. 나뿐만 아니라 모든 직원들에게 상냥하고 친절해서 인기 최고의 여사원이었다. 나는 그녀를 바라보며 엷은 미소를 지었다.

"계장님, 그렇게 보지 마세요. 민망해요."

"그럼 어떻게 봐 드려야 될까요. 고개를 숙이고 있을까요?"

"고개를 돌리세요."

내가 짓궂게 놀리자 그녀는 손을 들어 내 얼굴을 옆으로 살짝 밀었다.

"사실은 드릴 말씀이 있어서 오시라고 했어요."

"어서 말씀해 보세요, 오 사임당."

"그러지 마세요. 평소처럼 하세요."

그녀는 웃으며 내 오른팔을 때리는 시늉을 했다.

"며칠 전에 민주가 올라와서 '우 계장님이 노조에 대해 뭔가 일을 꾸미고 계신 것 같은데 물어봐도 웃기만 하시고' 하며 걱정이 컸어요. 그래서 노조 사람들이 오면 관심을 가지고 살폈지요."

"오, 그랬어?"

"어제 노조 간부 몇 분이 도서실에 모였었어요. 하는 얘기를 엿들었는데 노조 내부에 갈등이 있는 것 같았어요. 혹시 도움이 될까 하고."

"무슨 갈등?"

"무슨 목표를 두고 하는 얘기인지는 몰라도, 지도부에 대해 강하게 나가야 한다고 했어요."

"어제 여기 모인 사람들은 지도부에 반대하는 사람들 같았어?"

"네, 반대하는 사람들 같았어요."

"누군지 알겠어?"

"몇 사람은 알아요. 확실하게 이름을 아는 사람은······."

"사람은?"

"제작과 최영길 계장님, 강현주 주임님요."

"최영길과 강현주? 고마워, 정말 고마워."

나는 강희의 두 손을 힘껏 잡아 주고 일어났다. 달리기하듯 뒤도 돌아보지 않고 도서실을 나왔다. 국화차를 마저 마시고 가라는 강희의 정감 어린 목소리는 귓가에 메아리로 남았다.

나는 곧바로 운명의 두 사람을 불러냈다. 강희가 말한 사람들이었다. 최영길과 강현주 등 노조 핵심 두 사람. 그들은 노조 설립 전부터 가깝게 지냈던 후배들이었다.

일명 풍덕천이라고도 불리는 정평천가에 자리한 운치 좋은 술집이었다. 녹두빈대떡과 파전이 일품이어서 나도 자주 찾는 곳이다. 나는 이미 주인장에게 아주 시원한 냉막걸리를 전화로 주문해 놓은 터였다.

영길은 고향이 경상도였다. 특전사 출신으로 단단한 몸매의 거구였으나 성격이 온화하고 쾌활해서 주위에 사람이 많았다. 반면에 현주는 전라도 출신이었다. 까칠한 성격이긴 하나 잔머리를 잘 굴리고 추진력이 좋았다. 우연일까. 성격과 고향이 반대 격인 두 사람이었다. 나는 충청도가 고향이다. 삼각 편대를 생각했다. 그 정점에 서서 내가 지휘하면 훌륭한 그림 하나는 그릴 수 있다는 계산이 섰다. 공교로운 조합이었다. 다행히 영길과 현주는 흔쾌히 응하고 나왔다.

"지금 시국이 어느 때인데 감히 노조의 핵심 간부들을 불러냅니까?"

강현주가 깐죽대며 다가왔다.

"그러게 말이다. 나니까 감히 너희를 불러낼 수 있고, 너희들이니까 감히 나를 만나러 나오는 것 아니냐."

"형님, 내가 평소에도 느껴온 것이지만, 그 자만심은 도대체 어디서 나옵니까? 성격도 조용하고 덩치도 쥐방울만한 양반이."

덩치가 거대한 최영길이 특유의 능글맞은 웃음을 지으며 어기적거렸다.

두 사람 앞에는 제멋대로 찌그러진 양은 술잔들이 있었다. 나는 살얼음이 둥둥 떠도는 냉막걸리 주전자를 들어 한 잔씩 가득 따랐다. 현주가 내 잔을 채웠다. 잔을 들어 부딪치며 내가 큰소리로 외쳤다.

"앞으로 멋진 단합을 위하여, 파이팅!"

"앞으로 멋진 단합을 위하여, 파이팅!"

내가 외친 건배 구호를 따라 그들도 크게 합창하며 외쳤다. 얼떨결에 나를 따라 외친 구호였다. 잔을 비우고 내려놓던 강현주가 의아한 표정으로 나를 바라보았다.

"형님, 지금 뭐라고 건배했어요?"

"앞으로 멋진 단합을 위하여 파이팅! 멋지지 않니?"

나는 더 큰 목소리로 외치듯 말했다.

"앞으로 무슨 단합을 하자는 건데요?"

"말 그대로야."

"말 그대로라."

강현주에게서 약간 시비조의 질문이 이어졌다. 원래가 까칠한 성격임을 잘 알고 있기에 괘념치 않았다. 정색을 하고 그들을 바라보았다.

"영길이, 현주, 내 말 잘 듣고 솔직히 얘기해 줘야 한다. 알았지?"

두 사람은 대답 대신 막걸리를 한 잔씩 마신 후에 턱을 문질렀다. 영길이 비어 있는 내 잔에 막걸리를 가득 채웠다.

"너희들 조합이 벌써 둘로 갈라졌다면서?"

나는 망설임 없이 단도직입적으로 파고들어갔다. 그러자 시종 말이 없던 영길이 단호하게 말했다.

"아니요."

"이미 알고 불렀어."

"또, 또~ 뭘 알아보겠다고 밑도 끝도 없이 넘겨짚어요?"

현주가 못마땅한 표정으로 말했다.

"솔직히 얘기해. 여기 그동안 내가 만든 데이터까지 있어."

내가 내민 데이터를 잠시 살펴본 두 사람 모두 놀라는 표정이었다. 그 안에는 매일 농성에 참여하는 인원수는 물론, 여섯 명과 인터뷰한 내용, 지도부 간의 갈등 등이 자세히 적혀 있었다. 오강희가 말해준 것은, 나의 확신에 절대적 도움이 되었다. 나는 그 순간을 놓치지 않았다.

"너희 둘이 주도해서 지도부와 대립하고 있는 것도 알고 있다."

"형님도 누구처럼 똥개들을 길러요?"

현주의 말에 나는 그만 폭소를 터트리고 말았다. 졸지에 그 다소곳한 강희가, 오 사임당이 똥개가 되어버렸기 때문이다. 두 사람은 나를 의아한 눈초리로 바라보았다. 나 역시 정색을 하고 그들을 바라보았다.

"너희 두 사람이 협조해 주면 앞으로 좋은 일이 있을 거야."

"좋은 일은 무슨……. 솔직히 말해서 갈라진 것은 아니오."

최영길이 처음과는 달리 목에 힘이 빠진 듯한 목소리로 대답했다. 초심은 사라지고 갈수록 정윤희의 주장대로 흘러가니 회의를 느끼는 조합원들이 많다고 했다.

"그 조합원들이 몇 % 정도 될 것 같은가?"

"남자들 약 30% 정도? 그러나 적극적으로 알아보면 40%는 되겠지요."

"약 40%라, 그 정도면 됐다. 온건한 조합원들을 표시 나지 않게 접촉해서 50% 이상 만들어 볼래?"

"지금 형님은 무슨 얘기를 하는 겁니까? 접촉하라니."

성질 급한 현주가 말을 받았다.

"그 사람들을 접촉해서 자네들 편으로 만들어 놓으라고."

나는 차분하게 말했다. 예전 같았으면 버럭 소리를 질렀을 것이다.

영길이 히죽히죽 웃으며 내 팔을 잡았다.

"형님, 그러니까 지금 노조를 둘로 갈라놓자는 얘기지요?"

그가 빈정거리듯 말했다. 나는 뜨끔했으나 이미 각오하고 만난 자리였으므로 놀라지는 않았다.

"그래, 잘 봤다. 강경, 온건 두 개의 노조다. 너희들 이제부터 나하고 멋진 그림 하나 그려보자. 온건파들을 최대한 많이 모아봐."

"아무리 형님이지만 이건 아닙니다. 꿈 깨세요."

현주가 의자를 돌려 돌아앉으며 푸념했다. 나는 잠시 침묵하고 있다가 폭탄선언을 했다,

"그래? 알았다. 다시는 나 볼 생각들 말아라."

나는 언짢은 표정으로 일어섰다. 밖으로 나가려고 하자 영길이 현주의 팔을 슬며시 잡아끌면서 말했다.

"나쁜 얘기는 아닙니다. 그러나 아직은 아니에요. 시기가 너무 이르다는 뜻입니다. 천천히 생각해 봅시다."

나는 잠시 서서 두 사람을 노려보다가 못 이기는 척하고 자리에 앉았다.

어느 책에서 읽은 내용이 생각났다.

> 장수가 작전을 수립할 때
> 하책은 기회가 오면 잡는 것이고
> 중책은 기회가 있는 곳이면 달려가는 것이고
> 상책은 기회가 오도록 길을 닦는 것이다.

나는 세 개의 책략 중에서 상책을 선택하기로 했다. 이때부터 내 머릿속에서 나만의 그림을 그리기 시작했다. 엄청난 크기의 황룡 한 마리였다. 앞으로 회사의 운명을 좌우할 대망의 구상을 마친 것이다.

중역 회의가 열렸다. 김 상무가 불러서 처음으로 참석한 회의였다. 계장인 내가 말로만 듣던 중역 회의에 참석하려 하니 평소에 담이 크다는 나도 긴장이 되었다. 노조의 움직임과 대책을 듣고자 나를 참석시킨 것이다. 나는 영길 등에게 보여 주었던 데이터와 노조의 동향을 분석한 자료를 들고 갔다.

김 상무는 나에게 노조의 상황을 설명하라고 했다. 나는 그동안 선전 선동과 사원들의 안정을 위해 뿌려댄 홍보문에 대한 성과분석 및 수집해서 만든 데이터를 보며 설명했다.

"그동안 홍보작전은 분명히 효과가 매우 크다는 것이 입증되었습니다. 앞으로 더욱 강화하겠습니다. 또한 이 데이터와 같이 노조의 파업 열기가 식어가고 참여 인원도 점차 줄고 있습니다. 지도부 간에도 대립하는 분위기가 포착되고 있지만 아직은 지켜보고 있는 상황입니다."

내가 설명을 곁들인 보고를 마치자 침묵하고 있던 맹철종 사장이 입을 열었다.

"이건 관리과장이 참석해서 보고할 일인데 왜 우 계장이 하는 거지?"

노조 설립 이후 처음으로 듣는 사장의 의견이었다.

"관리과장이 하기엔 벅찰 것 같아서 우 계장에게 시켰습니다."

모처럼의 사장 발언을 듣고는 잠시 침묵하던 김 상무가 말했다.

"회사의 손실은 눈덩이처럼 불어나는데, 좋은 해결책이 있으면 의견들을 말해 보세요."

김 상무가 좌중을 돌아보고 다시 말했다. 노조 설립 이후 이에 관한 모든 업무는 어느 사이에 김구천 상무에게 주어져 있었다. 관리 담당 중역이었고 경영관리실장까지 겸하고 있으니 당연하긴 했으나 너무 많은 짐을 지고 있다는 생각이 들었다.

김 상무도 답을 얻고자 의견을 구한 것은 아닐 것이다. 회의

때마다 흘러간 유행가를 틀어 대듯 해본 말이었기 때문이다. 역시 모두가 침묵했다.

"보고를 들어보니, 그동안 홍보작전의 효과로 파업 인원이 줄어들고 있는 것은 맞는 것 같습니다."

길 이사의 말이었다.

"맞아요. 효과는 큰데 언제까지 그 짓만 하고 있어야 하는지 그게 문제지요. 허심탄회하게 대책들을 말씀해 보세요."

매번 중역 회의는 이런 식이었나 보다. 나는 머리 숙여 인사하고 조용히 중역실을 나왔다. 더 들을 말도 할 말도 없었기 때문이다. 그래도 뭔가 찾으려 하는 김 상무가 안타깝다는 생각이 들었다. 지금까지 회사가 발전하고 지탱해온 힘은 맹해성 회장의 카리스마였고 능력이었다.

총무과 앞을 지나가려 하자 한민주가 달려 나왔다.

"중역 회의 벌써 끝났어요?"

"아니, 나는 먼저 나왔어."

"차 한잔 드릴까요?"

나는 민주의 요청대로 총무과 뒤의 회의실로 갔다. 민주가 가져온 차는 녹차였다.

"죄송해요. 국화차가 아니어서."

도서실의 강희가 나에게만 준다는 국화차를 의식하고 건넨 한마디였다.

"국화차 타령이나 하려고 나를 잡은 것은 아닐 테고……."

"어제 김 상무님이 여기 오셔서 부장님한테 임시 중역 회의를 지시하면서 '매번 회의를 열면 뭐 하나? 의견 하나 내는 놈이 없는데' 하시면서 답답하다고 하셨어요."

"그래?"

"그러면서 '우공명이를 참석시켜' 하시더라고요. 그러자 부장님이 '전례 없는 일인데 우 계장을 중역 회의에 참석시켜도 괜찮을까요?' 하고 물었어요."

"그랬어?"

"'그래도 노조에 대한 정보를 가장 많이 정확하게 알고 있는 놈은 우공명이야. 내가 시키지 않았어도 그놈은 이미 자료를 다 만들어서 갖고 있을걸? 회의 때 그나마 그놈의 보고라도 받으려고' 이렇게 말씀하셨어요."

상무는 내 생각과 일거수일투족을 이미 꿰고 있는 사람 같았다. 소름 끼치는 일이다. 그러나 방금 중역 회의에서 보았듯이 상무 한 사람만이라도 똑바른 사람이 있다는 것은 다행이었다. 그나마 상무가 없었다면 이 난국을 누가 헤쳐나갈까?

나는 노조의 분열을 꾀하는 내용의 격문을 작성했다. 온건한 조합원들을 위한 설득과 한편으로는 강경한 조합원에 대한 협박성도 가미한 글이었다.

나는 그 글을 들고 김 상무의 사무실을 찾았다. 상무는 책상에 앉아 서류에 결재를 하고 있었다. 나를 보고는 소파에 앉으라는 손 신호를 보냈다. 잠시 후에 상무가 일어서서 다가오더니 맞은편 자리에 깊숙이 앉았다.

나는 작성한 홍보문을 보여 주기 전에 먼저 질문했다. 노조가 두 파로 갈라질 경우, 회사가 감수해야 하는 유불리에 관해서였다.

"노노 갈등을 말하는가?"

그는 입에 머금고 있던 담배 연기를 길게 뿜어냈다. 담배 연기가 얼굴을 가리자 왼손을 들어 거칠게 휘저었다.

"무슨 낌새가 보이던가?"

"만약의 경우를 말씀드리는 것입니다."

"노사관계에서 노노 갈등은 최악의 경우다. 가장 피해야 할 상황이지. 두 파로 갈라지면 회사로선 두 개의 노조를 상대해야 하는 어려움이 있어. 비록 강성이라 해도 하나의 노조가 편하지."

그는 반쯤 피우던 담배를 재떨이에 신경질적으로 비벼 껐다. 그러고는 일어서서 창가로 다가가 노동가와 구호로 시끄러운 운동장을 물끄러미 바라보았다.

'무엇을 어떻게 조치해야 이 상황을 타개할 수 있을까' 하는 아픈 고민과 씨름하는 듯한 모습이었다. 천하의 꾀쟁이 김 상무도 뾰족한 방법이 없었을 것이다. 그냥 하루하루 노조를 살피며 대응하는 것이 최선이었다. 내가 작성한 격문을 통해 노조를 달래고 어르는 것 외에는 할 수 있는 일이 없었다. 과 부장 회의와 중역 회의를 열어도 대책은 나오지 않았다. 나는 조심스럽게 김 상무의 등뒤로 다가갔다.

"노노 갈등이라 하면 자신들의 헤게모니 쟁탈일 수도 있고, 아니면 강경, 온건의 투쟁 방식 차이에서 오는 불만일 수도 있지 않겠습니까?"

"당연히 그렇겠지."

"만일에, 후자의 경우가 벌어진다면 온건노조와 손을 잡아야겠지요?"

"말이 그렇지 그게 쉽겠어?"

"그렇지요, 쉽지는 않겠지요."

"스스로 분열돼야 하는데, 마치 감나무 밑에서 입 벌리고 홍시 떨어지기를 기다리는 격이지. 설사 분열이 된다 해도 온건노조 역시 뿌리가 같은 노조인데 회사와 손잡기가 쉽지는 않을 거야."

김 상무는 별거 아닌 듯 대수롭지 않게 대답을 해 주었다.

"네, 그렇겠지요. 그렇다면 분열하도록 만들면 되겠군요. 저와 같이 움직여 줄 온건 팀을요."

나는 혼자 중얼거리듯 말하면서 돌아섰다. 김 상무의 대답을 더 들을 필요를 느끼지 못했기 때문이었다.

"그런 팀으로 분열하도록 할 수만 있으면 최고지, 회사가 인위적으…… 야! 우 계장."

상무가 갑자기 몸을 돌렸다. 하던 말을 중단하고 나를 불러 세웠다. 나도 나가려던 발길을 멈추고 돌아보았다. 마치 굶주린 매가 먹이를 쏘아보는 그런 눈초리였다. 얼굴은 이미 푸르스름해졌다. 몹시 긴장했거나 위험을 느낄 때 나타나는 표정이었다.

"자네 지금 뭔가 꾸미는 것 있지?"

그가 다급하게 물었다.

"……."

"있지? 어서 말해!"

그의 목소리는 고함에 가까웠다.

"네, 사실은……."

나는 그동안 나 혼자서 계획하고, 영길과 현주를 만나 나눈 내용들을 자세히 보고했다. 장차 계획도 설명했다. 상무는 매우 놀라는 눈치였고 만족스런 표정이었다.

"역시 네놈이 큰일 한 번 저지를 줄 알았다."

나는 보고를 마친 다음에야 작성한 홍보문을 내밀었다.

"앞으로는 홍보문도 지금과는 달리 과격하고 분열을 꾀하는 내용으로 바꾸겠습니다."

"음, 잘 추진해라. 특히 보안을 철저히 하라구. 자칫 회사의 농간으로 비치게 되면 끝장이다."

'자칫 회사의 농간으로 비치게 되면 끝장이다.' 나는 이 말이 이상하리만치 큰 충격으로 다가왔다. 상무의 말대로 이 계획이 탄로나면 회사가 엄청난 곤경에 처하는 것은 당연하다. 그 점을 모르고 시작할 내가 아니었다. 순간 아차! 하는 불안한 생각이 들었다.

내가 던진 홍보물에 대한 효과는 기대 이상이었다. 김 상무도 이제부터는 본격적인 홍보전으로 가자고 말했다. 나는 노조의 분열을 적극적으로 부추기기 위한 작업에 들어갔다. 노골적인 격문들을 작성해서 운동장에 무차별적으로 뿌렸다. 이제부터는 노조를 달래기보다 분열을 위한 이간계였다.

(상략)

지금 여러분들이 벌이고 있는 이 행동들은 완전한 불법이다.
이 불법 파업에서 이탈하는 조합원들은 그동안의 과정과
생산 차질 등에 대한 책임을 일절 묻지 않을 것이다.
지금이라도 늦지 않았으니 모두 손잡고 정윤희로부터
빠져나오라. 정윤희는 위장취업한 범법자이다.
이 범법자를 도와서 계속 파업할 경우 여러분들은
공범이 되는 것이다. 회사는 조합이 아닌 여러분 개개인을
상대로 손해배상 청구 소송 등 강력한 법적 조치를 취할 예정이며
지금 준비중에 있다. 또한 고향의 부모님과 가족들에게도
여러분들의 불법 파업으로 회사가 휴업상태이며,
머지않아 여러분들이 구속될 것이라는 사실을 알릴 것이다.

(하략)

대략 이런 내용의 선동문이었다.
강현주가 급하게 나를 찾아왔다.
"형님, 미쳤소? 이렇게 인정사정없이 써서 날리면 어떻게 해요?"
"누가 뭐라 하더냐?"
"노조를 분열시키려는 회사 측의 이간질이라며 집행부에서 난리요. 특히 정윤희는 빨리 테러라도 해서 형님 입을 막아버리라고 개지랄이오."
"이간질? 맞다. 너희들에게 빨리 결정하라는 독촉장이기도 하고. 그런데 너희들은 계속 밍그적거리고만 있을 것이냐?"

"알았어요. 그 일은 우리가 알아서 하겠지만 형님 몸조심하셔. 아침에 긴급 지도부 회의를 열었어요. 정윤희 말대로 형님을 체포해 반쯤 죽여버리든지, 안 되면 길거리 테러를 가해도 좋다는 결의까지 했어."

강현주는 걱정이 가득한 표정이었다. 그런 엄포에 기죽을 나는 아니었다. 그보다는 현주로부터 긍정적인 답을 받은 것이 더 다가왔다. 하늘은 오직 단 한 번의 기회를 줄 뿐이다. 그 기회가 나에게 다가오고 있었다.

노노 분열은 생각처럼 쉽게 할 수 있는 일은 아니다. 나는 지금 그 불가능한 일에 뛰어들었고, 진행하고 있었다.

'두 개의 노조', 생각만 해도 가슴이 떨리고 흥분이 되었다. 그러나 이 설렘은 나 혼자만의 감정이었지 정작 영길과 현주는 차분했다. 결국은 성질 급한 내가 영길과 현주를 불렀다.

강현주가 자신의 승용차를 몰고 나왔다. 나와 영길은 현주의 차에 올랐다. 현주는 아름다운 고기리 저수지를 옆에 끼고 달리기 시작했다. 광교산에서 발원한 물줄기가 아름다운 계곡을 이루고 내려오다가 저수지에서 멈추었다. 고기리 계곡은 맑은 물과 경치가 원시적이어서 자연의 멋이 그대로 눈에 들어왔다. 저수지 앞에서 현주는 차를 세웠다. 초가지붕으로 아담하게 꾸며진 작은 찻집 앞이었다.

"공명 형님, 형님의 급한 마음을 달래려고 여기 왔으니, 오늘은 노조 얘기는 하지 맙시다."

작정한 듯 현주가 말했다.

"알았다. 그런데 너는 이런 곳을 언제 알아놨어?"

내가 주위를 둘러보며 물었다.

"형님처럼 매일 일에 매이고 술에 취해서 다닐 줄 알았소? 가끔은 멋진 아가씨와 이런 곳에 와서 데이트도 하면서 살아야지."

옆에서 차를 마시던 영길이 현주의 옆구리를 툭 치면서 끼어들었다.

"여자 조심해라. 인생 망친다."

오랜만에 야외에 나온 탓인지 둘이서는 한동안 시시덕거리며 농담을 즐겼다. 나는 조용히 차만 마셨다. 그들의 말을 듣는 척만 했다. 내 머리에는 두 개의 노조라는 그림 외에는 아무것도 들어오지 않았다. 그렇다고 모처럼 즐겁게 떠들고 있는 아우들에게 노조 얘기로 분위기를 깨기도 그랬다. 일없이 침묵하고 있으려니 답답했다. 30여 분 동안 참았다가 입을 열었다. 마음 급한 나는 그들처럼 한가하지 못했기 때문이었다.

"그나저나 너희들은 언제까지 희희낙락거리고 있을 거냐?"

천진난만하게 농담을 주고받는 두 사람에게 조금은 미안했다. 그러나 나의 마음을 이해하고도 남을 두 사람이 의도적으로 분위기를 조성하는 것 같다는 고약한 의심이 들기도 했다.

"아~ 정말 징그럽다. 형은 못 말려."

영길이 얼굴을 찡그리며 말했다.

"정윤희가 우공명 하면 치가 떨린다고 하더니 이해가 간다."

그러자 현주는 내 귀에 대고 속삭이듯 말했다.

"형님, 오늘은 그냥 분위기를 즐기자니까, 또 그 얘기야?"

"그래요, 오늘은 머리나 좀 식히며 광교산의 매력에 흠뻑 빠져 봅시다."

나는 은근히 부아가 치밀었다.

"광교산의 매력 좋아한다! 너희들은 도대체 무슨 생각을 하고 있는지 얘기나 좀 들어보자."

"우리는 지금 아무 생각이 없어요."

두 사람의 입에서 공교롭게도 같은 말이 나왔다. 화가 치밀어 오른 나는 큰 소리로 버럭 소리를 질렀다. 성질 급한 놈이 원래 화부터 내는 법이었다.

"왜, 하기 싫으냐?"

실실 웃고 있던 영길이 말을 받았다.

"할 수는 있지요. 그러나 지금 결별하면 우리가 노조를 배신했다는 누명을 쓰게 됩니다. 명분이 없다는 얘기지요. 좀 기다려요. 아름다운 이별을 생각하고 있으니까. 히히."

"뭐, 아름다운 이별? 히히?…… 얘가 시인이 다 됐네. 이 사람아, 이별은 아픔이지 아름다운 이별은 없어."

"허허…… 지금 아름다운 이별을 위한 시나리오를 쓰고 있다니까요."

"지금이야, 배신이 아닌 아름다운 이별을 할 때가. 정신 똑바로 차리고 길게 봐."

"당분간은 노조 내에서 온건 노선을 걸으며 견제를 할 수는 있어도 둘로 쪼갤 수는 없다는 얘기입니다. 상무에게도 확실하게 그리 말을 했어요."

"상무를 만났나?"

"상무가 불러서 만났어요."

"김 상무가 뭐라고 하더냐?"

"'얘기는 들어서 알고 있다. 그러나 이 일은 우 계장이 단독으로 하는 일이어서 나와 회사는 전혀 모르는 일이다. 우 계장과 상의해서 하라' 이렇게 말을 하던데요?" 하고 영길이 말했다. 그러자 현주가 어기적거리며 영길의 말을 받았다.

"그날 보니까 김 상무는 완전히 형님에게 일임했다고 하더라고요. 그래서 우리 둘이 나오면서도 상무가 형님을 전적으로 신임하는구나 해서 기분이 좋았어요."

"자신은 전혀 모르는 일이다? 우 계장이 혼자 하는 일이다?"

나는 뒷머리를 얻어맞은 기분이었다. 며칠 전에 상무에게서 들은 말이 생각났다.

'특히 보안을 철저히 해라. 자칫 회사의 농간으로 비치게 되면 끝장이다.'

그날 밤 나는 깊은 생각에 잠겼다. '이 시점에서 그만두어야 할까, 아니면 일단 계획대로 추진하고 적당한 때를 보아 손을 털어야 하는가' 하는 고민에 빠졌다. 이제 노조분열은 막바지에 와 있었다. 고민 끝에 내린 결론은 '여기서 멈출 수는 없다'였다.

최영길을 불러냈다. 광교산으로 오르는 등산로 입구에 있는 두부전골집에서 만났다. 오늘의 분위기를 눈치챈 듯했다. 영길은 막걸리 두 잔을 연거푸 마시고 나서 나를 물끄러미 바라보았다. 내가 물었다.

"술맛이 어떠냐?"

"씀바귀 맛이야."

"왜 그럴까?"

"형의 맘속이 씀바귀밭이라서 그렇지."

"내 마음속에 자라고 있는 씀바귀를 오늘 모두 영길이가 뽑아 주라. 내 맘은 쓰다 못해 아예 쓰리다."

"히히, 나는 아직 그럴 생각 없어. 형이 가꾼 밭이니 형이 뽑아."

나는 한동안 말없이 두부김치를 먹고 있는 그의 모습을 지켜보았다. 영길의 모습이 지금처럼 미워 보이기는 처음이었다. 나는 아예 염두에 없는 듯 천연덕스럽게 두부김치를 먹고 있는 그가 얄밉다는 생각이 들었다. 뭔가 자극적인 행동이 필요했다.

"그래? 나도 이제 지쳤다. 너희 노조를 갈라치기 한다고 해서 내가 덕 볼 것이 뭐가 있겠냐. 오늘부로 나는 손을 턴다. 김 상무하고 너희들끼리 잘 해봐."

나는 정말 단념할 듯 심각한 표정으로 말을 하고 일어섰다. 영길이 느긋하게 마시던 막걸리를 내려놓고 급히 일어나 내 팔을 잡았다.

"형님, 알았어요. 좀 앉아요."

정말인 줄 착각하고 잡은 것이다. 나는 가끔은 결정적일 때 이 작전을 잘 활용한다. 화난 얼굴로 못 이기는 척 자리에 앉았다. 속이 깊은 그는 강경파와 헤어져야 한다는 대의에는 찬성했다.

그런데 잘못하면 자신들이 노노 갈등을 일으킨 주범으로 낙인찍히는 것을 두려워하고 있었다. 그 명분에 계속 매달리고 있었다.

"너희들 입장에서 보면 당연한 염려이고 고민이다. 나도 잘 알지."

"아니, 알면서 닦달하듯 재촉하면 어쩌자는 겁니까."

"모든 일에는 시기가 아주 중요해. 어차피 실행하기로 마음을 정한 지금이 적기야. 머뭇거리다 탄로 나면 우린 감옥행이다. 회사가 우릴 구해줄까? 사장은 시종일관 모른 척, 상무는 우리가 알아서 하는 일이라며 모두가 남일 보듯 하고 있어. 우린 지금 진퇴양난이다. 그만 손 뗄까?"

나는 사장과 상무를 위해서가 아니라 회사를 살리기 위해서라는 점을 간절하게 강조했다. 영길은 충분히 이해할 만한 사람이었다.

"이 회사가 어떤 회사인가? 자네는 나보다도 입사로는 선배이니 잘 알 것 아니냐. 선배들이 이곳 풍덕천 황무지에 첫 삽을 뜨고 땀으로 시멘트를 버무려 세운 기업이 바로 우리 회사, 제일정밀이야."

"나도 잘 알지요."

"그런 회사를 일개 위장취업자 계집애한테 넘겨?"

"그건 아니지. 노조는 회사를 말아먹자는 것이 아니고 우리의 권리를 찾자는 것이지. 갈수록 정윤희의 입김이 세지는 건 사실이지만."

"너희가 아직도 찾지 못한 권리가 무엇인데? 여고생들이 외치던 내 청춘 돌려달라는 것이냐? 흘러간 내 청춘?"

"왜 또, 쓸데없는 얘기는 해요."

"우리 마지막으로 회사를 위해 큰 그림 한번 그려보자."

내가 차분하게 영길의 손을 잡고 타이르듯 얘기를 하자 한동안 말이 없던 그는 긴 호흡을 토했다. 그리고 말했다.

"마지막이라니? 이제 시작이지."

"그렇지, 시작이지. 지금부터야. 지금부터 자네도 붓을 들어. 같이 그림을 시작하자구."

순간 나는 그의 뜻을 읽었다. 나의 가슴이 이처럼 뛰는 것도 처음이었다. 그의 손을 굳게 잡았다. 영길은 고개를 숙이고 침묵에 잠겼다. 시간이 흘렀다. 그의 어깨가 조금씩 흔들리고 있었다. 갈등이 없다는 것은, 괴롭지 않다는 것은 거짓일 것이다. 같이 깃발을 들고 일어선 동지였다. 노동자의 권리를 찾자고 외치던 조합원이었다. 위원장 개인보다는 조합이라는 단체에 대한 미안함 때문일 것이다. 나는 그렇게 고민하며 갈등하는 그가 더 미덥다는 생각이 들었다. 고민 없이 움직이는 사람은 쉽게 배신하는 것을 많이 보아왔기 때문이다.

나는 한 발짝 다가가서 그의 어깨를 힘껏 잡았다. 그리고 가슴에 안았다. 그의 뜨거운 열정이 내 가슴을 파고들었다.

나는 상무실로 올라가 상황을 보고했다. 마음은 내키지 않았으나 보고는 보고였다. 그가 속마음을 쉽게 표현할 리는 없었다. 마치 내 눈치를 살피는 듯해서 더욱 싫었다. 심사가 뒤틀린 내가 강하게 주장했다.

"노조 갈라치기, 자신합니다."

"보안은?"

"생명입니다."

"만일에……."

"제가 책임지겠습니다."

"약속할 수 있지?"

"약속드립니다."

"그럼 됐다."

상무는 이젠 모든 것을 나의 개인 일로 만들어 가고 있었다. 이런 경영진을 위해서 내가 모든 것을 걸어야 하는가 하는 자괴감이 들었다. 아름다운 이별을 위한 슬픈 약속이었다.

어차피 노조와의 싸움은 전쟁이다. 그 전쟁에서 최후의 승자가 되기 위해서는 치밀한 전략과 실행이 필수다. 수많은 병법과 역사서를 읽고 연구해 온 나의 지론이다.

이 전쟁의 1차 목표는 노노 분열이다. 합종연횡을 위한 첫 작전이었다. 경영진의 생각이 어떠하든 시작은 일단 성공이었다.

영길과 현주에게 상무를 더 자주 찾아보라고 일렀다. 머리 좋고 약은 김 상무가 이 작전에서 한 발 빼고 있어 그를 끌어들여야겠다는 고약한 생각도 있었다. 뿐만 아니라 그들도 상무로부터 사후의 보장까지 받아 놓아야 좋을 것 같았기 때문이기도 했다.

나는 몇 차례에 걸쳐 온건파를 향하여 강력하게 외쳤다. 격문 내용은 다음과 같다.

(상략)

그동안 회사를 위해 헌신해 온 여러분들이 지금이야말로
회사에 제대로 사랑을 표시할 적기가 돌아왔다.
우리가 어떻게 가꾸고 키워온 회사이던가?
별 보고 출근해서 달 보고 퇴근하며, 일요일도 국경일도
휴가도 반납하며 일구어온 이 자랑스러운 회사를,
의식화된 일개 위장취업자의 선동에 넘어가
우리의 일터를 망칠 수는 없다. 정윤희가 우리 회사를 알면
얼마나 알겠는가. 이제라도 늦지 않았다.
하찮은 위장취업자의 치마폭에서 과감히 탈출하라.
회사는 아무 조건 없이 여러분들을 품을 것이다.
여러분들도 알다시피 정윤희와 부적절한 관계를 맺어온
일부 지도부는 그 치마폭 아래서 나오지 못할 것이나,
그렇지 않은 순수한 우리 사원들은 결단을 내릴 때가 되었다.
자~ 다시 회사의 깃발 아래로 모여라.

(하략)

나는 정윤희와 일부 지도부의 색깔 있는 소문을 처음으로 인정하고 공식화했다. 현주가 싱글벙글 웃으며 찾아왔다. 그 역시 오랜만의 밝은 모습이었다.

"형님, 대단합니다. 아예 대놓고 정윤희 스캔들을 폭로하네."
"너는 한 점 부끄럼 없어?"
"으이그…… 형님도 참. 그나저나 오늘 격문을 보고 은근히 나를

찾아오는 사람들이 엄청 많아졌어."

"그래? 반응이 좋다니 다행이네. 총 몇% 정도 되겠어?"

"약 50% 정도."

'그래, 답은 노노 갈라치기다. 드디어 내 머릿속에 그리고 있는 한 마리 용의 스케치는 이렇게 끝냈다.'

영길과 현주의 온건 팀은 이날 이후 본격적으로 실체를 드러내기 시작했다. 이들을 불러 두 팀의 이름을 지어 부르기로 했다. 정여포를 따르는 강경파는 강성 팀으로, 최영길을 중심으로 하는 온건파는 온건 팀으로 하였다. 홍보문을 작성할 때 편의상 이름이 필요했기 때문이었다. 순전히 우리가 임의로 정하여 부르기 시작했으나 양 팀과 중역은 물론 일반 사원들에게까지 공용 명칭이 되었다.

온건 팀이 헤어지기로 결심한 마당에 이왕이면 강한 조건을 걸어 명분을 내세우는 것이 좋을 듯했다. 나는 두 사람에게 '정윤희를 내보내라'는 조건을 지도부에 내세우도록 했다. 정윤희의 뜻대로 이끌려 가는 것에 대한 불만이 가장 크다는 것을 알고 있었기 때문이다. 노조 내에서 정윤희는 절대적인 존재였으니 성공할 수 없는 주장이었다. 그러나 그 주장은 과연 폭발력이 컸다. 아울러 온건 팀은 지도부가 결정한 사항에 대해서도 사사건건 의도적으로 반대하기 시작했다. 위기감을 느낀 지도부는 갑자기 과격해졌다. 파업의 강도를 높이고 인원 단속에 들어갔다.

속사정을 모르는 위원장 및 지도부는 영길과 현주를 어르고 달랬다. 그러나 온건노조는 이미 마지막 선을 넘은 지 오래였다. 나는 두 사람을 번갈아 만나서 되도록 빨리 결별 선언을 하라고 재촉했다. 그 시점이 되어야 노조 갈라치기는 완전한 성공을 하기 때문이다.

온건 팀은 드디어 강성 팀과 완전 결별을 선언했다. 정윤희를 내보내라는 억지 주장에 결국은 강성 팀이 발목을 잡힌 것이다. 강성 팀의 지도부는 영길과 현주는 물론 온건 팀원들을 상대로 온갖 욕설을 퍼부었다. 온건 팀은 그날부터 독립적인 활동을 하기 시작했다.

온건 팀은 강성 팀과 헤어진 후 뒷산의 소공원에서 별도의 첫 모임을 개최했다. 남자 조합원의 약 50% 정도이니 절반의 이탈이었다. 이 정도 인원이면 충분히 승산 있는 작전을 펼칠 수 있다는 자신감이 생겼다.

영길과 현주를 조용히 불러냈다. 호남이 고향인 현주가 안내한 곳은 홍어삼합집이었다. 수지 읍내의 먹자골목에 있는, 나도 가끔 이용하는 단골집이었다. 삶은 돼지고기 한 점에 묵은지 얹고 완전히 삭힌 홍어를 막걸리와 곁들여 먹는 맛은 일품이다.

"오…… 홍어삼합."

내가 탄성을 지르며 들어가자 먼저 와 있던 두 사람은 자리에서 벌떡 일어섰다. 힘이 들어가 보였다. 일어선 채로 현주가 찌그러진 양은 잔에 막걸리를 가득 따라서 나에게 건넸다.

영길이 흥분된 표정으로 건배를 선창했다.

"오늘의 성공과 앞날을 위하여!!"

나와 현주도 같이 큰 소리로 외쳤다. 그리고 입을 떼지 않은 채로 잔을 말끔히 비웠다.

자리에 앉자 현주의 두 눈에는 이슬방울이 맺혔다. 물끄러미 바라보던 나의 가슴도 울컥했다. 나는 두 사람의 손을 모아 잡았다. 내가 할 수 있는 말은 단 한마디였다.

"수고했다. 너희들 욕먹지 않게 하마."

나는 삼합 한 점을 입에 넣고, 지독한 암모니아 냄새에 온갖 오만상을 지었다. 나는 고향이 충청도였지만 홍어삼합을 좋아했다. 고향에서 아버지는 대목수였다. 서산과 안면도까지 일을 다니며 삼합에 맛 들인 덕분에 집에서도 자주 먹을 기회가 있었다. 진하게 삭힌 홍어, 코가 아플 정도로 삭힌 홍어를 좋아하는 식성도 아버지를 닮았다. 그러나 당시에는 홍어삼합이라는 말은 없었다.

굳어 있는 두 사람의 기분을 바꾸기 위해서 내가 말했다.

"야! 영길이가 말했지? 며칠 전에 아름다운 이별을 생각하고 있다고."

"맞아, 내가 그랬지요."

"이제 와서 얘기지만 정윤희와도 아름다운 이별을 했나?"

내가 짓궂게 놀리자 막걸리를 마시고 있던 영길은 술이 목에 걸렸는지 캑캑거리다 마시던 술잔을 입에서 떼어 놓았다. 수염도 없는 맨 턱을 문지르며 오랜만에 유쾌한 표정으로 말했다.

"역시 형님 말대로 아름다운 이별은 없습디다. 히히히."

"아니, 멧돼지 최영길과 요부 정윤희가 언제부터 그런 사이였어?"

현주의 천진난만한 물음에 우리는 한바탕 웃었다.

광교산 자락 능선에 펼쳐진 저녁노을이 찌그러진 막걸리 잔에 가득 잠겼다. 나는 노을을 마시고 있었다.

다음날 상무에게 두 개의 노조가 탄생한 과정을 처음부터 자세히 보고했다. 상무가 듣거나 말거나 보고는 내 임무였다. 상무는 나의 보고가 끝날 때까지 단 한마디도 없었다. 보고를 마치고 돌아서 나올 때였다.

"지금까지의 일은 철저하게 보안을 유지해. 잘못되면 회사가 곤란을 겪게 되니까."

그의 머릿속에는 회사와 자신만 있고 나, 우공명은 없었다.

제2부

천하삼분지계

나는 처음부터 기업에 노조가 꼭 필요한 것인가? 하고 생각하는 사람이었다. 처음이자 마지막 직장인 제일정밀에 근무하면서 이 회사를 기준으로 삼았기 때문일 것이다.

내가 노사협의회 사원 측 위원이 되기 전까지는 그랬다. 나는 회의에 앞서 부서원들의 의견을 청취하는 것을 원칙으로 했다. 전혀 생각지 못했던 불만들이 쏟아져 나왔다. 근무시간, 임금, 식사문제 등의 기본적인 복지는 물론 회사의 경직된 경영도 문제란 걸 알았다. 그러나 어용인 노사협의회 가지고는 이런 불만들을 해소하기에는 분명한 한계가 있었다. 그동안 나는 우물 안의 개구리였다.

'회사에 노조는 필요한 것이구나' 하는 생각을 이때부터 하기 시작했다. 어느 술자리에서 이런 문제점들을 얘기한 적이 있었다. 동료들은 나를 보고 노조를 만들어서 위원장을 하면 잘할 것이라고 했다. 물론 농담이었을 것이다. 나 역시도 천성적으로 어울리지 않는 자리라고 농담으로 받았다. 하지만 필요하다는 생각을 한 것은 사실이었다. 그런 내가 반노조 성향으로 돌아선 것은 상무의 지시를 받아 각종 홍보물과 선전문을 쓰면서부터였다. 극단적 파업을 통해 모든 것을 한꺼번에 얻으려는 그런 노조는 상상조차도 해본 적이 없었기 때문이다. 노조의 불법성에 점차 실망하기 시작한 것이다. 정당성도 명분도 없는 전면파업, 위장취업자의 난동은 노조에 대한 나의 환상을 깨기에 충분했다. 더구나 정여포의 '쫄따구 계장' 발언 등을 겪으면서 환멸을 느꼈다. 회사를 말아먹겠다는 일종의 붉은 집단, 홍위병 같다는 생각이 나를 완전히 돌아서게 했다. 기업에 노조는 있어서는 안 될 암적인 존재처럼 느껴지기 시작한 것이다.

요즘에는 다시 생각이 달라졌다. 기왕에 생긴 노조를 이렇듯 분열시키는 것이 과연 옳은 일인가 하는 갈등 때문이었다. 말인즉 아름다운 이별을 표방했으나 노조의 박멸과 다름없는 잔인한 작전이었기 때문이다. 최전방에서 노조를 견제하는 일을 하면서부터였다.

그러나 요즘에는 또 다른 고민에 빠졌다. 한차례 중역 회의에 참석하기도 했고, 본의 아니게 알게 된 경영진의 무능과 보신주의, 회사의 경영방식, 일부 중역들의 추한 사생활들은 나를 혼란스럽게 했다. 건전하고 온건한 노조는 역시 필요하다는 생각과 지금 노조의 행태 사이에서 갈등은 다시 재연된 것이다.

나도 남들과 같이 행동하면 될 일이었다. 비에 젖은 낙엽처럼 복지부동하고 잔머리나 굴리며, 눈동자만 열심히 돌리면 될 일이었다. 난세에는 그런 사람들의 생존 전략이 통했다. 나도 그렇게 하려면 충분히 할 수 있는 자질과 요령을 겸비한 조잡스런 일면도 갖춘 사람이었다. 그러나 이미 나는 내 마음대로 발을 뺄 수 있는 처지가 아니었다. 돌아올 수 없는 강을 건너가고 있었다. 강을 건너가면 타고 건너온 나룻배마저 태워버려야 할 운명의 시간이 두렵기도 했다.

오랜만에 퇴근해서 집에 들어왔다. 3일 만에 온 것 같다. 아내는 깜짝 놀랐다. 오늘도 못 들어오고 회사에서 자는 줄 알았다고 했다. 거실에 돗자리를 폈다. 이동식 가스렌지를 놓고 퇴근하면서 사 온 삼겹살을 구웠다. 아이들이 더 난리였고 부모님도 좋아하셨다. 모처럼 아버지께 약주를 한잔 올릴 때였다. 전화벨이 울렸다. 전화기 옆에 앉아 있던 큰아이가 받았다. 얼굴을 찡그리며 수화기를 나에게 건네주었다. 강성 팀의 행동대장인 C의 전화였다.

"야! 우공명 이 개새끼야. 너, 죽고 싶어서 안달 났어? 그동안 정으로 참아줬더니 이젠 노조까지 둘로 쪼개냐? 도끼로 네 대갈통도 두 쪽으로 갈라놓겠어. 각오해라. 알았어?"

일방적으로 쌍욕부터 하고는 바로 전화를 끊어버렸다. 대꾸할 시간조차도 주지 않았다. 곧바로 전화벨이 다시 울렸다. 이번에는 내가 직접 받았다. 다른 사람이었다.

"우공명 계장님이세요?"

예의를 갖춘 듯한 온화한 목소리였다. 나도 역시 온화하게 받았다.

"네, 그렇습니다."

"네, 그렇습니다? 이 새끼 뻔뻔하게 전화 받는 폼 좀 보소. 그래, 시원하냐? 노조를 수박 쪼개듯이 둘로 갈라놔서. 얼마나 잘 처먹고 잘사나 두고보자."

갑자기 고함과 같은 큰 소리였다. 이번에도 일방적으로 전화를 끊었다. 그러자 전화벨은 또 울렸다. 나는 조용히 전화기 코드를 뽑아 놓았다. 가족 모두가 수저를 든 채로 나를 바라보고 있었다.

"아, 잘못 걸려온 전화예요. 걱정마시고 약주 한잔 드세요."

아버지는 한참을 나만 바라보더니 소주잔을 기울이셨다.

제일정밀 노조의 수준을 보여주는 단적인 예였다. 자신들의 조직, 자신이 아니면 모두가 적이었다. 그들은 그래서 자신만의 잔치를 벌이고 있었다. 광교산과 회사를 붉게 물들이기만 하면 모두가 호응하고 일어설 줄로 알았던 착각이 서서히 그들을 침몰시키고 있었다. 마지막 발악하는 맹수들의 울부짖음과도 같았다. 그 후에도 이 릴레이 전화폭력은 며칠간 계속되었다. 이 릴레이 전화는, 잠을 이루지 못하면서 나름 아파했던 나의 고민을, 노조에 대해 남아 있던 작은 연민마저 완전히 날려버리는 계기가 되었다.

영길로부터 만나자는 연락이 왔다. 회사 맞은편에 있는 다방에서 만나자고 했더니, 그럴 시간 없으니 정문 앞에서 잠시 보자고 했다.

"모처럼 차 한잔 하자니까."

"그럴 시간 없어요."

"자네답지 않게 왜 이리 서둘러?"

"형님! 3일 후에 강성 팀 애들의 대대적인 시위가 있을 예정이라고 합니다. 뭔가 결정적인 목표를 갖고 한다는 정확한 정보니 준비하세요. 심상치가 않아요."

"무슨 결정적인 목표?"

"그건 나도 몰라요. 잘 알아보세요."

영길은 그렇게 말하고 급히 사라졌다. 내가 불렀으나 그는 돌아보지도 않고 도망가듯 달려가 버렸다. 황급히 사라지는 영길의 뒷모습에서 왠지 모를 불안감을 느꼈다.

나는 유사시 온건 팀을 오른팔로 활용할 계획이었다. 그래서 두 개의 노조로 만든 것이다. 분명히 뭔가 있다는 생각이 들었다. 영길의 허겁지겁 달아나듯 하는 모습이 마음에 걸렸다.

'결정적인 목표를 가진 시위? 조합이 둘로 갈라졌다. 인원도 반으로 줄어들었다. 이 상태에서 강성 팀이 할 수 있는 선택은 과연 무엇일까?'

내가 강성 팀의 입장이 되어 곰곰이 생각해 보았다. 죽기살기식 과격한 파업이거나, 근무하는 척하면서 경영을 훼방하는 것 외에는 달리 방법이 없을 것 같았다. 곧바로 김 상무에게 보고했다.

"어떻게 준비하면 되겠습니까?"

내가 물었다. 상무는 한동안 침묵하고 있었다. 고뇌에 찬 모습이었다. 안됐다는 생각이 들었다. 그의 고민은 회사의 고민이고 그의 결정은 곧 회사의 결정이었다. 그나마 김 상무마저 없었다면 나는 누구에게 보고하고 협의하여 이 상황을 타개해 나갈까 하는 생각이 들었다. 그나마 다행이라는 생각을 했다.

"경찰에 신고해서 만일을 대비하는 것이 좋지 않을까요?"

답답해서 내가 재차 묻자 침묵을 깬 상무가 말했다.

"강성 팀이 어떻게 나올지 모르는 상태에서 경찰은 회사의 부담이 크다. 일단 지켜보면서 대응하자. 그날에는 간부사원들과 비조합 전 사원이 모두 출근해서 만일의 사태에 대비하도록 해라."

전 사원이 대기하라는 말은 곧 정면돌파로 가겠다는 의지의 표현이었다.

운명의 그날이 왔다. 나는 아침 일찍 출근길에 현주의 집으로 발길을 잡았다. 영길의 제보가 궁금하기도 했지만, 만일의 사태에 대한 준비도 필요했기 때문이다.

"오늘 강성 팀이 무슨 사고를 칠 것 같다고 하던데, 자네 알고 있나?"

마침 세수를 하고 있던 현주가 수건을 내려놓으며 말했다.

"누가 그래요?"

"영길이가……."

"저도 듣긴 했는데 도무지 확인할 수가 있어야지. 저도 궁금해요. 다만 밖에서 단합대회를 한다는 정보는 얻었어요."

"밖에서? 밖에 어디서?"

"저도 그것까지는 몰라요."

나는 잠시 생각해 보았다. '밖에서 단합대회를 한다. 결정적인 목표를 갖고, 혹시, 회사를 점거하겠다는?'

"너희 팀은 오늘 어디에서 모이나?"

"소공원이지 뭐. 어디 갈 곳이 있나."

"내가 부르면 회사로 집합할 수 있어?"

현주는 한참을 생각하더니 단호하게 말했다.

"아니요. 동네 패싸움에 우리를 끌어들이지 마세요."

"패싸움? 너 뭔가 알고 있지?"

현주는 뭔가 알고 있는 듯한 느낌이어서 몇 차례 물었으나 전혀 모른다고만 했다. 영길도, 현주도 분명 뭔가 숨기는 듯한 느낌이었지만 그들은 끝내 말하지 않았다. 같은 노조였던 강성 팀에 대한 마지막 배려였다는 것을 후에 알았다.

회사 내에는 관리자들과 비조합 사원들만 남아서 군데군데 모여 잡담을 하고 있었다. 강성 팀의 행방을 아는 사람은 아무도 없었다. 상무실로 급히 올라갔다.

"아무래도 감이 좋지 않습니다. 강성 팀은 오늘 밖에서 단합대회를 열기로 했다는데 소재는 전혀 파악되지 않습니다. 밖에서 모인다는 것이 아무래도 마음에 걸립니다. 혹시……."

"말해 봐."

"강성 팀은 회사를 점거해서 장기 농성으로 가자는 모의를 하는 것이 아닐까요?"

"회사를 점거해서 장기 농성으로 가겠다?"

김 상무는 책상을 힘껏 내려치고는 벌떡 일어섰다.

"그래, 맞다. 회사를 점거하고 농성으로 가겠다는 속셈이다. 지금 사원들은 뭐 하고들 있나?"

"각자 사무실에서 대기 중에 있습니다."

"빨리 생산부장을 불러와."

나는 총무과로 달려갔다. 마침 한민주가 혼자서 사무실을 지키고 있었다. 생산부장은 급히 상무실로 오라는 사내방송을 부탁했다.

내가 다시 상무실로 올라가려 하는데 한민주가 불렀다.

"시간 없어. 바쁜 얘기 아니면 다음에 해요."

뒤도 돌아보지 않고 다시 상무실로 올라가는데 곳곳의 스피커를 통해서 민주의 고운 목소리로 방송이 나왔다.

생산부장이 급히 들어오자 상무의 지시가 떨어졌다.

"회사에 있는 사원 모두 동원해서 몽둥이든 뭐든 하나씩 들고 회사 정문과 후문, 담을 둘러싸고 철저히 지키라고 해. 빨리!"

곧바로 회사 주변에는 사원들이 각자 쇠파이프 등 한 가지씩 들고 배치되었다. 역시 상무도 내 생각처럼 정면돌파를 하기로 작심한 것 같았다.

날이 저물 무렵이었다. 상무로부터 나에게 중역실 부근에서 절대로 이탈하지 말고 대기하라는 지시가 내려왔다. 이 말을 전달하러 나를 찾아온 한민주는 긴장된 표정이었다.

"아까는 미안했어. 근데 왜 불렀어?"

"계장님 혼자 바쁘신 것 같아서 차 한잔 드릴까 했지요."
"고마워. 그러고 보니 오늘은 정말 커피 한잔도 못 했네."
갑자기 피로감이 밀려왔다.
"계장님, 오늘은 뭔가 터질 것 같은 불길한 생각이 드는데, 큰일은 없겠지요?"
"글쎄, 무슨 일이라도 생겼으면 좋겠어?"
"아이고, 계장님도 무슨 그런 말씀을요."
그녀는 조용히 웃으며 회의실을 나갔다. 그동안의 경험에서인지 제법 상황을 읽는 눈이 트인 것 같다는 생각이 들었다.

총무과 직원이며 지금은 상무의 임시 비서를 겸하고 있는 한민주는 수원의 한 명문대학을 졸업한 재원이었다. 순발력도 좋고 똑똑했다. 회사에서는 기본 업무를 제외한 나의 모든 활동에 스스로 나서서 도와주는 조력자이며 해결사였다.

작은 회의실에 혼자 앉아 있기가 답답해서 2층 중역실 난간으로 나갔다. 바라보는 서쪽 하늘에는 마침 저녁노을이 붉게 물들어 있었다. 그날따라 더욱 찬란하게 보이기는 했지만 아름답다는 생각은 들지 않는 서산의 낙조였다. 멀리 광교산 능선에 숨어버린 붉은 태양의 그늘에 불과했다. 저녁노을을 보고도 아름다움을 느낄 사이 없이 쫓기듯 살아온 직장생활이었다.

내가 저녁노을을 아름답게 느껴본 적이 전혀 없었던 것은 아니다. 어릴 적에 누렁이를 데리고 풀을 뜯길 때, 나는 누렁이 등에 올라 풀피리를 불거나 책을 보는 것을 즐겨했다. 누렁이는 어릴 적부터 나와 친구처럼 지냈기 때문에 나의 말을 잘 들어주었다.

해가 저물 무렵까지 아버지는 들에서 일하고 계셨다. 소등에 올라타서 책을 읽고 있는 나를 발견하면, 밭일하던 호밋자루를 내던지고 부랴사랴 달려오던 아버지였다. 아버지의 어깨너머로 붉게 타오르던 저녁놀, 그것은 아버지의 마음이었다. 어린 나이에도 그 저녁놀은 참 아름다웠다는 생각이 들었고 장성한 지금도 아름다운 노을의 추억이었다. 그런 낙조가 요즘은 아름답다는 생각이 들지 않았다. 붉은색이 싫어지기 시작한 어느 날부터였을 것이다.

총무과 B와 한민주가 다가왔다. 그들의 손에는 종이컵이 들려 있었다. 한민주는 양손에 들고 있던 컵 하나를 나에게 내밀었다. 커피였다. 커피 한잔할 시간 없이 뛰어다닌 내가 마음에 걸렸나 보다.

회의실로 갔더니 없어서 한참 찾았다고 했다. 두 사람은 나의 좌우에 서서 광교산에 걸친 노을을 바라보았다.

"와, 저 노을을 보세요. 참 멋있어요."

민주가 탄성을 질렀다.

"나도 오랜만에 본다. 저 노을을."

B가 말을 받았다. 두 사람은 감탄하며 나를 바라보았다. 자신들의 느낌에 동참해 달라는 뜻 같았다. 나는 노을보다도 민주가 건네준 커피의 맛에 취해 있었다.

B는 사장실에서 찾을지 모른다며 급히 달려갔다.

"저 친구는 뭐가 급해서 저리 뛰어가나?"

"좀 전에 상무님이 전 중역들을 사장실로 호출했어요. 비상 중역회의를 여는가 봐요."

"비상 중역회의라……."

전에 김 상무 지시로 중역회의에 한 번 참석했었으나 어느 중역 한 사람도 의견을 말하는 사람은 없었다. 중역회의를 왜 하는지 의문이 들 정도였다. 오늘 비상 중역회의도 그럴 것 같다는 생각이 들었다.

"계장님, 며칠째 댁에 못 가셨지요?"

"아니야. 모처럼 어제는 다녀왔어."

"혼자서만 고생하시는 것 같아요."

"고생은 무슨. 왜, 몰골이 꾀죄죄해 보여?"

"좀 그래요."

"체중이 좀 빠지기는 했더라."

"여기서 생활하는 기간에 옷은 어떻게 하시는데요?"

"속옷?"

"회사 가운도요."

"속옷은 몇 벌 준비해 두었다가 필요할 때 바꿔입고, 가운은 2주일째 그냥 입고 있어."

"……."

민주는 말없이 광교산을 바라보았다. 어둠이 조금씩 내려오고 있었다. 붉은 그늘이 그녀의 얼굴에도 다가왔다. 뭔가 할 말이 있는 듯했지만 억지로 참고 있는 표정이었다.

"가운 정도는 제가 세탁해 드릴 수 있는데……."

모기소리만큼이나 작은 울림 같은 그녀의 독백이었다.

광교산 능선에 걸쳐 있던 노을도 들어가고, 5월의 따스한 바람이 오히려 미지근한 물처럼 기분 나쁜 저녁이 되었다.

회사 정문 앞의 대로가 갑자기 소란스러워졌다. 수많은 인파가 순식간에 회사 앞 도로를 점령했다. 마치 땅속에서 솟아오른 개미 떼처럼 보였다. 섬뜩한 구호와 노래가 수지 읍내의 하늘을 울리기 시작했다. 강성 팀 조합원들이 회사 정문으로 몰려왔다. 기습적으로 몰려들기 시작한 일부는 정문을 두드리며 고함을 질렀다. 일부는 담을 넘으려고 안간힘을 쓰고 있었다. 회사를 점령하기로 작정하고 온 것 같았다. 간부와 일반 사원들이 회사를 봉쇄하고 지킬 것으로는 예상하지 못한 듯 당황하는 모습이었다.

"계장님, 큰일 났어요. 강성 팀이 쳐들어왔나 봐요."

겁먹은 민주의 얼굴색이 창백해졌다. 나의 오른팔을 잡고 팔짝팔짝 뛰었다. 나는 그런 민주에게 신경쓸 시간이 없었다. 강성 팀원들의 인원을 대략 헤아리는 것이 급했다. 땅거미가 내려서 정확하진 않으나 약 200~250여 명 정도로 보였다.

"빨리 담을 넘어가서 회사를 접수하자."

낯설지 않은 여포의 목소리가 어둠을 가르고 있었다. 역시 회사를 접수해서 장기 농성에 들어가겠다는 것이 그들의 계획이라는 확신이 들었다.

"안 되겠다. 어디 가서 짱돌 좀 들고 와."

역시 정여포의 고함이었다. 그들의 움직임을 예의주시하고 있는데, B가 급한 걸음으로 다가왔다. 사장실에서 급히 찾는다는 전갈이었다.

"미스 한, 사장실에 차 좀 부탁해."

나는 그렇게 소리치고 사장실로 달려갔다. 그러면서 마음속으로 외쳤다. '이젠 하는 수 없다. 회사를 내주고 직장폐쇄로 가야 한다.'

테이블에는 김 상무 등 다섯 명의 중역과 맹 사장이 둘러앉아 있었다. 무역 담당 곽 전무를 제외한 중역들이 모두 모여 있었다. 김 상무는 나를 보자 비어 있는 자리에 앉으라고 했다. 이미 마련된 자리처럼 보였다.

창밖을 바라보고 담배를 피우던 사장도 내가 자리에 앉자 테이블 위에 두 손을 얹으며 돌아앉았다. 심각한 모습의 김 상무를 제외하고는 모두가 시종일관 무표정한 얼굴들이었다.

"우 계장, 밖의 사정은 좀 어떠한가?"

피우던 담배를 신경질적으로 재떨이에 비벼서 던진 상무가 침통한 어조로 물었다. 굳은 결의보다는 난감하다는 표정이었다.

"강성 팀 전원이 모여서 곧 담을 넘어와 점령할 기세입니다. 간부 사원들과 일반 사원들이 지키고 있습니다."

"강성 팀은 몇 명이나 되어 보이던가?"

"대략 200~250여 명 정도 되는 것 같습니다."

김 상무가 고개를 끄덕였다. 다른 중역들은 눈을 아래로 내리

깔고 침묵하고 있었다.

담배 한 개피를 다시 입에 물고 불을 붙이려던 김 상무가 담배를 입에서 빼내며 온건 팀의 행방을 물었다.

"의도적으로 피한 것 같습니다. 아직도 뒷산에 모여 있다고 합니다."

김 상무가 내려놓았던 담배를 다시 입에 물자 옆의 맹 사장도 담배 한 개피를 입에 물었다. 두 사람이 라이터의 불을 담배에 붙이려는 순간이었다. 참석한 중역들이 갑자기 어깨를 움츠렸다. 본관 건물 도로 쪽 옆 창문들이 와장창 깨지는 소리가 났기 때문이었다.

나는 마치 용수철이 튕기듯 본능적으로 일어나 뛰어나갔다. 밖에서 날아오는 돌들은 사정없이 본관 건물의 유리창들을 깨고 있었다. 이미 남쪽 창문들은 모조리 파손되었다. 복도에는 계속 유리 파편과 돌이 쌓이고 있었다.

노조가 설립된 이후로 파업이나 과격한 행동들이 있긴 했지만, 건물이나 기물 파괴는 거의 없었다. 온건 팀의 탈퇴로 큰 위기감을 느낀 강성 팀이 야외집회에서 중대한 결정을 하고 돌아온 것은 사실 같았다. 그들은 지금 돌아올 수 없는 강을 건너고 있었다. 그들은 타협과 협상이 아니라 회사를 점령하는 장기 농성이 목적인 것처럼 보였다. 그렇다면 차라리 잘 되었다. 나는 급히 사장실로 돌아왔다.

"강성 팀이 일제히 본관 건물을 향해 돌을 던지고 있습니다.

이 정도면 회사를 점령하고 장기 농성으로 들어갈 계획인 것이 확실합니다."

나를 바라보고 있던 사장을 비롯한 중역들의 시선은 상무의 얼굴로 모여졌다. 모두가 하나같이 무표정한 표정으로 김 상무의 입만 바라보는 형국이었다.

"나도 그럴 것으로 생각하고 있었다. 그런데······."

김 상무는 말끝을 흐렸다. 그의 튀어나온 입술은 파르라니 굳어 있었다. 긴 목에는 푸른 힘줄이 곳곳에 솟아올랐다. 모든 고민과 책임을 혼자서 짊어진 양 그런 모습이었다.

맹 사장과 중역들은 계속 침묵을 지켰다. 밖에서 들려오는 함성은 더욱 커져 수지읍내의 밤하늘을 덮쳤다. 건물 벽과 유리창으로 날아드는 돌팔매질은 거의 폭격 수준이었다.

이때 사무실 문이 열리며 한민주가 찻잔이 놓인 쟁반을 들고 들어왔다. 향기가 그윽한 녹차였다. 타이밍이 좋았다.

나는 녹차를 한 모금 마시며 생각을 정리했다. 긴 침묵 끝에 역시 김 상무가 정적을 깼다. 장고 끝에 결론을 얻은 듯 조금은 편한 모습이었다. 모두의 시선은 시종일관 상무의 튀어나온 입으로 집중됐다. 과연 이 상황에서 김 상무는 어떤 결정을 내렸을까 기대하는 눈치였다. 맹 사장과 나의 시선도 마찬가지였다.

"우 계장, 이 상황에서 우리가 어찌했으면 좋겠나? 자네는 처음부터 노사분규에 관여해서 잘 알고 있고, 누구보다도 상황판단이 빠르고 머리가 좋으니 생각한 것이 있으면 얘기해 봐."

김 상무가 긴 침묵 끝에 내어놓은 말이었다. 나는 적잖이 당황했다. 사장이나 다른 중역들의 의견을 먼저 듣고자 할 줄 알았으나 일개 계장의 의견부터 물어오자 중역들 역시 의외라는 표정들이었다. 이 중요한 시점에 하필이면 내 의견을 먼저 묻는 것이 나도 부담되었다. 나는 잠시 맹 사장을 비롯한 중역들을 돌아보았다. 모두가 나를 바라보고 있었다. 한편으로는 오늘따라 고독해 보이는 상무를 도와야겠다는 생각도 들었다. 나는 상무의 고뇌에 찬 최종결정을 솔직히 짐작하고 있었기 때문이었다. 상황이 이 정도 되면 이제 답은 하나였다.

"감히 제가 의견을 내어도 되겠습니까?"

내가 감히라고 먼저 표현했다. 그만큼 중요한 건의를 해도 되느냐는 뜻이었고, 결정권이 없는 내가 부담 없이 내 생각을 얘기하겠다는 뜻이기도 했다. 모두가 다시 나를 주시했다. 사장과 중역들은 과연 내가 무슨 말을 할까 하는 의구심의 눈초리를 보냈다. 전면에 앉아 있던 길 이사가 어서 말하라는 표정으로 손짓을 했다.

"직장폐쇄가 답입니다."

나는 기다렸다는 듯이 담담하게 대답했다.

"직장폐쇄?"

앞에 앉아 있던 길 이사를 비롯한 중역들이 합창하듯 황급하게 되물었다. 사장도 놀라는 표정으로 보아, 중역들이 직장폐쇄까지는 전혀 논의하지 않은 것 같았다. 그러나 상무는 조금도 동요하지 않는 모습이었다. 특유의 가느다란 눈을 더 가늘게 뜨고 나를 노려보고 있었다.

"직장폐쇄 이외에는 답이 없나?"

김 상무는 가래가 섞인 듯한 목소리로 담담하게 물었다. 마치 내 입에서 그 말이 나올 것을 짐작하고 있었던 사람처럼.

"현재 이 상황에서는 그 길밖에 없는 것으로 보입니다."

나는 잠깐 숨을 들이쉬고 말을 이어갔다. 되도록 차분하고 담담한 목소리로 다듬었다.

"지금 상황에서 정문을 열어주면 회사는 끝장입니다. 온건 팀, 강성 팀은 저희들끼리 매번 부딪치고, 모든 협상도 2중으로 해야 하는데 회사가 정상적으로 돌아갈까요? 이것은 하책입니다. 그럴 바엔 차라리 직장폐쇄를 선언하고 회사에서 철수한 후에 다음을 기약하는 것이 나을 것 같습니다. 이것이 상책으로 생각됩니다. 그리고……."

"말해 봐."

"오늘 직장폐쇄를 선언하고 회사에서 철수하면 그들은 회사를 점령하여 농성에 들어갈 것입니다. 처음엔 기고만장하겠지요. 하지만 그들은 어항 속의 물고기가 될 것입니다. 한번 들어가면 결코 나오지 못하는 어항 속의 피라미들, 우리가 유리한 상황을 만든다면, 언제든지 그 어항 정도는 걷어내면 된다고 생각합니다."

"어항 속의 피라미라…… 언제든지 걷어낼 수 있다?"

나는 이 기회에 강성노조를 아예 없애겠다는, 달리 생각하면 잔인한 생각을 하고 있었다.

"직장폐쇄는 언제부터 생각하고 있었나?"

김 상무가 물었다.

"노조를 두 팀으로 분열시킬 때부터 큰 그림을 그리기 시작했습니다. 물론 직장폐쇄까지 포함해서입니다. 만일 오늘 같은 사태가 벌어진다면 직장폐쇄는 마지막 카드로 생각하고 있었습니다."

"결심은?"

"오늘 아침 강현주를 만나고 난 후입니다."

참석한 중역들은 직장폐쇄라는 극단적 선택을 마치 남 얘기하듯 하는 나를 보고 놀라는 표정들이었다. 그들은 곧 김 상무에게로 눈길을 돌렸다. 정여포의 말대로 일개 '쫄따구 계장'의 말을 김 상무가 설마하니 따를까 하는 호기심과 의문의 눈길들이었다. 중역 중 누구 한 사람도 한마디 의견을 말하는 사람은 없었다. 상무와 계장인 나만 발언하는 이상한 비상 중역회의가 오늘도 열리고 있었다.

부담을 느낀 김 상무의 입술이 바르르 떨고 있음을 보았다. 반쯤 아래로 깔고 있는 그의 눈도 보았다. 꺼지지 않은 담배꽁초의 푸른 연기를 향하고 있는 듯했으나, 가늘게 뜨고 있는 눈꺼풀은 입술처럼 경련이 일고 있는 것을 보았다. 이 시간, 이 상황은 제일정밀에서 김 상무의 위상을 아낌없이 보여 주는 장면이었다. 직장폐쇄를 잘못 건의한 것일까? 상무의 속뜻을 잘못 읽은 것일까? 하고 후회하는 순간, 피우던 담배를 신경질적으로 비벼끈 상무가 이윽고 입을 열었다.

"자네도 그렇게 생각하는가? 좋다. 그렇다면 더 망설일 필요

없이 이 시간부터 직장폐쇄로 간다. 지금부터 자네는 직장폐쇄에 즈음하여 용인군민들에게 보내는 글, 전 사원에게 알리는 글, 사원 가족들에게 보내는 글, 이렇게 세 가지 글을 빨리 써서 가져와 봐."

마치 준비된 원고를 읽듯이 숨가쁘게 쏟아내었다. 김 상무의 주문을 새기며 테이블을 바라보았다. 담배꽁초의 불씨가 필터로 옮겨가며 마지막 단말마처럼 몸부림치고 있었다. 사장이 버린 담배꽁초였다.

고함과 돌팔매질은 갈수록 거세지고 있었다. 사장은 침묵하고 있는 상황에서, 상무의 일방적인 선포로 좋든 싫든 회사는 직장폐쇄라는 엄중한 사태로 접어들었다. 중역실 벽시계는 자정을 향하고 있었다.

김 상무가 직장폐쇄라는 엄중한 결정을 선언하는 순간이었다. 나는 맹철종 사장을 바라보았다. 사장이 같이한 자리마다 중요한 일을 보고하거나 결정하는 과정에 나는 언젠가부터 사장의 표정을 살피는 것이 습관처럼 되었다. 오늘은 과연 무슨 생각을 하고 있을까.

긴박한 상황이라 해도 상무는 이 결정을 자신이 선포하기 전에 '사장님, 정황상 아무래도 직장폐쇄로 가는 수밖에 없을 것 같습니다. 사장님의 결단이 필요합니다' 하고 형식적이나마 사장이 직접 선언하도록 배려할 것으로 생각했었다. 하지만 오늘도 역시 김 상무의 독주였다. 어찌되었든 상무의 일방적인 선포로 직장폐쇄는 결정이 되었다.

홍보물을 작성하기 위해 자리에서 일어났다. 돌아서니 한민주가 쟁반을 든 채로 그때까지 현관문 앞에 서 있었다. 무척 긴장된 모습이었다. 처음부터 끝까지 회의 장면을 지켜보았을 것이다. 나와 눈이 마주치자 그녀는 말없이 탁자로 다가와 빈 찻잔들을 쟁반에 담았다. 돌아서며 언뜻 나를 바라보는 그녀의 눈에는 이슬방울이 맺혀 있었다. 어떤 의미의 눈물이었을까.

밖에서는 아직도 강성 팀들의 구호와 함성, 돌팔매질이 계속되고 있었다. 그들은 몽둥이를 들고 있지 않아서 무기를 들고 대항하는 관리자와 일반 사원들의 벽을 넘지 못하고 있었다. 돌팔매질이 최고의 수단이었다.

마음이 급한 나는 앉은 자리에서 초고속으로 홍보물 3장을 작성했다. 김 상무는 곧바로 대기하고 있던 B에게 주어 급히 인쇄를 내보냈다.

처음부터 자리를 같이했던 박철 이사가 나에게 다가왔다.

"우공명, 일개 계장이 직장폐쇄를 그리 쉽게 말할 수 있는 거야?"

"죄송합니다. 달리 방법이 없었습니다."

"그래? 좋다. 그렇다면 자네는 직장폐쇄 기간을 며칠 정도로 생각하나?"

"약 100일 정도를 최대치로 생각하고 있습니다."

"뭐 100일? 미친놈, 내가 직장폐쇄를 하는 많은 회사를 보았지만 100일 만에 끝낸 회사는 없었다."

"……."

다른 회사들이 직장폐쇄를 100일 만에 끝냈는지, 1년 만에 끝냈는지 나는 모른다. 관심도 없었다. 다만 100일 이상 가면 회사가 망할 것 같다는 단순한 생각과 염려에서였다.

"만일에 잘못되면, 오늘의 결정에 대한 전적인 책임은 모두 너에게 돌아갈 것이다. 각오 단단히 해."

'잘못되면 그 책임은 모두 나에게 있다?' 뭔가 먹구름 같은 불길함이 스쳤다. 이날 박 이사의 말은 나에게 몰아칠 태풍을 예고한 예언이었을까. 회사가 위급한 상황에서는 침묵해야 살아남는다는 것을 나는 그날 처음 알았다. 중역들은 그 심오한 진리를 이미 알고 있었기 때문에 침묵했다는 말이 되었다. 오늘 제일 말이 많고 최종결정을 내린 사람은 김 상무였다. 앞으로 그도 그 사람들처럼 변할 것 같은 예감이 들었다.

급하게 인쇄해 온 전단지들이 가을바람에 흩날리는 낙엽처럼 사내에 무수히 뿌려졌다. 회사를 지키고 있던 기타 임원과 사원들도 회사에서 철수했다. 제일정밀의 역사적인 직장폐쇄는 이렇게 시작이 되었다.

굳게 잠겼던 철문이 열리자 강성 팀원들은 승리의 고함을 지르며 회사 내로 쏟아져 들어왔다. 천안문을 향하여 돌진하는 중국의 홍위병들, 내가 물속에 설치해 놓은 어항 속으로 빨려 들어가는 피라미 떼와 다름없었다. 성난 파도처럼 들어오는 그들의 함성은 용인 수지면 읍내의 새벽하늘을 찢었다. 참으로 길고도 힘든 밤이었다.

본사에서 철수한 중역들은 멀지 않은 곳에 비어 있는 공장을 임대해서 임시 사무실을 마련했다. 회사에서는 인근의 성남 지역에 작은 휴식처를 마련하여 간부사원들만이라도 모여서 의견을 나눌 수 있도록 배려했다. 나도 이곳으로 출근했다. 김 상무가, 자신이 부르면 곧바로 달려올 수 있는 가까운 거리에서 항상 대기하라고 한 바 있었기 때문이었다. 나 역시 그곳이 적당하다는 생각이 들었다. 당시 상무의 집은 성남 인근의 한 아파트였다.

같이 모여 있던 일행 중에 과장 한 사람이 차 한잔하자며 나를 이끌었다. 사장이 대학 후배라서 스카웃했다는 젊은 과장이었다.

"자고로 영웅은 지금처럼 난세에 탄생하는 법, 이 판을 활용해서 우리 한 번 영웅이 되어봅시다."

직장폐쇄가 된 지 불과 2일 정도밖에 지나지 않았을 때였다. 이 난국을 이용해서 출세의 길을 열어보자는 계산이었으니 역시 머리가 좋은 사람이었다. 그러나 난세에는 참된 영웅보다는 시류에 편승하는 간웅이 많았다는 것을 나는 잘 알고 있었다.

"좋은 말씀이긴 한데 나는 그런 인물이 못 됩니다."

"우 계장님은 비상 중역회의에도 몇 번씩 참석하고, 감히 직장폐쇄도 결정하는 등 경영에 깊숙이 관여하고 있으니 정보가 빠르지 않겠습니까?"

"직장폐쇄를 마치 제가 결정한 것처럼 말하는데 그건 대단한 오해입니다. 그래서 나를 이용해 보자는 것이군요. 하여튼 알았으니 천천히 생각 좀 해봅시다."

나는 소태 씹은 듯한 입맛을 다시며 돌아섰다.

내가 노조 가르기를 진행하면서 직장폐쇄를 생각해 놓았던 것은 사실이었다. 물론 최악의 경우를 대비해서 선택할 마지막 카드였다. 그처럼 준비했기에 비상 중역회의에서 당당히 주장할 수 있었다. 일을 진행하면서 정윤희의 파렴치한 행위와 지도부의 철학 없는 극한투쟁을 겪어본 나는, 직장폐쇄와 같은 극약 처방을 하지 않고는 회사를 정상화할 방법이 없다는 생각을 하였기 때문이었다.

큰일은 지금부터였다. 회사를 잃었으니 이제부터는 회사를 찾는 작업으로 방향을 틀어야 했다. 앞날을 고민할 때였다.

직장폐쇄가 있고 난 후 어느 날, 김 상무가 나를 임시 사무실로 불렀다. 상무는 노조를 둘로 나누어 놓게 된 경위부터 오늘까지의 전 과정을 설명해 달라고 했다. 이미 상무도 알고 있었으나 모른 체해 온 내용이어서 가볍게 설명을 했다.

"그래, 앞으로는 어떻게 할 계획인가?"

"저보다는 먼저 회사의 계획이 있어야 저도 맞추어 갈 수 있을 것 같습니다."

상무는 솔직히 지나온 일보다 앞으로의 내 계획이 궁금했던 것 같았다. 회사의 앞날이 막연하다고 실토했다. 직장폐쇄 이후 상무의 얼굴은 많이 초췌해져 있었다. 나는 누구보다도 그의 고뇌를 잘 알고 있었다. 상무라는 막강한 자리에 그만한 사람이라도 있으니 회사가 굴러가는 것이다. 과도 많으나 그의 공이 지대하다는 점을 나는 인정한다. 다만 너무 약해서 자신에 대한 방위막을 먼저 생각하는 얄팍한 행동이 그의 무게를 가볍게 했다. 상무가 한숨을 길게 토해냈다.

"자네 생각대로 노조도 두 개로, 이제 직장폐쇄도 됐는데……."

나는 순간 '이게 무슨 말인가?' 하는 생각이 들었다. 상무의 말 속에 뼈가 있음을 알았다. 노조를 두 팀으로 갈라치기한 것은 내 의지가 맞았다. 그러나 직장폐쇄가 내 생각대로 되었다는 것은 내가 그렇게 만들었다는 말처럼 들렸다. 결단과 선언은 자신이 한 것이 아닌가.

"회사가 할 수 있는 일이 무엇인지 자네 생각을 말해 봐."

말 한마디라도 허투루 하면 큰일을 치를 것 같았다. 자칫 발목에 족쇄를 채우는 우를 범할 것 같다는 생각이 불현듯 들었다. 직장폐쇄하던 날 박철 이사의 말이 따갑게 다가왔다. 노조 갈라치기 시작부터 직장폐쇄라는 엄청난 결단을 내린 이후에 보이는 김 상무의 조바심을 알고 난 후 더는 엮이고 싶은 생각이 없어졌다. 지금의 행태로 보아서는 직장폐쇄와 이후 전개되는 상황에 대해 언젠가는 나에게 책임을 묻는 것은 아닐까? 하는 의구심이 들었기 때문이다. 과연 그렇게까지 할까 하는 믿음이 작으나마 없었던 것은 아니었지만.

"생각해 본 적이 아직 없는가?"

나는 한동안 침묵했다. 그리고 말했다,

"상무님, 삼국지 읽어보셨지요? 혹시 제갈량의 융중대책, 즉 천하삼분지계를 기억하실지 모르겠습니다."

"말해 봐."

제갈량이 융중의 초가에서 은거할 당시였다. 유비가 삼고초려를 하여 제갈량을 만난 후에 대업 완성을 위한 계책을 물었을 때였다. 제갈량은 먼저 조조, 손권과 더불어 천하를 세 나라가 나누어 가지는 형세를 만드는 것이 급선무라고 했다. 지금의 쓰촨성인 익주를 취하고 강동의 손권과 동맹을 맺어야 한다고 설파했다. 이것이 그 유명한 융중대책인 천하삼분지계이다. 이런 제갈량을 군사로 영입한 유비는 제갈량에게 수어지교水魚之交, 즉 자신과 제갈량을 물 만난 물고기로 비유하며 의지해서 결국은 형주와 쓰촨성을 중심으로 촉한을 세웠다는 역사를 설명했다.

"지금 우리는 온건 팀만 믿고 있을 수는 없습니다. 역시 그들도 노조입니다. 이 두 팀의 노조가 정착되면 그 후에는 손을 쓸 수 없는 형국으로 갈 것입니다. 지금은 삼국지에서의 위, 오와 같은 형국입니다. 이제 촉을 대신할 또 하나의 세력이 절실한 이유입니다."

나는 앞에 놓인 찻잔을 들어 한 모금 마셨다. 싸늘하게 식은 차였다.

"우리가 조속히 회사를 찾을 수 있는 방법은 단 하나, 구사대, 즉 비조합팀을 결성해서 회사에 삼분지계를 완성하는 것이지요. 그래서 온건 팀과 손잡고 강성 팀을 회사에서 몰아내는 것이 상책입니다."

김 상무는 비로소 고개를 끄덕였다. 고개를 끄덕이는 그 속셈은 무엇일까. 그는 말이 없을 때가 가장 무서운 사람이었다.

"상무님께서 추진력 있고 똑똑한 사람을 발탁해서 일을 맡겨 보시면 좋을 것 같습니다. 그리하면 앞으로 노조로 인한 고민은 해결될 것입니다."

이 기회에 나는 계책만 알려주고 추진은 상무에게 위임해 버렸다. 더 이상 관여하면 모든 책임과 불이익이 나에게 돌아올 것 같은 불길함 때문이었다. 상무가 말을 꺼내기 전에 내가 먼저 대못을 박아버린 것이다. 그들처럼 나도 발을 빼고 지켜보는 지혜를 갖기 위함이었다.

"누가 적당한지 사람은 생각해 보지 않았나?"

"네, 회사에서 할 일 같아서요."

상무는 입을 굳게 닫고 또다시 고개만 끄덕이고 있었다.

직장폐쇄 이후에도 정상적으로 출퇴근은 하고 있으나 항상 김상무 곁에 대기해야 하는 일은 정상근무보다 더 힘든 고역이었다. 오늘은 마침 상무가 출근하지 않고 있었.

아침부터 감기몸살 기운이 있는지 몹시 피곤했다. 병원에 갈까 하다가 임시로 마련한 총무과를 찾았다. 강희가 혼자서 지키고 있었다. 전쟁 시 야전사령부처럼 마련된 총무과였다. 피난생활 이후 처음 찾은 나를 보고 강희는 무척 반가운 표정으로 맞았다. 선 채로 팔짝팔짝 뛰는 모습이 귀엽다는 생각이 들었다. 평소의 이미지와는 전혀 다른 강희의 표현 방법이었다.

"어머 계장님! 요즘 뜸하시길래 무척 바쁘신가 보다 했어요."

큰 키에 팔등신 미인인 한민주와 달리 오강희는 적당한 키에 귀엽고 복스러운 고전적인 미인이었다. 그녀는 한동안 환한 모습으로 나를 바라보더니 말없이 탕비실로 가서 차를 내왔다. 오랜만에 보는 국화차였다. 직장폐쇄 후 피난 나올 때 제일 먼저 챙겨 나온 물건이 국화차라고 말했다. 지금은 영양사 사무실 겸 사용하던 도서실이 없으니 총무과에서 민주와 같이 근무하고 있었다.

"여기다 놓으면 민주가 홀짝홀짝 다 마실 텐데."

내가 중얼거리듯 웃으며 농담을 하자 강희도 잔잔한 미소를 남겼다.

"역시 강희 씨가 주는 국화차는 최고의 맛이야. 오 사임당표 국화차!"

나는 엄지척을 하며 환하게 웃어주었다. 정말 그랬다. 전통 찻집에서 나오는 그 어떤 국화차보다 찻잔에 잠긴 꽃부터 아름답고 향도 좋았다. 국화라고 해서 모두 식용으로 하는 것은 아니다. 감국만이 식용이 가능했다. 들국화의 일종이었다. 산국보다는 크기가 크고 화사하다. 성남 모란의 전통시장에서 국화꽃을 고를 때 무엇보다도 꽃의 모양과 색상을 보았다고 한다. 가을 아침에 찬 이슬 머금고 활짝 핀 노란 들국화, 백옥 같은 찻잔에 한 송이 꽃을 넣고 뜨거운 물을 부으면 다시 피는 감국의 마술이다. 강희의 뜨거운 마음 꽃이었다. 꽃잎 하나도 떨어지거나 상하지 않은 그런 국화꽃 송이를 찾기 위해 긴 시간을 허비한다고 했다. 오직 한 사람, 나를 위한 국화차라고 했다. 향기만 맡아도 감기몸살이 달아난 느낌이었다.

"창밖을 바라보고 있으면 계장님이 왔다 갔다 하는 모습을 자주 봐요. 그러면 여기로 곧 오시겠구나 하는 생각으로, 찻잔에 예쁜 꽃 한 송이를 골라 넣고 물을 끓이며 기다린 적이 많아요. 그런데…… 회사가 이곳으로 피난 온 후 오늘이 처음인 것 아세요?"

겉으로는 조용한 목소리로 말하며 애써 웃지만, 표정에는 무척 서운한 감정을 숨기지 않았다. 상무가 매일 출근하지 않아도 좋다고 했으나 그녀는 매일 출근하고 있었다. 나는 그런 그녀의 마음을 누구보다 잘 알면서도 표현하지 못했다. 못했다기보다는 할 수 없는 나였다.

"얼굴빛이 안 좋아 보여요. 어디 안 좋으세요?"

"요즘 무리했나 봐. 감기몸살 기운이 있어."

강희는 살며시 손을 들어 나의 이마로 가져갔다. 몹시도 따뜻한 기운이 이마를 파고들었다. 부드럽고 가냘픈 손의 감촉이 머리를 통해 심장으로 흘렀나 보다. 심장으로 흐른 것은 국화향이었다. 가슴이 뛰었다. 두 눈을 살며시 감았다. 나는 그녀의 손길에 감전된 평범한 한 남자로 변해가고 있었다.

그때였다. 현관문이 열리면서 누군가가 들어왔다. 강희는 황급히 손을 내리며 당황하는 표정을 지었다.

"우 계장님, 여기 계세요?"

"나 여기 있어."

내가 소리치자 B가 급히 다가왔다. 다행히 조금 전의 분위기를 눈치채지 못한 듯했다. 그가 건네주는 메모지를 읽어보았다. 지금 곧바로 고객 업체에 보낼, 현재 진행 상황을 자세히 담은 사과문을 작성하라는 상무의 지시 내용이었다.
 나는 그 자리에서 급히 작성해서 B에게 건넸다. 빨리 나가 주었으면 하는 바람이었기 때문이다. 그러나 그 희망도 잠시였다.
 "성남시 모란에 있는 샛별 다방으로 계장님 모시고 같이 오라는 상무님 말씀이 계셨습니다."
 내가 망설임 끝에 나가려고 하자, 옷걸이에 걸쳐 놓았던 나의 상의를 들어 입혀주며 강희가 말했다.
 "아니, 계장님은 아플 시간도 없으셔요?"
 "그러게."
 "너무 무리하지 마세요."
 "알았어요, 고마워."

 나는 B가 운전하는 회사 차를 타고 달려갔다.
 "하필이면 사무실이 아니고 왠 다방이래?"
 "계장님, 그런 것까지 자세히 알려고 하지 마세요."
 "왜?"
 "크게 다치십니다."
 그러면서 B는 큰 소리로 웃었다.
 "상무가 숨겨 놓은 여자라도 있는가 보네."
 "그 다방 마담이 뛰어난 미인이거든요."
 "오, 미인 마담."
 다방에 들어서니 침침한 구석에 혼자 앉아 있는 김 상무의 모습이 보였다. 담배를 물고 있는 상무의 얼굴은 언제나처럼 굳어 있었다. 급히 볼일이 있어 나섰다가 생각나서 불렀다고 한다.

"영업부의 요청도 있었고, 나한테도 고객사로부터 언제까지 파업하느냐고 하소연하는 전화가 불이 날 지경이다. 사과를 겸해 조금만 참아달라는 인사라도 해야 할 것 같다."

나는 조심스럽게 작성해 온 글을 내밀었다. 전과 다르게 오늘은 몇 군데 자신의 의견을 첨삭해서 기다리고 있던 B에게 건네주었다.

"급히 인쇄해서 영업부장에게 넘겨줘."

나도 B를 따라 자리에서 일어섰다. 나가려고 인사를 하자 상무가 급하게 불렀다.

"우 계장, 자네는 좀 있어."

자리에 앉으라는 손짓을 했다. B가 나가자 나는 상무의 맞은편에 앉았다. 왠지 불편한 느낌이 들었다.

"자네는 홍보물을 작성하는 것 외에 달리 하는 일은 없나?"

"네? 특별히 하는 일은 없습니다."

나는 이미 상무에게 천하삼분지계를 설명하며 사람을 선발해서 일을 맡기라고 조언한 바가 있었기 때문에 다른 할 말은 없었다.

상무는 그가 좋아하는 양담배를 또다시 집어서 입에 물었다. 나는 탁자에 있는 플라스틱 라이터를 잽싸게 들고 불을 붙여주었다. 샛별 다방이라는 이름이 새겨진 노란색 예쁜 라이터였다. 그는 이 짧은 시간에 벌써 여러 개의 담배를 피우고 있었다. 재떨이에는 대부분 반쯤 피우다 꺼 버린 꽁초들이 수북이 쌓여 있었다.

타들어가는 그의 마음이 오롯이 재떨이에 담겨 있는 듯했다. 상무의 이런 모습을 볼 때마다 안쓰럽고 그래서 돕고 싶다는 생각을 하기도 했다. 그러나 몇 번에 걸쳐 그의 속셈을 알아차린 후에는 모든 것이 가식으로 보였다.

김 상무가 반쯤 마시다 만 커피는 싸늘하게 식은 것 같았다. 마치 상무의 표정과 같다는 생각이 들었다. 나는 그 커피잔을 바라보다 갈증을 느꼈다. 카운터를 바라보고 엽차 두 잔을 부탁했다.

B의 말처럼 통통하면서도 귀엽게 생긴, 30대 후반이나 40대 초반으로 보이는 상당한 미인이 다가왔다. B가 말한 상무가 숨겨 놓은 여자인 것 같았다. 나는 유심히 바라보았다. 한복으로 된 옥색 치마저고리를 곱게 차려입고 있었다. 올림머리에 걸맞게 한복이 잘 어울리는 고전미까지 더하여 우아한 자태였다. 마치 지금은 고인이 된 영원한 영부인 육영수 여사를 보는 듯한 느낌이었다.

그녀는 물잔을 상무와 내 앞에 내려놓으며, 은근한 눈꼬리는 상무를 향했다. 넓게 펼친 치맛자락이 그림처럼 예뻤다. 두 손을 휘감아 감싸고 상무 옆자리에 앉으려고 엉덩이를 내렸다. 슬쩍 마담을 바라본 김 상무가 슬그머니 왼쪽 팔꿈치로 마담을 밀어냈다. 머쓱해진 마담이 순간 내 눈치를 살피고는 멋쩍은 웃음을 보이며 카운터로 돌아갔다.

김 상무의 사무실로 오는 여비서들은 오래 근무하지 못하고 자주 교체되었다. 그 이유는 정확히 모른다. 소문만은 무성하게 나돌았다. 마담을 바라보며, 혹시 상무의 사무실을 거쳐 간 그 많은 여비서 중에 한 사람은 아닐까 하는 생각이 들었다.

김 상무는 깊숙이 들이마셨던 담배 연기를 길게 내뿜었다. 반쯤 피운 담배꽁초를 재떨이에 비벼 껐다. 신경질적이었다. 무엇인가 할 말이 많은 듯한데 하지 않는 것 같았다. 이젠 상무의 표정만 보아도 그의 의중을 읽을 수 있을 만큼 익숙해졌기 때문이다. 상무가 자리에서 일어나 두세 걸음을 옮겼다. 나도 일어서서 상무를 따라나서려는데 그가 갑자기 돌아와서 자리에 도로 앉았다. 나도 얼떨결에 따라서 자리에 다시 앉았다. 다방의 의자가 갑자기 딱딱하고 불편하게 느껴졌다.
"지금 사원들은 뭣들 하고 지내나? 간부나 일반 사원들이나 그냥 밥만 축내며 놀고만 있는 거냐?"
상무는 매우 언짢은 표정으로 호통을 치듯 크게 말했다. 그의 얼굴은 붉게 물들어 있었다. 다방에 있던 손님들이 모두 바라보는 것 같았다.
"지금 상황에서는 어쩔 수 없는 측면도 있습니다."
"어쩔 수 없긴, 뭔가 할 일들을 찾아야지, 이렇게 놀고만 있으면 어쩌자는 거야. 회사는 언제 찾을 거야?"
짜증이 섞인 노여움이었다. 약간의 분노도 느껴졌다.
사장이나 중역들, 그리고 수많은 과장, 부장들도 오직 자신만 바라보고 있다는 생각을 했을 것이다. 사실 그랬다. 직장폐쇄로 인해 업무가 올스톱된 상황에서 간부사원들이 할 수 있는 일은 아무것도 없었다. 상무가 이를 몰라서 짜증을 내었을까. 자신이 직접 선언한 직장폐쇄에 대한 책임감 때문일 것이다. 언제까지 갈지도 모르는 엄중한 사태에 대한 두려움의 표출이었다.

노조 설립 당시부터 김 상무는 노사관계에 관한 한 맹 사장에게는 기대하지 않은 듯했다. 어느 면에서는 아예 사장을 배제하는 듯한 태도를 나는 수없이 보아왔다. 김 상무는 경륜과 리더십 면에서 탁월한 능력이 있는 베테랑이다. 반면에 나이 어린 사장이 의지하는 것은 어쩔 수 없는 선택이었을 것이다. 더구나 지금 같은 비상시국에는 더욱 그랬을 것이다. 평소의 자만과 우월의식이, 중요한 직장폐쇄를 결정한 비상 중역회의에서도 상무로 하여금 독선적인 태도를 보이게 했다. 그렇다 보니 모든 책임은 자신의 것이 되었다. 자신이 만든 업보였다.

머리가 좋은 김 상무는 많은 생각을 했을 것이다. 자신이 선포한 직장폐쇄가 길어질수록 불어나는 손실에 대한 두려움이 그를 조바심나게 했기 때문이다. 이때쯤 해서 누군가 자신을 대신하여 제2의 창업의 문을 열어주길 바라고 있었음이 분명해 보였다.

자신이 선정해서 지명하면 회사의 지시가 되는 것 또한 두려워했다. 다행히 성공하면 자신들의 공으로 독차지하겠지만, 불행히도 실패했을 경우는 엄청난 후폭풍이 몰아칠 것이 뻔하기 때문이었다. 실패했을 경우가 문제였다. 회사나 자신이 책임지지 않고 대신 섶을 지고 불 속에 뛰어들 사람을 찾았던 것은 아닐까. 그러나 그의 희망과는 달리 모든 것을 내려놓고 회사를 위해 자신을 바칠 사람이 있겠는가. 회사의 주인이라는 중역,

자신부터 몸을 사리고 있는 비상시국이다. 지나친 욕심이었다. 누군가가 혜성처럼 스스로 나타나 이 난국을 풀어주길 바라는 표정이 내 눈에 읽힐 정도로 역력했다.

고민 끝에 상무가 결정한 사람이 있었다. 상무가 염두에 두고 있는 사람은 바로 나, 우공명이라는 게 문제였다.

지금 상무의 심정은 나에게 이제 시작할 때가 되지 않았느냐는 물음이며 질책이었을 것이다. 내가 이미 천하삼분지계를 설명하고 사람을 선정해서 맡기라고 건의했으니, 차마 나에게 직접 지시를 하지 못하고 알아서 행동하기를 바라는 마음임을 나는 알고 있었다.

밥만 축내며 놀고들 있다? 갈수록 교활한 모습으로 변해가는 상무의 태도가 싫었지만, 나는 이 회사에 몸을 담고 있는 일개 계장이었다. 처음이자 마지막 직장으로 생각하고, 주인의식으로 회사를 위해 혼신의 힘을 아끼지 않은 나였다. 그래서 나는 아무도 모르게 그려 오던 한 마리 황룡을 계속 그릴 수밖에 없었다. 그것이 나의 한계였다. 그러나 나는 좀 더 모르는 척하기로 했다.

오랜만에 시간이 나서 간부사원들의 임시 휴식처인 수원 연무동에 있는 사원아파트에 갔다. 웬만한 회사 간부사원들은 다 모여있었다. 간부사원들이라고 해서 특별히 할 일은 없었다. 때로는 술이나 한잔하며 현 상황을 개탄하거나 카드, 고스톱으로 소일하고 있었다. 난세에 영웅이 되어보자고 했던 그 과장도 어울려서 카드를 즐기고 있었다.

"어, 우 계장님이 여기까지 어떻게 어려운 걸음을 하셨나요?"

내가 웃으며 가볍게 목례를 하자 그 과장이 한 말이었다.

"회사에서 제일 바쁘신 분이 여기까지 걸음을 해 주시니 영광입니다."

노골적인 비아냥이었지만 상대하고 싶은 생각은 없어서 돌아섰다.

"지금 왔어?"

먼저 와 있던 정한심 과장이 다가왔다.

"네, 과장님도 와 계시네요."

"잘 왔어. 이리로 와봐."

그는 기다렸다는 듯 나를 창가 쪽으로 끌고 갔다. 문예활동도 같이 해서 매우 친한 사람이었다. 우리는 열린 창문에 두 손을 올려놓고 밖을 바라보았다. 그는 힐끗힐끗 옆눈으로 나를 훔쳐보며 무슨 말인가를 할 듯한 표정이었다.

"과장님, 할 말 있으면 하세요. 눈병 나시겠어요."

"하하. 역시, 눈치챘어? 회사가 걱정되어서."

"……."

"직장폐쇄 후 벌써 10여 일이 되어 가는데 이렇게 보고만 있을 수는 없고, 무슨 일이든 해야 할 텐데……."

나의 마음을 슬며시 간 보는 듯한 말투였다.

"이제 겨우 10여 일 지났는데 뭐가 그리 급하십니까?"

나는 비상 중역회의 때 박철 이사에게 한 100일이란 말이 생각나서 퉁명스럽게 대꾸했다.

"이 사람아, 10일이면 회사가……."

"사장님과 상무님이 알아서 하시겠지요."

나는 관심 없다는 듯이 창밖을 바라보며 그의 말을 자르고 지나가는 말처럼 대꾸했다.

"사장님과 상무님도 당연히 계획이 있겠지만, 그보다도……."

"……."

"사원들도 그렇지, 매일 밥만 축내며 놀고만 있을 수는 없지 않은가?"

창밖을 보고 있던 나는 깜짝 놀랐다. 정 과장을 향해 고개를 돌렸다. 어디서 들은 듯한 말이 정 과장 입에서 나왔기 때문이었다.

'그래, 김 상무다.' 며칠 전에 김 상무가 성남시 모란의 한 다방에서 나에게 한 말이었다. 그런데 이 사람이 어떻게 상무와 똑같은 말을 나에게 하고 있을까 하는 의아심이 들었다.

"회사에서 이젠 점심밥 한 끼 주는 것도 아깝다고 합니까?"

내가 빈정거리는 듯한 말투로 건넸다. 정 과장은 잠시 멋쩍어하는 표정을 지었다.

"윗분들의 지시입니까?"

"아니야. 하지만 위에서도 그런 생각쯤은 하고 계시지 않겠어?"

"솔직히 말하세요. 나도 중역실에서 비슷한 말을 들은 바가 있으니까요."

내가 그의 마음을 떠보기 위해 거짓말을 흘려보았다.

"아, 그랬어? 그럼 됐네."

"그럼 과장님이 깃발 들고 일어서세요. 저도 적극적으로 돕겠습니다."

"에이, 나는 그럴 인물은 못돼. 우 계장이면 몰라도."

나는 그 이상은 말을 하지 않았다. '우 계장이면 몰라도' 이 말 속에 모든 것이 함축되어 있었기 때문이다.

아침에 출근하니 상무가 불렀다. 요즘 연무동 대기소에는 자주 가느냐고 물었다. 뭔가 또 다른 의도가 숨어 있는 질문 같다는 생각이 들었다.

"어제 처음으로 가 보았습니다."

"정한심 과장도 자주 오던가?"

"자주 오는지는 모르지만, 어제 그곳에서 처음 만났습니다."

나는 순간 '정 과장한테서 말은 들었을 텐데 결심은 했느냐' 하는 말로 들렸다. 나는 모른 척하고 침묵했다.

"지금 회사의 손실이 눈덩이처럼 불어나고, 고객사에서는 죽겠다고 난리를 피우고 있으니 걱정이다. 고객사에는 앞으로 어찌어찌해서 회사를 정상화할 계획이니 기다려 달라는 글을 만들어 봐라."

"네?"

어찌어찌해서 정상화할 계획을 내가 어찌 세우겠는가? 나는 경영관리실에 근무하는 실무자도 아니다. 관리부에 근무하는 관리직 사원도 아니었다. 그런 나에게 경영계획을 세우라는 말은 곧 네가 빨리 시작하라는 지시를 돌려서 한 것으로 들렸다. 그것을 알아채지 못할 내가 아니었다. 나오면서 상무를 바라보니 입가에 엷은 웃음이 번지고 있었다. 결국은 네가 할 수밖에 없지 않겠느냐 하는 김구천 특유의 웃음으로 보였다.

이 비상시국에도 총무과는 인사과와 달리 몇 명의 직원들이 항상 출근해서 대기하고 있었다. 나는 대기 중인 한민주를 찾아갔다.

"우리 회사에 근무하는 계장급 사원들의 명단을 부서별로 발췌해서 줄 수 있을까?"

"그 명단은 인사과에 있을 텐데요. 총무과에는 없어요."

민주는 난감하다는 표정이었다.

"피난 나오면서 인사과도 그 명단을 갖고 나오기는 했는지 모르겠다."

"당장 필요하세요? 인사과 미스 정을 만나서 부탁할게요."

"빠를수록 좋지."

"알았어요. 내일까지 구해 볼게요."

"고마워, 부탁할게."

"명단 나오면 계장님께서 막걸리 한잔 사셔야 해요."

"알았어요, 미스 정하고 같이 나와."

내가 대답하자 민주는 나를 바라보면서 혀를 낼름하고 돌아섰다.

다음 날 민주는 약속대로 명단을 구해서 건네주었다.

"3일 전에 김 상무님도 명단을 요구해서 드렸다는데요?"

"미스 정이 그래? 상무님도 명단을 요구했다고?"

"네. 상무님은 과장급까지의 명단을 요구하셨답니다."

"그래요?"

"계장님, 뭔가 중요한 일이 있지요?"

"아니야, 그런데 용케도 서류들을 챙겨서 갖고 나왔나 보군. 인사과 대단하다."

"에이, 아니에요. 인사과에도 없고, 상무님은 요구하고. 그래서 인사과 직원이 농성 중인 회사에 들어가서 이해를 구하고 갖고 나왔답니다."

"아, 그랬어?"

그녀는 칭찬을 기다리는 어린애처럼 함빡 웃으며 나를 바라보았다. 그런 민주가 천진난만한 소녀 같다는 생각을 했다. 나는 민주의 어깨를 살짝 잡아 주고는 돌아섰다.

"계장님! 막걸리는 언제 사실 건데요?"

민주가 크게 외치는 소리가 등뒤에서 들렸다. 나는 잠시 멈추었을 뿐 돌아보지 않았다. 다만 손을 들어서 오른손으로 V자를 그리고는 크게 흔들어 주었다.

좋든 싫든 김 상무의 마음을 읽고 있는 내가 나도 싫었다. 김 상무가 마냥 손을 놓고 있는 것은 역시 아니었다. 인사과에서 나보다도 먼저 명단을 가져갔으니 무슨 조치가 있을 것 같았다. 그는 선정 기준을 과장급까지 넓게 보고 있었다. 꼼꼼하고 치밀한 그가 섣불리 사람을 선별하지는 않을 것이다. 그러나 며칠을 기다려도 김 상무로부터는 아무 지시가 없었다. 혹시 나 모르게 진행하고 있는지 몰라 B에게 물어보았으나 전혀 그런 기미는 없다고 했다.

현실은 어쩔 수 없었다. 날짜는 흘러가고 회사의 손실은 쌓여 가고 있었다. 성질 급한 내가 직접 나서기로 했다. 긴 고민 끝에 내린 결정이었다. 왠지 모르게 불길한 예감이 계속 들었으나, 일단 회사는 찾아놓고 보자는 것이 내 결심이었다. 그 일은 처음부터 내가 할 일이었고 사명이었다. 직장폐쇄를 마냥 보고만 있을 수는 없었기 때문이다. '제일정밀은 나고, 나는 곧 제일정밀이다'라는 신념으로 근무해 온 죄였다.

스케치를 끝낸 용의 몸통에 색을 입히기로 하고 나는 그 물감을 구하는 작업을 구상하기 시작했다. 용의 몸통에 입힐 물감이란 즉 비조합팀을 이끌 지도부를 말한다. 인사가 만사라는 말이 있다. 사람이 그만큼 중요하다는 뜻이다. 제2의 창업을 위한 인재 발굴 작업이었다.

먼저 지도부 인사가 우선이다. 나를 대신할 만한 대표급 한 사람과 행동대장, 그리고 팀을 추스르고 뒷바라지할 노련한 계장급 한 사람을 고르는 작업이었다. 민주로부터 넘겨받은 명단을 펼쳐놓고 한 사람씩 검토해 나갔다. 아무래도 비조합 인원이 가장 많은 생산부에서, 인원동원 능력과 친화력이 있는 사람을 우선으로 하는 것이 좋을 듯했다.

며칠 동안 명단과 씨름을 했다. 붉은색 볼펜으로 하나하나 체크하며 헤아려 보았다. 눈에 확 들어오는 사람은 없었다. 개인적 업무능력이 우수해서 겉으로 드러난 사람을 찾는 것이 아니다. 위기 시 순발력, 작전 기획력, 리더십, 친화력 등을 헤아려 보니 적당한 사람이 보이지 않았다.

제일정밀에 이렇게도 사람이 없는가 하는 한탄이 절로 나왔다. 회사가 잘 돌아갈 때는 참으로 넘치고 넘치던 인재들이었다. 모두가 자신이 최고의 인물인 것처럼 얼굴을 내밀던 그 많던 인재들이 정작 위급한 때에는 한 사람도 눈에 들어오지 않았다.

직장폐쇄를 결정하던 날의 비상 중역회의 모습이 생각났다. 그 긴박한 상황, 회사의 운명을 결단하는 회의에서 중역 중 누구 한 사람 의견을 내는 사람이 없었다. 중역들은 그날의 사태를 예견하고 준비한 흔적이 전혀 보이지 않았다.

중역은 회사의 주인이다. 주인들이 위기 타개책을 제시하지 못했다는 것은, 평소에 회사를 걱정하지 않았다는 것과 다르지 않다. 제일정밀은 위기가 와도 주인이 걱정하지 않는 회사, 머슴들이 걱정해야 하는 회사였다. 그러나 지금은 머슴 중에서도 마름의 역할을 맡길 만한 사람마저 없었다.

나는 이틀 동안 아예 회사에 나가지 않았다. 집안에 처박혀서 인선한답시고 고심하다 보니 머리가 복잡했다. 고작 세 사람을 선정하는 데도 이처럼 고민이 클 줄은 몰랐다. 하긴 제2의 창업에 버금가는 작전에 필요한 사람들이니 쉬운 일은 아니었다.

고기리 저수지로 산책 겸 나갔다. 나는 요즘 들어 이 저수지를 이용하는 빈도가 부쩍 늘었다. 머리가 복잡하거나 생각이 막힐 때면 혼자서 찾을 때가 많았다. 온건 팀의 결성을 재촉하기 위해서 영길과 현주와 같이 왔던 초가집 전통 찻집이었다.

　머리가 맑아진다는, 그래서 오강희가 나에게만 내어놓는다는 국화차를 시켜 놓고 저수지를 바라보았다. 광교산 그림자가 저수지 깊숙이 박혀 있다. 바람이 불었다. 수면에 잔잔한 물결이 일었다. 저녁노을빛이 저수지에 물감을 풀어 놓은 듯 찬란하다. 저수지 주변에는 수초가 무성했다. 어림잡아 한길 깊이는 될 것 같았다. 건너편 산 아래 비탈에 두 명의 강태공이 보였다. 유유자적하는 모습이 마치 신선과 같았다. 그들이 부럽다는 생각이 들었다.

　국화차가 나왔다. 오 사임당이 내어놓는 그 국화차의 향기가 아니었다. 꽃도 사임당의 국화보다 매우 작았다. 감국이 아닌 작은 들국화임에 틀림이 없다는 생각이 들었다. 아주 작은 꽃들이 다섯 송이 들어 있다. 그나마 꽃의 색도 우중충해 보였다. 사임당의 국화차는 샛노란색이었다. 단 한 송이의 마술이었다. 불현듯 강희가 생각났다. 얼굴을 본 지도 오래되었다. 환한 웃음보다는 삐쳐 있을 모습이 떠올랐다. 국화차를 마실 생각이 없어졌다.

　나는 무심코 발아래 있는, 주먹보다는 조금 작은 돌멩이 하나를 집어 들었다. 저수지에 살짝 던졌다. 조용하기만 하던 저수지에 떨어지는 풍덩 하는 소리가 예상외로 크게 들렸다. 물속이 깊다는 증거였다. 동시에 물결이 일었다. 쓰나미 같다는 생각을 했다. 그때였다. 갑자기 어른 팔뚝만 한 물고기 한 마리가 솟구쳤다 곧 다이빙하듯 내려와서 수초 사이로 숨어들었다. 몸통이 황금빛이었다. 잉어로 보였다. 이어서 몇 마리 새끼들이 어미를 따랐다. 금방 어미와 새끼들은 수초에 숨어서 보이지 않았다. 순식간의 일이었다. 본능이었다. 산전수전 겪은 어미의 지혜로 위급한 상황에서 새끼들을 데리고 안전지대로 피신한 것이다.

순간 나는 머리를 망치로 두들겨맞은 기분이 되었다. 물고기만도 못한 지혜를 가진 하급 동물 같다는 생각이 들었다.

전쟁은 지혜로운 대장 한 사람만 있으면 된다. 전쟁에 따라 다르겠지만 작전은 대장이 수립하고 실전은 예하 장수와 참모가 하는 것이다. 며칠 동안 명단을 놓고 씨름한 것은 나의 지나친 욕심이었다. 모처럼 머리가 맑아졌다. 석양으로 물든 고기리 저수지의 물빛이 참 예뻐 보였다.

나는 입만 대고 내려놓은 국화차를 남겨놓고, 수첩을 들고 일어섰다. 낯익은 승용차 한 대가 달려오더니 내 앞에 멈추었다. 강현주의 자가용이었다.

"이틀째 회사에는 나오지도 않고 여기에서 지금 한가하게 뭐 하시는 겁니까? 시라도 한 수 읊고 있어요?"

"내가 여기 있는 것을 어떻게 알고 왔어?"

"형님 집에 전화했지요. 형수님이 고기리 저수지에 갔다고 말씀하셔서 알았지요."

"녀석도, 그래 여기까지 왜 왔어?"

직장폐쇄 이후로 한동안 뜸했던 현주였다. 반가운 마음이 앞섰다. 다가가서 손을 잡았다. 그때 승용차 뒷좌석의 문이 열리며 곱게 차려입은 한 여인이 내렸다.

"제가 가자고 해서 왔어요."

한민주였다. 회사 유니폼이 아닌 사복 차림의 민주의 모습을 보는 것은 직장폐쇄 이후로는 처음인 것 같았다. 참 곱다는 생각이 들었다.

"와, 한민주가 맞나. 정말 예쁘다."

"왜 그러세요. 창피하게."

"그런데 미스 한까지 여긴 어떻게 왔어?"

"막걸리 사주겠다며 일만 부려먹고 소식은 없으니, 제가 현주 씨한테 부탁했지요."

내가 계장급 사원들의 명단을 부탁하자 막걸리를 사달라던 민주의 말이 생각났다. 까맣게 잊고 있었다.

"이틀 후에 사겠다고 약속하셔서 굴뚝같은 마음으로 기다렸는데……."

"이틀?"

"가시면서 오른손으로 V자를 그렸잖아요. 이틀 후가 아니었어요?"

"아, 맞다. 이틀 후."

사실 이틀 후라는 의미는 아니었다. 그냥 제스처였으나 민주는 그렇게 생각한 것이다.

"잘됐다. 떡 본 김에 제사 지내지 뭐. 가자."

고기리 저수지에서 물고기에게 교훈을 얻고 돌아온 나는 마음을 추스르고 다시 명단을 보았다. 내가 중심에 있으면 된다는 생각에 미치자 나머지 인원에 대해서는 크게 걱정이 되지 않았다. 기준을 한 단계 낮춰서 살펴보니 한 사람이 눈에 들어왔다. 평소 다변적이고 이기적인 면이 있으나 친화력이 좋고 충북 출신이라는 것이 장점으로 보였다. 회사 내에 충북 출신들이 비교적 많았기 때문이다. 최재명 계장이었다. 최선이 없으니 차선이었다.

다음은 행동대장을 고르는 일이었다. 평소에 보아온 인물이 있었다. 뚝심이 강해 추진력이 좋은 제작과 오장비 계장이다. 망설임 없이 낙점했다. 한편 뒤에서 조직원을 추스르고 관리해야 하는 살림꾼이 필요했다. 최재명과 같은 고향인 권준일 고참 계장으로 정했다.

나보다도 먼저 명단을 입수한 김 상무는 어떤 생각을 하고 있을까. 천하삼분지계라는 나의 조언을 듣고 사람을 살펴본 것은 사실이었을 것이다. 인사과에서 나보다 먼저 명단을 입수한 것을 보면 확실하다. 나는 내가 계장이었으니 계장 직급까지 한계를 두었으나 상무는 과장급까지 폭넓게 살펴본 것이었다. 아무래도 인재 폭이 넓을 수밖에 없었다. 그런데도 아직까지 사람을 선정하지 않고 있었다.

최재명 계장을 만났다. 평소에 속마음을 털어놓고 얘기를 나눈 적은 없으나, 그럭저럭 친구처럼 지내는 입사 선배였다.

"벌써 직장폐쇄가 20여 일이나 지났네. 그런데도 해결 기미는 전혀 없고, 뭔가 하긴 해야겠는데 자네 생각은 어때?"

나는 조심스럽게 그의 의중을 타진했다.

"김 상무의 지시냐?"

역시 최재명다운 대답이 돌아왔다.

"대뜸 김 상무가 여기서 왜 나오나?"

"우 계장이 추진한다면 당연히 김 상무의 지시로 연결되는 것이 상식 아니야?"

최재명은 처음부터 비웃는 듯한 기분 나쁜 표정이었다. 순간 내가 사람을 잘못 보았나? 하는 생각이 들었다. 그를 데리고 인근의 식당으로 갔다. 자리에 앉자마자 그의 얼굴을 쏘아보았다. 장난이 아니라는 신호를 보낸 것이다.

"최재명, 잘 듣고 대답해."

"말해 봐."

"지금부터 무슨 일이 되었든 나를 믿고 무조건 할 것인가 아니면 포기할 것인가 대답해."

그도 자세를 고치며 갑자기 긴장하는 표정을 지었다. 그는 가득 채운 소주잔을 들어 단숨에 마셨다.

"너라면 믿는다. 무슨 일이든 좋다, 하자."

"잘못하면 사표는 물론 감옥에 갈지도 모르는데?"

"너를 믿는다고 하지 않았나?"

역시 약삭빠른 사람이었다. 나는 그의 표정을 살폈다. 굳은 결의보다는 한번 해보자는 듯한 모습이었다. 그러나 이만한 사람도 없다는 생각이 들었다.

"단, 비밀이다."

나는 다짐을 받고, 먼저 손을 내밀어 그의 손을 맞잡았다.

영국 속담에 '최선은 차선의 최악의 적이다'라는 말이 있다. 최선이란 이상적이고 추상적인 목표를 의미하지만, 차선이란 보다 현실적이고 가시적인 목표를 의미한다. 나는 그래서 차선으로 최재명을 선택했다. 그것은 돌이킬 수 없는 최악의 결과였다.

다음 날 생산부에서 잔뼈가 굵은 권준일 계장과 제작과 오장비 계장이 함께 나왔다.

"직장폐쇄가 된 지도 벌써 20여 일이 지나갑니다. 누구보다도 회사를 잘 아는 우리가 바라만 보고 있기에는 회사의 손실이 너무 막대합니다. 우리 넷이서 큰 그림을 한 번 그려볼 계획인데 동참하겠습니까?"

그림으로 비유하여 화두를 던져 놓았다.

"큰 그림이라, 백두산 호랑이라도 그리는 거요?"

오장비가 웃으면서 술잔을 들었다. 나는 잠시 그의 표정을 살폈다.

"아니, 큰 황룡 한 마리."

"호랑이보다는 용이 낫지. 기왕이면 승천하는 황룡이……."

그는 의미심장한 웃음을 흘리며 술잔을 입으로 옮겼다.

이 자리에 오기 전에 최재명은 권준일에게, 나는 오장비에게 충분히 설명했으니 별도 설명은 필요 없었다. 다만 앞으로의 활동계획을 대략적으로 추가 설명했다. 그들은 과연 가능할까 하는 의문과 호기심으로 가득 차 있었으나 모두가 찬성하는 데는 이견이 없었다.

"이상입니다. 오늘 있었던 일과, 앞으로 우리의 계획은 모두 철저하게 보안을 유지해야 합니다. 자신에게도 비밀입니다."

온건 팀과 강성 팀에 이어 또 하나의 세력이 태동하는 순간이었다. 이른바 제갈량의 천하삼분지계의 첫발을 내딛는 셈이었다.

인원 선정이 끝나고 여유 있게 김 상무의 사무실을 찾았다. 어차피 알게 될 일이었다. 시작부터 사장과 상무에게 보고하지 않고 내 단독으로 할 수 있는 일은 아니었다. 상무는 보고하지 말고 스스로 알아서 하기를 바랐을 것이다. 그러나 나도 고집이 있는 사나이였다. 회사의 계획을 듣기 위함도 있었다.

"그래, 드디어 시작했다며? 고생이 많다."

모처럼 활짝 웃으며 반기는 상무의 모습이었다. 어리둥절했다. 이 말을 듣는 순간 '이건 뭐지?' 하는 기분이었다.

"어떻게 아셨습니까? 오늘이 첫 보고인데."

김 상무는 대답 대신 빙그레 웃고 있었다. 이미 상무는 모든 것을 다 알고 있다는 표정이었다. 가급적 듣기만 하고 묻거나 지시는 없었다. 격려의 말 몇 마디뿐이었다. 역시 회사의 계획은 듣지 못했다.

며칠 전에 정한심 과장이 나를 찾아와서 무슨 계획이 있는지 물어 온 적이 있었다. 내가 정 과장을 형처럼 믿고 있을 때였다. 최재명을 비롯한 인선과 앞으로의 계획까지 자세하게 설명해 주었다. '설마?' 하는 생각에 미치자 입안이 떨떠름했다.

일은 순조롭게 진행되었다. 선정된 부서별 책임자가 비조합원들을 점검해 보니 관리부서와 생산부의 계장 등 약 150여 명이었다. 장은영 간호사와 오강희, 그리고 한민주를 포함해 자원한 여사원 30여 명은 별도였다. 그녀들은 남자 사원들 못지않게 적극적이었다.

그들을 모두 임시 본부로 모이도록 해서 일일이 의사를 타진했다. 전원이 참여 의사를 밝혔다. 근래에 모집하기 시작한 공채사원 중에서는 몇 명을 제외한 대부분이 참여하지 않았다. 그들이 대학교 재학시절에 운동권에서 활동했었다는 정보를 입수했기 때문에 나도 강요하지 않았다.

날을 잡아 최재명 등 세 사람을 불렀다. 조직을 확실히 하기 위해서였다. 평소 생각해 두었던 계획이었다.

"나는 항상 주위에서 대기하라는 상무의 지시도 있고, 홍보 활동도 하려면 제약을 받을 수밖에 없습니다. 최 계장을 대표로 하고 오 계장은 행동대장으로, 나이가 제일 많은 권 계장님은 인원단속과 뒤에서 돕는 일을 하도록 하는 것이 좋겠습니다. 어때요?"

"좋습니다."

제일 우렁차게 답한 사람은 최재명이었다. 각자 헤어지고 돌아서자 말이 없던 오장비가 내 손을 잡았다. 커피 한잔하자며 가까운 자판기 앞으로 이끌었다.

"우 계장, 오해하지 말고 들어. 내가 곰곰이 생각해 보았는데, 삼키지 못할 먹이를 먹으려다가 입만 찢어지는 사고를 당하는 건 아닌지 걱정이 앞서네."

"불안한가? 자네답지 않게."

"좀 그래서."

"자네 마음 이해하네. 그러나 내가 사욕이나 개인적인 출세를 위해서 하는 것으로 오해는 말게."

"그런 뜻이 아니야. 이 정도의 인원과 조직으로는 잘 훈련된 강성 팀을 상대하기가 버겁다는 생각이 들어서 그래."

"물론 자네 말대로 우리의 조직만으로 상대하기엔 힘이 절대적으로 부족하지."

"내 생각도 바로 그거야. 경찰이라도 부를 셈인가?"

"아니, 경찰의 힘을 빌릴 생각은 추호도 없네. 그래서 일찌감치 노조의 온건 팀을 만들어 놓은 거야."

"아~ 그런 뜻이 있었어?"

"지금은 어두운 터널 안에 있어서 답답하겠지만, 곧 환한 빛이 들어오는 터널 끝에 도달할 걸세. 믿어봐."

나는 자신있게 힘주어 말했다.

"자네가 처음 온건 팀을 만들었을 때 단순히 노조의 힘을 분산시키려는 의도로만 보았는데, 그런 깊은 뜻이 있었군."

"미안해. 아직은 때가 아니라서 말을 안 했어."

"오케이, 알았어. 멋지게 해보자구."

오늘 드디어 나는 용의 몸통에 황금 칠을 끝낸 셈이었다.

나는 오 계장과 헤어진 후 곧바로 최영길과 강현주를 만났다.

"이제 우리도 결사체를 조직했으니 바야흐로 삼국시대의 문을 열었다. 우리의 최종 목표를 달성하기 위해서는 우리들의 튼튼한 연대가 필요하다. 비조합에선 내가 나설 테니 너희들은 온건 팀을 대표해서 나하고 자주 만나 작전을 세우자."

"축하합니다. 형님 뜻대로 드디어 회사의 삼분지계에 성공했네요."

영길이 환히 웃으며 말했다.

"형님이 회사를 세 조각으로 갈가리 쪼개 놓은 거지 무슨 삼분지계노? 삼분지계가."

역시 짓궂은 현주의 농담이었다.

"그런데 비조합이 남자 사원 150여 명이지만 솔직히 오합지졸인데 훈련시켜서 될 일도 아니고 걱정은 돼요."

영길의 말이었다.

"그래서 너희하고 연대를 잘해야 한다. 내가 너희를 믿는 이유이다."

"걱정하지 마세요. 굳건한 동맹이 될 것입니다."

"굳건한 동맹? 그래서 직장폐쇄하던 날 너희들만 살겠다고 도망쳤나?"

"그날은 미안합니다. 회사에 같이 있으면 분명 그들과 대판 싸워야 할 것 같아서 피한 거죠."

"작전상 삼십육계였다? 예라이······."

나는 웃으며 넘어갔다. 그들의 말이 틀린 것은 아니기 때문이다.

"형님, 혹시 비조합은 가만히 구경만 하고 우리 온건 팀만 앞세우려는 것은 아니지요?"

현주가 말꼬리를 잡고 한 말이었다.

"걱정들 마시게. 전투력이 약한 만큼 보완하는 작전을 수립할 테니까."

"형님을 믿습니다."

영길과 현주 역시 축하를 하면서도 오장비처럼 걱정을 했다. 모래알 같은 비조합 팀이 과연 노조처럼 끈끈한 팀워크를 이룰 수 있을까 하는 당연한 염려였다.

조직을 구성했으니 세 과시도 할 겸 읍내를 행진하는 행사를 했다. 행진 후에 회사의 정문 앞으로 인원이 집결하기 시작하자 위원장과 노조 간부들 그리고 정윤희까지 담장에 기대어 지켜보고 있었다. 목소리가 좋아 선발한 한 대원에게 내가 작성한 격문을 낭독하도록 했다.

(상략)
회사를 무단 점거한 노조의 행위는 불법이며,
그동안 업무 방해로 인한 생산과 영업 손실에 대해서는
당연히 법적으로 조치할 것이다.
어쩔 수 없이 참여한 단순 가입자가 많다는 것을 알고 있다.
지금 곧 탈퇴하라. 다시 한 번 강조한다.
회사는 그동안의 잘못을 일절 묻지 않고 받아들일 것이다.
오늘이 회사가 여러분한테 베푸는 마지막 배려임을 명심하라.
(하략)

이상이 주된 내용이었다.

낭독이 끝나고 구호를 선창하자 강성 팀도 맞대응하며 구호를 외쳤다. 내가 준비해 간 격문들을 회사 내에 마구 뿌리게 하자 쟁의부장과 행동대장 등이 발악하듯 거세게 나섰다.

"야! 우공명 너지, 이것도 네놈 짓이지?"

"어디 두고보자, 너 우공명."

나는 저주에 찬 그들의 외침을 고스란히 들어야 했다.

제3부

토사구팽

내가 사는 집은 수지면 고기리로 들어가는 입구에 자리한 단독 주택이었다. 강현주의 집도 부근에 있었다. 나는 그의 집을 자주 찾았다. 모든 정보를 공유하며 계획을 수립하는 과정에 이만한 안전장소는 없었다. 강현주는 이 거사를 위하여 부인과 아이들까지 처가에 옮긴 상태였다.

그는 매우 쾌활한 사람이었으나 그날은 몹시 우울해 보였다. 영길과 함께 자신도 강성 팀으로부터 협박을 받고 있다는 것이다. 그러나 강성 팀에서 공공의 적 제1호는 뭐니뭐니해도 '우공명 개새끼'라고 하니 몸조심하라며 킥킥대고 웃었다.

'우공명 개새끼라, 개새끼.' 나는 마음속으로 여러 번 곱씹어 보았다. '그래, 개새끼는 맞는 것 같다. 다만 천사홍과 김계두 부류의 똥개 새끼가 될 것인가 아니면 사냥개가 될 것인가로 고민 좀 해야겠다'는데 생각이 미치자 엷은 웃음이 나왔다.

"그런데 왜 여기까지 왔소?"

잠시 생각에 잠겼다가 강현주의 말에 정신이 들었다.

"너희가 온건 팀을 만들고 우리가 비조합 팀을 결성한 이유가 뭐냐. 최종 목표는 담을 넘어가자는 것 아니야?"

"당연하지요. 그래서 이 고생 하며 팀을 만든 것 아닙니까?"

"그렇지. 이제부터는 회사를 되찾는 계획을 구체적으로 세우자."

"계획은 무슨 계획이 필요합니까. 우리 두 팀이 몽둥이 들고 넘어가 두들겨패서 몰아내면 되지."

"전쟁이다. 전략도 없이 공격하면 그건 깡패들 패싸움이지 전쟁이냐?"

"하하, 알았습니다. 꾀주머니 제갈공명님. 어, 그러고 보니 '우공명'과 '제갈공명', 이름이 같네."

나는 빙그레 웃기만 했다.

"그런데 비조합은 호강합니다. 모일 수 있는 사무실도 회사에서 마련해 주고. 불쌍한 우리는 매일 학교운동장이나 땡볕 아래서 고생하는데."

"마련해 주기는 누가 마련해 주겠나. 오해하지 마라. 내가 협력업체인 X상사에 구걸해서 얻은 것이다. 그 사장이 사무실 전체를 우리에게 내준 거야. 회사를 찾을 때까지 사용하란다."

무심코 말했으나 우리에게 모임 공간을 내어준 X상사는 그 일로 인해 폐업을 당해야 했다. 훗날의 일이다. 우공명의 부탁으로 사무실을 내준 죄라고 김계두가 말했다는 것이다.

"그리고 보면 형님도 비상한 양반이야. 회사 사원들 얘기 들어보면 형님을 나쁘게 말하는 사람들을 별로 보지 못했어. 우리 제작과 애들 결혼할 때 사회를 단골로 봐주고. 꾀도 많고,

기계쟁이에 글도 잘 쓰고, 배짱도 남다르고, 뭐 나무랄 데가 없는데……."

"없는데, 뭐가 불만이야?"

"불만이 아니고, 맹 사장은 아직 경영경력이 일천해서 그렇다 칩시다. 그런데 김 상무는 겪어보니 형님에 대해 영 아니라는 생각이 들어요."

"왜, 뭐라고 하더냐?"

"직접 뭐라고 하는 건 아닌데, 찾아가서 얘기해 보면 그런 느낌을 자주 받아요."

"……."

"회사의 어려운 일은 다 형님한테 맡기거나 하면서, 견제하는 건지 미워하는 건지, 여하튼 이해가 안 돼요."

다음 날 회사에 들어갔다. 상무에게 그간의 진행된 내용을 보고하기 위해서였다. 상무실로 올라가려고 하는데 1층의 총무과에서 한민주가 부리나케 뛰어나왔다. 그녀는 회의실로 나를 안내했다. 자리에 앉아서 민주를 바라보았다. 탁자 맞은편에 앉아 있던 민주는 몹시 당황스런 표정이었다. 그녀는 가쁜 숨을 고르고 나서 말했다.

"계장님, 제 말 듣고 화내거나 당황해하시면 안 돼요. 그냥 듣기만 하세요."

"알았어. 무슨 말인데 그래? 어서 말해 봐."

나는 그녀의 모습이 귀엽다는 생각이 들어 작은 미소를 지으며 바라보았다. 언제 보아도 아름다웠다. 미인이라는 말 이외에는 뭐라고 표현하기 어려운 외모였다. 남자 친구가 있다는 얘기는 오래전에 들었다. 대학 선배로 해외 유학 중이라는 말은 들은 바 있었으나, 그 후로는 남자 친구에 대해서 한마디도 없었다. 그녀의 시원스레 큰 눈이 나와 마주치자 곧 평온을 찾은 듯했다.

"조금 전에 상무님이 차를 가져오라 해서 올라갔어요. 문을 열고 바라보니 박철 이사님하고 무슨 말을 하는지 좀 심각한 표정들이었어요. 차를 들고 다가가려는데 박 이사님의 말이 예사롭지 않더군요. 그래서 멈추어 서 있었지요."

"······."

"이번 노사분규 과정에서 우공명의 활약이 아주 대단해요. 우리 회사에 그만한 사원이 있다는 건 행운이지요?"

그러자 김구천 상무가 말을 받았다.

"박 이사는 그렇게 생각해요?"

"그럼, 그렇지 않아요?"

"우공명이가 대단한 놈인 건 맞지요. 그래서 그놈의 유통기한을 이미 정해 놓고 때를 기다리고 있습니다."

"유통기한이라니 무슨 말씀이세요?"

"네, 이번 일만 끝나면 우공명이는 곧바로······."

듣고 있던 민주는 하마터면 차 쟁반을 떨어뜨릴 뻔했다. 중역들이 눈치챌 것 같아 재빨리 문을 열었다 닫는 시늉을 했다. 그들은 민주를 발견하고 말을 멈췄다. 민주는 가져간 차를 떨리는 손으로 내려놓고는 사무실을 나왔다.

나는 그 말을 전해 주는 민주의 얼굴을 조용히 바라보았다. 어쩌면 좋으냐는 표정이었다. 그러고는 안타깝다는 듯 물었다.

"계장님, 요즘 무슨 큰일을 구상하고 있지요?"

"……."

"왜 말씀이 없으세요?"

"아직은 시기가 아니라서 그래. 미안하다."

민주는 잠시 침묵하더니 두 손을 꼭 모아 쥐었다.

"좀 더 차분히 들었어야 했는데, 그래서 유통기한이 언제까지인지를 알았어야 했는데."

그녀는 마치 죄를 지은 사람처럼 고개를 숙였다.

"……."

"계장님, 말씀해 주세요. 상무님이 말씀하신 이번 일이라는 것이 뭐예요? 계장님에 대한 유통기한이 이번 일이 끝나면 곧바로라고 했어요. 이번 일이 뭐냐구요."

"……."

"지난번에 상무님도 직원명단 가져갔고, 계장님도 그랬고. 이번 일이라는 것과 관련 있지요?"

"……."

"아, 진짜 답답하시네. 무슨 일인지 모르지만 오늘부로 그만두세요. 유통기한이 있다는 얘기는 그 일이 끝나면 자르겠다는 얘기잖아요. 답답한 계장님아."

나는 할 말이 없었다. 있다 해도 못 할 말들이었다. 안타깝게 쏟아내는 민주의 말들은 모두가 나의 심정 그대로였다. 나는 울먹이듯 말하는 민주의 두 손을 살며시 잡았다.
 "민주야, 고마워. 그런데 중역들이 은밀하게 나눈 얘기들은 듣고 한 귀로 흘려버려. 당사자인 내가 알아서 좋을 것 없고, 소문으로 돌아서도 좋지 않고."
 나는 조용히 말했다. 고맙지 않아서가 아니었다. 민주가 나를 염려해서 하는 그 마음을 몰라서 하는 얘기는 더욱 아니었다. 이미 흐릿하게나마 짐작하고는 있었으나 정작 듣고 보니 분노가 치밀었다. 나는 얼굴빛이 변하는 것을 간신히 참고 있었다. 자칫 추태로 보일 것 같아서였다.
 예상외의 내 말을 듣고 난 민주의 표정은 점점 굳어져 갔다. 참다 못한 그녀의 두 눈에서는 눈물이 글썽였다. 내가 뒷주머니에서 손수건을 꺼내 건네주자, 그녀는 손수건을 탁자에 팽개치듯 던져 놓았다.
 "칭찬받고자 한 얘기는 아니지만……."
 "미안해, 민주를 위해서야."
 입이 댓 발은 나와 있는 한민주의 어깨를 한번 토닥여 주고 나왔다.
 중역실에 들어가자 박철 이사는 없고 김 상무만이 혼자 앉아 있었다. 비록 형식적인 보고였지만 마치고 나오기 전에 김 상무를 바라보았다. 그의 마음속에는 이미 나의 유통기한을 정해 놓고 있었다는 것이다. 태연한 척하는 그의 모습을 바라보니 씁쓸한 웃음이 나왔다.

오동잎 하나가 떨어지는 것을 보고 가을이 왔음을 알 수 있다는 옛말이 있다. 민주가 전하는 상무의 말 한마디로 나의 앞날이 어둡다는 것을 짐작할 수 있었다. 시작 전부터 불안했던 예감이 다시 밀려왔다. 생각 끝에 민주의 말은 김구천의 단순한 생각이려니 하고 위로하며 넘겼다. 복잡하게 생각하면 더 이상 일을 진행하기가 힘들 것 같다는 생각이 들었기 때문이기도 했다.

며칠 후에 현주가 나를 찾아왔다. 집 앞에 있는 지하 다방으로 안내했다. 오늘따라 그의 표정은 무척 굳어 있었다. 평소에 농담도 잘하고 쾌활한 모습과는 다른 분위기였다. 그는 자리에 앉자마자 대뜸 말했다.
"형님, 이제 담을 넘어갑시다."
그는 심각한 표정으로 말했으나 너무 쉽게 나오는 현주의 말이 가볍다 싶어 잠시 뜸을 들였다.
"강성 팀에 무슨 일이 있지?"
"하여튼 형님은 귀신이야."
"이젠 귀신 할애비가 다 됐다. 말이나 해봐."
"걔들 내부에 묘한 흐름이 감지되고 있어요."
"묘한 흐름이라, 뭔데?"
"현재 지도부에 있는 내 친구한테 들은 얘긴데……." 하며 현주가 강성 팀 내부 사정을 말해 주었다.
며칠 전에 강성 팀 지도부 회의가 있었다. 이미 두 개의 노조로 분열된 강성 팀은 내부적으로 심한 갈등을 겪는 중이었다.

그동안 펼쳐진 일련의 사태에 대한 책임소재뿐만 아니라 앞으로의 계획에서도 의견 일치가 되지 않았다.

"노조가 갈라진 것은 지난 일이라 칩시다. 누구도 예상하지 못했던 일이었으니까. 그러면 앞으로의 계획은 뭔지 밝혀야지요."

그중에서도 강경파로 불리는 행동대장 C가 격하게 나섰다. 지도부에 불만이 있었던 일부가 동조했다.

"직장폐쇄된 지가 이제 겨우 40일 정도 지났으니 좀 상황을 지켜봅시다. 회사에서 어떤 방법으로든지 협상 신청이 오겠지."

위원장인 정여포의 말이었다.

"위원장님, 몰라도 한참을 모르고 있군요. 우리 팀은 반으로 줄었고 투쟁 열기는 식어가는데 회사가 뭐가 아쉬워 손을 내밀겠습니까?"

"일단 직장폐쇄 들어가고 회사 내에서 농성이 시작되면 대체로 100일 정도는 지나야 협상이 들어온다고 합니다. 회사의 손실이 눈덩이처럼 불어날 때쯤 돼야……."

수석부위원장 김영술이 위원장을 옹호하고 나서자 C가 말을 끊고 나왔다. C는 정여포와 같은 제작과 출신이었으나 언젠가부터 초강경으로 돌아서 있었다.

"어제 천사홍을 만났는데 뭐라고 했는지 아세요?"

"천사홍이를 만났다고?"

놀란 정여포가 물었다.

"네, 가끔 만나서 정보를 주고받아요."

"그래서?"

"지금 밖에서는 은연중에 모종의 움직임이 있는 것 같은데 알 수가 없다고 하더군요. 우공명 계장과 최영길, 강현주가 자주 만나서 뭔가 꾸미는 것 같다고 알려줬어요."

"우공명 계장이요?"

잠자코 있던 차은희 사무국장이 깜짝 놀라는 표정으로 말했다. 갑자기 그녀의 목소리가 커졌다.

"안돼요, 그것만은 막아야 해요. 우공명 계장이 나서면 문제는 심각해져요. 천 과장을 만났다고 했지요?"

"네."

"다시 만나세요. 천 과장은 사장은 물론 중역들하고도 잘 통하는 사이로 알고 있어요. 우 계장을 모함해서 이참에 그의 발을 묶어놓게 하세요."

"나도 우 계장을 잘 알지만, 사무국장은 우공명이 얘기만 나오면 왜 그렇게 놀라지?"

정여포가 의아한 표정으로 말했다.

"여러분들은 그 사람을 몰라요. 위원장님한테는 조용히 말씀드릴 테니, 위원장님이라도 빨리 천 과장을 만나서 부탁해야 합니다."

강성 팀의 긴급회의에서 이 정도의 말이 나왔다면 며칠 사이에 벌써 공작에 들어갔을지도 모르는 일이었다. 우리의 움직임이 그들에게 포착되고 있었다. 소름이 끼치는 것을 느꼈다. 계획을 앞당겨야겠다는 생각을 했다.

"각오는 되어 있어?"

"날짜만 정하면 됩니다."
"언제 결정했어?"
"오늘 아침 지도부 회의에서."
"좋다. 5일 정도의 시간을 갖자. 우리도 이미 준비를 끝낸 지가 오래다. 다만 너희가 언제 가능할지 몰라서 기다리는 중이었다."

온건 팀이 모든 준비가 되었다는 말을 들은 다음 날부터 나는 무차별적으로 선동 선전문을 날렸다. 대부분이 강성 팀의 내분을 촉발시키는 내용이었다. 한편으로는 그들이 우리를 의심할 여지를 주지 않기 위함이기도 했다.

회사 운동장에는 내가 작성해서 연이어 날린 홍보물들이 가을바람에 낙엽처럼 굴러다녔다. 덕분에 강성 팀을 탈퇴해서 온건 팀으로 오는 사람들이 제법 많다고 강현주는 수시로 자랑했다. 그것이 작전 개시를 앞두고 펼치는 나의 본격적인 이간계였다. 반면에 나도 강성 팀의 이간계에 걸려들 뻔한 사건이 있었다.

김 상무가 급히 불러서 갔을 때였다. 자리에 앉자마자 김상무의 호통을 들어야 했다.

"네가 강성 팀 애들과 밖에서 만난다는 제보가 있다. 어떻게 된 거야?"
"무슨 말씀을 하십니까?"
"자네가 강성 팀 지도부와 만나서 식사도 하고 은밀한 얘기도 나누는 것 같다는 거야."
"……."
"왜 말이 없어? 사실대로 얘기해 봐."

"누구로부터 그런 보고를 받으셨습니까?"
"그게 중요한 것이 아니잖아."
나는 며칠 전에 강현주에게서 들었던 얘기를 해 주었다.
"의심나시면 강현주를 불러 물어보세요."
알았다고 말하는 김구천 상무를 뒤로하고 사무실을 나왔다. 다시는 들어가고 싶지 않은 상무실이었다.

약속한 5일째 마지막 날, 작전이 마무리되었다 싶어 영길과 현주를 풍덕천이라고도 불리는 정평천가에 있는 풍천장어집으로 조용히 불렀다. 며칠 사이에 얼굴이 모두 초췌해진 모습들이었다. 조용히 웃음을 띠었다. 그들은 일제히 나를 향해 성토했다.
"형님, 웃음이 나옵니까? 우리는 지금 애간장이 타는구먼."
"고생들 했어. 그래서 오늘 기운들 내라고 이 형이 거금을 들여 장어를 사는 것 아니냐."
"형님, 궁금해서 하는 말인데요. 이 돈 회사에서 나오는 것 아닙니까?"
"미친놈, 달라고 할 나도 아니지만, 줄 회사도 아니다."
"그럼 그동안 우리한테 술 산 것 모두 형님 개인 돈인가요?"
"그만해라. 그만한 여유는 된다. 그리고 너희들도 나한테 막걸리 샀잖아."
"현주야, 오늘은 이 비싼 장어 조금만 먹자. 형님 속 쓰릴라."
"하하, 그래도 역시 영길이다. 걱정하지 말고 많이 먹어. 우리 사주 판 돈 아직은 남아 있다."

먼저 거사 날짜와 시간을 정했다. 회사와 비조합 팀의 내부 사정을 고려해서 내가 제시하자 온건 팀도 흔쾌히 합의를 해 주었다. 운명의 날은 바로 7월 18일 오후 6시였다. 그날 펼칠 우리의 합동작전도 자세히 설명을 해주었다. 그동안 머리를 싸매고 수립한 작전이었다. 모든 작전과 총지휘는 내가 맡고 내 지시에 모두가 일사분란하게 움직여 줄 것을 다짐받았다.

모든 계획을 합의하고 분위기가 풀리자 막걸리를 시원하게 마시던 현주가 잔을 내려놓으며 갑자기 화제를 돌렸다.

"맹 사장과 김 상무를 어떻게 생각하세요?"

뜬금없는 질문이었다. 영길이 입에 대었던 잔을 내려놓으며 물었다

"질문의 핵심이 뭐냐?"

"그들의 그릇 크기."

"그릇은 왜?"

"좀 불안한 생각이 들어서 그래."

영길은 잠시 생각하더니 짓궂은 표정으로 찌그러진 양푼 막걸리잔을 들고 젓가락으로 두드렸다.

"그릇? 요만하지."

영길과 현주는 깔깔대며 한바탕 웃었다. 자신들은 가끔 상무를 찾아가 긴밀하게 보고하고 지시받고 하는데, 비조합 팀에게는 보고는 받아도 지시는 거의 하지 않고 있다는 얘기를 최재명한테 들었다고 했다. 그래서 왜일까? 생각해 보았더니 바닥에 뭔가 한 자락 깔고 있구나 하는 의심이 들더라는 것이다. 의아

하다는 표정의 영길이 나를 바라보며 물었다.

"정말 그래요?"

"최재명이가 쓸데없는 얘기를 했구나. 그만둬라."

내가 화제를 돌리려 하자 현주는 현주답지 않은 얘기를 했다.

"우리는 노조야. 회사를 살리는 이 일이 성공을 하면 회사는 우리를 함부로 대하지는 못하겠지. 그런데 비조합, 특히 공명 형님은 힘들 것 같다는 생각이 계속 들어서 하는 말이야."

"글쎄다, 자기 돈 쓰며 이 고생을 하고 회사를 살렸는데, 설마 회사에서 형한테 서운하게 하겠어?"

"모르는 소리 하지 마. 성공하면 분명히 중역들이나 간부사원들이 씹고 난리 블루스를 출 텐데, 그때마다 사장이나 상무가 바람막이나 제대로 해 주면 다행이다. 두고봐요. 형님, 크게 후회하는 날이 올껴, 젠장."

평소에 장난기 많고 껄렁대는 타입이었던 현주의 입에서 그런 이야기가 나오는 것은 예상 밖이었다.

'큰일을 치르고 나면, 으레 죽을 고생 하며 밥상을 차린 놈은 따로 있는 법이다. 이 거사가 성공하면 숟가락 들고 눈치 볼 것 없이 퍼먹기 위해 덤비는 놈이 어찌 한둘이겠는가.'

그런 생각을 하고 있는데 현주의 말을 듣고 있던 영길이 말을 받았다.

"나도 말은 안 했지만 네 말에 전적으로 공감한다."

나는 두 사람이 하는 말을 듣고만 있었다. 물론 마음속으로 파고드는 의미는 나와 다르지 않지만 그렇다고 동감한다는 말을 할 수는 없었다.

"너희들 잘 들어라. 지금 우리가 하고자 하는 일은 제일정밀 제2의 창업에 버금가는 대작전이다. 이 작전이 성공하면 너희들은 노조이기 때문에 제2의 창업 공신으로 대우를 받겠지만 나는 아니다. 그러니 너희들은 지금의 상황에 지혜롭게 대처해라."

"좀 전에 현주가 한 말도 있지만, 형님은 힘들다는 의미는 뭐지요?"

"잘 들어. 그동안 나는 맹 사장이나 김 상무로부터 격려나 위로의 말 한마디도 들어본 적 없다. 짐작하기로는 앞으로도 그럴 것이다. 무슨 뜻일까? 이 상황에 내가 필요한 인물이어서 나를 내세우지만, 성공해도 문제고 실패해도 문제라는 뜻이야. 시기의 문제이지 결과는 이미 정해진 시나리오라는 예감이 든다."

한민주가 말해 준 유통기한이 생각이 났다.

"에이~ 참, 그러면 그만둡시다."

다혈질인 현주가 막걸리잔을 내던지며 흥분했다.

"그러면 나도 그만두겠다. 형님, 이 시점에서 때려치웁시다."

두 사람의 격앙된 모습을 보니 내가 지나쳤다는 생각이 들었다. 그러나 그 생각은 사실로 다가올 것 같은 불길함 그 자체였다.

우윳빛이 감도는 막걸리를 새끼손가락을 펴서 조용히 저었다. 누군가 두 사람의 얼굴이 막걸리의 회오리에 일그러진 모습으로 잠겨 있었다. 막걸리를 신경질적으로 휘휘 젓고는 그대로 마셔 버렸다. 목을 넘어가면서 식도와 위장에서 벌레가 꿈틀거리는 듯한 느낌이 왔다. 기분 나쁜 술맛이었다.

그동안 마음조이며 진행한 모든 작전은 오늘로서 마무리되었다. 나는 그동안 그린 황룡에 오늘 드디어 여의주를 물린 것이다. 모든 준비가 완료됨으로써 용의 몸체는 완성되었다. 그 마지막 남은 한 점은 내일 오후에 찍을 것이다.

최재명 등 세 명과 조장 한 명을 대동하고, 강성 팀이 농성하고 있는 회사를 돌연 찾아갔다. 작전을 개시하기 직전에 그들의 경계심을 흩어 놓고 내부 정보를 얻기 위해서였다. 그러나 무엇보다도 나의 목적은 따로 있었다. 며칠째 혼자서 고민 중인 숙제를 풀어야 했기 때문이다.

D-Day 하루 전날이다.

경비실에는 조합원 2명이 경비를 서고 있었다. 나를 알아본 그들은 웃으며 인사를 했다. 위원장을 면회 왔다고 전했다. 수석부위원장 김영술과 쟁의부장이 나왔다. 나는 수석부위원장에게 회사와 노조를 위해서 협상하자고 건의했다. 뜬금없이 찾아와 협상하자고 하니 그들은 적잖이 놀란 표정이었다. 잠시 기다리라고 하고는 수석부위원장이 경비실로 들어가서 전화기를 들었다. 정여포에게 전화를 거는 것 같았다.

"위원장님께서 좋다고 하셨습니다. 다만 우공명 계장님은 절대 안 된다고 합니다. 계장님은 빠지거나 다른 사람으로 대체해서 들어오세요."

나는 이미 이 상황을 각오하고 왔다. 그래서 조장 한 사람을 대동하고 온 것이다. 서운할 것도 없으나 은연중 부아가 치밀었다.

"나는 왜 안 되는 거요?"

"우리의 내막과 속사정을 손바닥 보듯 환히 알고 있는 양반과 무슨 협상을 하겠습니까? 말장난이나 하고 말겠지."

"수석부위원장님, 나를 과대평가하지 마세요."

"그리고 솔직히 계장님은 얼굴조차도 보기 싫어요. 위원장님도 계장님은 빼고 만나자고 했습니다."

"할 수 없지요. 오랜만에 위원장님 얼굴 좀 보려고 왔는데, '쫄따구 계장'의 안부나 전해 주세요."

나는 정여포가 나에게 했던 '쫄따구 계장'이라는 말에 유독 힘을 주었다. 그들이 나를 배제하는 점에 서운할 것은 없었다. 이미 각오한 바였다. 나에게는 다른 목표가 따로 있어서 제의한 협상이었으니 섭섭할 것도 없었다. 대신 최재명을 불러 별도의 지침을 주어서 들여보냈다.

이제부터는 나의 임무를 수행할 차례였다. 나는 밖에서 서성이는 척하며 정문을 두 손으로 잡고 흔들어 보았다. 철문은 안에서 굳게 용접이 되어 있었다. 정문 좌우 담을 따라가며 안팎으로 자세히 살펴보았다. 내일 거사를 치르기 전에 장애물이 설치되어 있거나 위험 물질들을 쌓아놓았는지 염려스러웠기 때문이었다. 경비실 좌우의 안쪽 담 아래에 몽둥이와 쇠파이프가 한 아름 정도씩 쌓여 있었다. 다행히 그 외에는 별다른 시설물이나 의심스러운 물질들을 쌓아놓은 흔적은 보이지 않았.

거사 일이 정해지자 작전을 세우면서 제일 마음에 걸리는 것이 있었다. 바로 담장 안에 세워진 다섯 개의 대형 가스 저장 탱크이다. 그중에서도 유독 마음에 걸리는 것은 알곤가스탱크와

액화질소가스탱크였다. 유난히 폭발력이 강력하기 때문이었다. 며칠 전부터 계속 이 탱크들이 눈에 밟혔다. 설마하는 마음이었으나, 만에 하나 폭발사태가 벌어진다면 이는 엄청난 피해와 사회적 물의를 면치 못할 것이기 때문이다. 그것은 생각만 해도 재앙이었다. 내가 오늘 협상을 제의한 가장 큰 이유가 여기 이 탱크들에 있었다. 협상을 핑계로 안전을 확인하기 위해서였다.

나는 담장을 따라 가스 저장 탱크들이 모여 있는 곳으로 서서히 다가갔다. 마침 주위에는 아무도 보이지 않았다. 철망 펜스로 된 담장이어서 안의 상태를 살피기에 무리는 없었다. 담장에는 붉은 넝쿨장미 꽃이 만발한 상태였다. 작년 이맘때쯤에 강희와 민주, 그리고 장은영 간호사가 나를 끌고 와서 사진을 찍던 기억이 새로웠다. 그 일이 벌써 한참 지난 추억처럼 느껴졌다.

허리를 숙이고 유심히 바라보았다. 몇 개의 탱크를 지나 알곤가스탱크 앞으로 다가갔다. 탱크의 본체는 전의 모습 그대로였다. 아직도 가동 중인지 탱크 곁에는 마치 서릿발 같은 흰색 물질들이 엉켜 있었다. 세심하게 살폈으나 이상은 발견하지 못했다. 다행으로 생각하고 마지막에 서 있는 액화질소가스탱크로 발을 옮겼다. 알곤가스탱크보다 훨씬 큰 대형 탱크였다. 탱크의 겉모습은 역시 아무 이상 없어 보였다. 앵글로 용접하여 세운 받침대 위에 앉은 탱크 아랫부분을 주의 깊게 살펴보았다. 별도로 부착한 부품이나 시설물은 보이지 않았다. 다행으로 생각하고 돌아서려는 순간이었다.

탱크 설치대 아래 풀섶에서 부스럭 소리가 났다. 나는 신경이

쓰여 다시 허리를 숙이고 살펴보았다. 커다란 쥐 한 마리가 나를 보고 놀라서 달아났다. 나는 쥐가 달아난 곳을 무심코 바라보다가 깜짝 놀랐다. 쥐가 달아난 풀섶 속으로 회색 전선 한 가닥이 경비실 쪽으로 연결된 것이 보였다. 나는 선을 따라 전선의 시작 부분을 살펴보았다. 탱크 아래쪽 깊숙한 곳에서부터 보이지 않도록 흰색 케이블 타이로 묶여 내려와 있었다. 순간 아찔한 생각이 들었다. '저것이다' 하는 생각과 함께 온몸에 전율이 일었다.

"계장님, 거기서 뭐 하세요?"

경비를 돌던 조합원이 나를 발견하고는 소리치며 다가왔다. 무척 당황하는 모습이었다.

"기다리는 것도 지루해서 그냥 회사 구경하고 있었어."

"여기는 특별 경비구역이니까 저리 가서 기다리세요."

"특별 경비구역? 여기는 왜 특별 경비구역이지?"

그는 대답은 하지 않고 빨리 가라는 손짓을 했다. 경비실 쪽으로 가며 생각하니 큰일이었다. 특별 경비구역이라는 말이 마음에 걸렸다.

1시간 정도의 시간이 흐르자 일행들이 나왔다. 최재명이 싱글벙글거리며 다가왔다. 그는 내 귀에 대고 말했다.

"쟤네들은 내일의 일을 전혀 모르고 있고, 농성 인원은 남녀 약 200여 명 정도, 사기는 별로인 것처럼 보였다."

최재명에게 내린 지침은 이것이었다.

"알았다. 가자."

운명의 날과 시간은 7월 18일, 내일 저녁 6시다. 죽든 살든 결말을 보기 위해 오십여 일을 기다려온 날이었다. 성공과 실패의 갈림길에서 걱정과 흥분이 되어 잠이 오지 않았다. 특히 낮에 보고 온 질소가스탱크 아래 연결된 회색 전선이 눈에 밟혔다. 특별 경비구역으로 설정한 것으로 미루어, 막바지에 폭파를 염두에 두고 설치한 것으로 보였다.

나는 서재로 가서 삼국지를 꺼냈다. 가장 좋아하는 출사표 부분을 펼쳐 보았다.

유비가 죽은 후, 그의 큰 뜻을 이루기 위해 제갈량이 황제 유선에게 위나라를 평정하고자 올린 표문이다. 중학교 때 두 주먹으로 눈물을 닦아내며 읽고 또 읽었던, 유명한 제1차 출사표이다.

이 출사표는 '선제께서, 한의 왕실을 다시 세우고자 왕업을 시작하였으나, 아직 그 반도 이루지 못하신 채 돌아가셨습니다. 지금 천하는 위, 오, 촉 셋으로 나뉘어 있고, 촉한 익주는 오랜 싸움에 지쳐 쇠약해져 있습니다. 이는 진실로 국가가 죽느냐 사느냐가 달린 위급한 때입니다.'로 시작되고 있었다.

제갈량은 출사표의 마지막 구절에서 붓을 내려놓으며 '받은 은혜가 너무 감격스러워 신은 출사표를 씀에 눈물이 앞을 가려 무슨 말을 해야 할지 모르겠습니다.' 하고 오열했다.

나는 노조가 온건 팀과 강성 팀으로 분열되고, 불행한 일이지만 직장폐쇄가 결정되자 제갈량의 천하삼분지계를 참고하여 비조합 팀을 결성했다. 그리고 지금은 온건 팀과 동맹을 맺었다. 온건 팀과의 합동작전으로 회사를 되찾을, 이른바 제2의 창업을 하루 앞두고 있었다.

노트를 펼치고 메모를 했다. 나름대로 장문의 출사표를 썼다.

'내일이면 저는 어쩌면 회사에 다시 돌아올 수 없는 길을 떠나야 할지 모릅니다. 이처럼 큰일을 앞두고 나는 왜 혼자라는 생각을 해야 하는지요. 이 출사표를 받아야 하는 맹철종 사장님은 한 번도 나에게 관심과 격려를 해준 적이 없습니다. 김 상무님마저도 노조분열과 직장폐쇄 이후 알 수 없는 거리를 두고 있습니다. 저는 누구를 믿고, 누구에게 이 출사표를 올려야 할지조차 모릅니다. 그래서 통한의 눈물을 흘리는 것입니다.'

나를 어찌 제갈량에 비교하겠는가. 천하를 다투는 그에게는 목숨을 바칠 황제가 있었다. 나에게는 그럴만한 주인이 없다. 나는 애처롭게도 혼자서 낙서하듯 쓰고 버려야 하는 출사표를 쓰고 있었다. 그러나 나에게는 다행히, 하루빨리 회사로 돌아가 생업에 종사하기를 기다리는 800여 명의 사원과 그 가족들이 있었다. 나의 출사표는 그들에게 쓰는 다짐이라고 스스로를 위로했다. 슬픈 출사표였다.

지난밤에 꿈이 워낙 안 좋아 제대로 잠을 이루지 못했다. 아침에 대충 식사를 마치고 일어나자 아내가 내 손을 잡고 아이들 방으로 끌고 갔다.

"애들이나 좀 보고 가요. 잘못되면 장기간 피신할지도 모른다면서."

아이들은 자고 있었다. 나는 잠들어 있는 두 아들의 양볼에 뽀뽀를 했다. 두 놈 모두 빙그레 웃음을 띠었다. 마치 내가 저희들

볼에 뽀뽀한 것을 아는 듯했다. 나의 얼굴에도 잔잔한 웃음이 번졌다. 이 얼마나 행복한 순간인가. 오늘따라 더 귀엽고 더욱 잘 생겼다는 생각이 들었다. 한동안 나의 얼굴도 제대로 보지 못했던 아이들이었다.

"만약에 일이 잘못되면 부모님하고 애들을 혼자서 뒷바라지 하게 될지도 모를 텐데 마음이 무겁네. 걱정하지 마, 설마하니 그렇게까지 가겠어."

아내를 바라보고 멋쩍게 웃으며 돌아섰다. 아내가 내 팔을 잡아당겼다. 노란 봉투 하나를 건네주었다. 봉투 안을 보니 현금이 제법 들어 있었다.

"무슨 돈이야?"

"작년에 우리 사주를 판 금액 중에, 그동안 당신이 비조합 한다고 활동비로 쓰고 남은 것이에요. 만일의 경우를 대비해서 갖고 있어요."

몇 달째 월급을 받지 못했다. 생활이 힘들었을 텐데, 아내는 한마디 불평불만 없이 잘 견디고 있었다. 노사분규 직전 갑자기 우리 사주를 팔고 싶다는 생각이 들어 매각했었다. 분규 직전이니 제값을 받고 매각한 것이다. 어쩌면 이 사태를 예견한 듯한 우연이었다. 오늘이 오기까지 활동경비로 쓰고 나머지는 살림에 보태라고 준 돈이었다. 아내는 그 돈을 다시 나에게 내민 것이다. 그중에 몇 푼만 손에 쥐고 나머지는 아내에게 다시 건넸다.

나는 나오면서 공구함을 열었다. 평소에 집에서 사용하던 전선 절단용 니퍼를 찾아서 주머니에 넣었다.

피난 나온 회사에는 대부분 부과장급 이상의 간부사원들이 출근해 있었다. 계장급 이하 사원들은 비조합 팀원이어서 X상사로 출근하였을 것이다.

 "계장님, 저쪽 경비실 뒤의 방에서 계장님을 찾는 분들이 계세요."

 정문에서 기다리고 있던 B가 나를 안내했다. 그러고 보니 요 며칠 동안 민주가 보이지 않았다. 제2의 창업 준비를 하느라 그동안 회사에 출근하지 못한 탓도 있겠지만 유통기한 사건으로 화가 났는가 보다. B에게 물어볼까 하다가 그만 접었다.

 경비실 안에 있는 작은 방이었다. 방바닥에는 커다란 청사진 설계도 몇 장을 펼쳐놓고 두 사람이 열심히 무언가를 토론하고 있었다. 업무과장과 한 사람은 난세의 영웅이 되자고 했던 그 젊은 과장이었다.

 농성 중인 회사의 건물 설계도였다. 이 난국에 어디서 구했는지 용하다는 생각을 했다. 그들은 노트 안에 나름대로 수립한 계획을 빡빡하게 정리해 놓았다. 며칠 전부터 준비한 듯한 계획서였다.

 "우공명 계장, 어서 와요. 요즘은 우 계장 만나기가 대통령 만나기보다도 더 힘드니 원."

 "무슨 일인데 이렇게 청사진까지 동원시켰습니까?"

 "아, 드디어 결단의 날이 온 것 같아서 이렇게 계획을 세워놓고 우 계장을 기다렸지. 자, 이리 와서 앉아봐요."

 그들은 담을 넘어가 회사를 되찾자는 눈물겨운 내용을 나에게 설명했다. 계획은 세웠으나 가장 필수조건인 인원 확보를 위해 내가 필요했던 것이다. 처음부터 나는 당연히 참여하는 것으로 믿고 수립한 계획이었다. 나는 오늘 오후 6시면 담을 넘어간다. 그런데 지금 실행 작전을 세우자는 그들이었다. 사실을 말하지 못하는 내가 도리어 답답했다.

"오늘은 상무님이 찾아서 온 것이니 내일 다시 만나서 협의하지요."

나는 이 말을 남기고 돌아섰다. 속시원하게 말을 하지 못한 채, 안타깝게 부르는 그들을 뒤로하고 나왔다. 나도 마음이 편치 않은 것은 마찬가지였다.

오늘을 위해 임시로 빌린 건물 대강당에서 최재명과 오장비, 권준일을 만나 스케줄을 점검했다.

"온건 팀과 약속한 거사 시간은 오후 6시, 우리도 여기에 맞추어야 하니 우리 대원들을 일찍 소집해서 대기하는 것이 좋겠다."

"그렇게 합시다. 내가 연락을 취해서 이곳으로 모이도록 할게."

행동대장 오장비가 나서서 말했다.

지금 대원들은 모두 X상사의 사무실에서 휴식을 취하고 있었다. 그들도 오늘 펼쳐지는 작전에 대해서 아직은 전혀 모르고 있었.

비조합 팀원 모두에게 드디어 비상소집령이 내려졌다. 이때서야 집합장소를 알려주고 오후 4시까지 모이도록 했다. 각자 흩어져 개인별로 집합하라는 지시와 함께였다. 남녀 대원들이 대기실에 들어오기 전에 꼭 화장실부터 다녀오도록 했다. 대기실에 한 번 들어오면 나가지 못하도록 단속했다. 완벽한 보안을 위해 내가 그렇게 지침을 정했다.

회원 중에서 변전실에 근무하는 사원을 별도로 불렀다. 평소 운동을 많이 했는지 날렵해 보이는 젊은 직원이었다.

"회사 정문 왼쪽 담장 안에 알곤가스탱크 등 가스탱크들이 죽 있는데 제일 끝에 질소가스탱크가 서 있는 거 알지요?"

"네, 알아요."

"질소가스탱크 하단에서 경비실 쪽으로 회색 전선 한 가닥이 지표 위로 길게 이어졌던데, 그 전선의 용도를 알아요?"

"그 탱크는 위험물 시설로 분류되어 있어서, 전선을 땅바닥 위로 노출시켜 끌어낼 수가 없어요. 누가 임의로 설치하기 전에는 불가능합니다."

"내가 어제 확인했는데 지금 그런 상태입니다. 유사시 폭발시키려고 폭발물을 설치한 것은 아닐까요? 그 전선은 폭파 스위치 선일 테고."

그는 한동안 침묵했다. 뭔가 생각하는 듯했다. 그리고 심각하게 말했다.

"그럴 수도 있을 것 같네요."

"그 질소가스탱크가 폭발하면 그 위력은 어느 정도 되나요?"

"설치할 때 제가 참여했는데 폭발력이 대단하다는 얘기를 들었어요. 많은 인명피해도 가능하고요."

나는 그의 말을 듣고 잠시 생각에 잠겼다. '위험을 무릅쓰고라도 이 방법밖에는 없다'는 결심을 했다. 잠을 이루지 못하며 밤새 생각한 모험을 실행할 수밖에 없을 것 같았다.

"오늘 작전이 개시되면 당신은 무조건 그 가스탱크 앞으로 달려가요. 대기하다가 기회를 보아 담을 넘어가세요. 그리고 그 전선을 절단하고 바로 다시 넘어와요."

"제가요?"

"네, 할 수 있지요? 아니, 꼭 해야 합니다."

"혹시 강성 팀에 붙잡혀 맞아 죽는 거 아닙니까?"

"하하, 걱정하지 말아요. 지원 팀을 별도로 배치하겠습니다."

"잘 알겠습니다. 기필코 해내겠습니다."

나는 아침에 출근할 때 집에서 갖고 나온 전선 절단용 니퍼를 그에게 건네주었다. 그리고 두 어깨를 가만히 토닥여 주었다.

사장실에서 긴급히 들어오라는 호출이 왔다. 대원들의 배치와 작전 설명은 최재명에게, 단속은 권준일에게 일임하고, 나는 오장비와 함께 그의 승용차로 급히 달려갔다. 경비실 앞에는 B가 대기하고 있었다.

"사장님? 아니면 김 상무님?"

"두 분이 사장실에 같이 계십니다. 급히 찾으시니 빨리 들어가 보세요."

오장비와 함께 사장실로 들어가려 하자 B가 황급히 불렀다.

"우 계장님 한 분만 들어오시라는 명이십니다. 그리고 누구를 막론하고 사장실 근처에는 얼씬 못하게 하라는 지시입니다."

나는 멋쩍어 머뭇거리는 오장비를 남겨두고 급히 사장실로 들어갔다. 사장과 상무, 그리고 사무실 구석의 책상에 생산부장이 심각한 표정으로 앉아 있었다. 담배를 얼마나 피웠는지 실내는 오소리도 잡을 만큼 자욱한 연기로 가득 차 있었다. 나도 담배를 피우는 애연가였지만 담배를 피우지 못하는 부장이 고생했겠구나 하는 안쓰러운 생각이 들었다.

약 50여 일 전, 직장폐쇄를 결정하던 날의 모습과 흡사한 분위기였다. 내가 들어가자 사장과 상무는 약속이나 한 듯 의자에서 벌떡 일어났다. 두 사람 모두의 강한 눈초리를 의식했으나 그들도 긴장한 탓이려니 하고 이해했다. 한동안 침묵이 흘렀다. 오늘도 역시 상무가 먼저 입을 열었다.

"사원들이 자발적으로 구사 활동을 할 수 있게 한 자네의 노력을 높이 평가한다. 과연 그날이 왔다. 그런 만큼 오늘 성공도 확실하게 믿는다."

바람을 맞은 문풍지처럼 상무의 목소리가 떨려왔다. 두 눈은 실눈을 하고 있으며 입술은 파르라니 변색된 채 굳은 모습이었다. 나보다도 더 긴장하고 있는 것 같았다.

"잘 알고 있습니다."

"오늘의 모든 작전은 자네가 책임지고 지휘해 차질 없도록 하게. 오늘의 성공 여부에 따라 회사 운명도 달라진다. 이 모든 것은 오로지 우 계장, 자네 한 사람에게 달려 있다는 점을 명심해."

"네, 알겠습니다. 최선을 다하겠습니다."

"우 계장, 최선을 다한다고 될 일이 아니다. 무조건 성공해야 한다."

"알겠습니다."

나는 짧지만 힘차게 대답했다. 작전 수행에 나가는 전선의 총사령관처럼 씩씩한 모습이었다. 나는 지참한 서류를 펼치고 상황을 보고하려 했다. 역시 오늘도, 오늘 거사에 관한 보고는 일절 받지 않겠다고 상무가 말했다. 나는 다시 서류철을 덮었다.

김 상무는 창가의 책상에 앉아 있는 생산부장을 불렀다.

"지금 곧 과·부장들을 긴급 소집해."

"네, 알겠습니다."

부장이 급히 나갔다. 나 역시 더 보고하고 들을 말이 없을 것 같았다. 돌아서서 문을 열려고 할 때였다. 김 상무가 다급하게 나를 불러 세웠다. 나는 다시 돌아서서 아무 생각 없이 사장과 상무를 바라보았다.

어느덧 사장의 눈빛은 이상하리만치 달라져 있었다. 평소와는 다른 날카로운 눈초리는 노사분규가 시작된 이래 처음 보는 눈매였다. 김 상무 역시 특유의 기분 나쁜 눈초리로 나를 쏘아보고 있었다. 두 사람의 눈총이 나를 향해 총알을 난사하고 있었다. 잠시 후에 김 상무가 말했다.

"우 계장! 아니지, 이제부터는 우공명 씨야. 우공명 씨, 잘 들어. 이 시간 이후부터는 회사와 우공명 씨는 남남이다."

"……?"

"자네는 어제부로 사직 처리가 되었고, 사직서는 총무과에서 보관하고 있다."

나는 순간 당황하여 무슨 말인지 이해가 가지 않았다.

"네? 제가 사직서를 썼다구요?"

"그래, 이미 사직 처리가 되었다는 얘기야."

"처리가……?"

"지금부터 자네는 제일정밀 직원이 아닌 용인군민이다. 그래서 지금까지 있었던 모든 일과, 그리고 지금부터 발생하는 전 과정도 회사는 전혀 모르고 무관한 일일세. 즉 용인군민 우공명이가 단독으로 기획하고 실행한 것이야, 무슨 말인지 알겠지?"

"……."

"그동안 자네로부터 보고는 받았으나 별다른 지시를 내리지 않고 지켜만 본 것은 오늘과 같은 날, 회사를 위해서 만일을 대비한 준비였다. 과연 믿은 만큼 지금까지는 잘했다."

김 상무는 아주 단호하고 엄숙하게 말했다. 그의 눈은 어느새 붉게 충혈되어 있었고, 사무실 안에는 찬바람이 부는 듯한 느낌이었다.

나는 대답하지 않았다. 할 수 있는 대답이 없었다. 한동안 맹 사장과 김 상무를 번갈아 바라보았다. 나의 눈도 그들 못지않게 충혈되고 날카로워져 있었다. 나와 김 상무의 눈빛이 부딪치는 순간, 튀어오르는 파란 불꽃을 보았다.

"알았지?"

상무가 몇 번을 물었다. 그러나 나는 대답하지 않았다.

"알았어, 몰랐어? 왜 대답이 없어!"

사무실이 떠나갈 듯한 큰 목소리로 재촉을 받고서야 나는 작은 목소리로 대답을 했다.

"알았습니다."

돌아서서 문을 여는 순간 현기증과 함께 뒷머리가 짜릿하게 당겨옴을 느꼈다. 문이 몹시도 무겁다는 느낌이 들었다. 문을 닫고 복도 벽에 기대어 한동안 서 있었다. 나 한 사람만 들어오게 했고, 생산부장을 급히 나가게 한 이유를 이제야 알 것 같았다. 노조 갈라치기 때부터 오늘까지 철저하게 계획된 시나리오였다. 유통기한, 더 나아가 오늘 회사를 다시 찾는다면 이후에 우공명 죽이기의 또 다른 플랜을 세워 놓았을지도 모를 일이었다. 지금까지의 경과를 살펴보면 그들은 그렇게 하고도 남을 잔인한 사람들이었다.

"아! 나의 유통기한이 사실이었구나. 오늘까지라는 말이었구나."

아무리 생각을 해도 이것은 아니었다. 나를 제일정밀 직원이 아닌 일개 수지읍민 우공명으로 만들어 놓고, 어제 일찍이 사직서를 작성해서 놓았다면 이는 결코 좋게 받아들일 수 없는 모독이고 배신이었다.

오늘 작전이 실패로 돌아갔을 때 회사가 책임지지 않기 위함이었고, 무엇보다도 자신들을 지키기 위한 치졸한 방법이었다. 성공했을 때에는 자신의 공이고, 실패했을 때에는 나에게 전적인 책임을 물어 희생양으로 바칠 계획이 아니라면 이해 불가한 조치였다.

교활한 김 상무가 거사가 성공했을 경우와 실패했을 경우의 계획을 준비하지 않았을 리 없었다. 그 준비를 하기 위해 상무는 그토록 많은 날 입을 다물고 나를 지켜보고 있었던 것이다.

회사와 사장, 자신의 책임을 회피하기 위한 대책 마련에 수없는 날을 가슴 졸여 왔던 것인가. 강현주의 말대로 찌그러진 양푼만큼이나 그릇이 작은 인물들이었다. 제2의 창업을 위해 출정을 하는 장수에게 한다는 것이 겨우 나도 모르는 사직서였다. 그리고 나에게 말했다. 사직서를 써놓았으니 나더러 어쩌란 말인가. 성공하든 실패하든 나는 결국 회사에서 나가야 할 운명이라는 것을 미리 알려준 것이다. 나도 모르는 사직서 한 장이 뜻하는 의미였다.

나는 어젯밤에 피 끓는 출사표를 썼는데 회사의 주인인 이들은 겨우 총사령관의 사직서를 몰래 써놓고, 분발하라는 어리석고 못난 짓을 하고 있었다. 혹시 나를 분발시키기 위해 작성된 사직서는 아닐까 하는 착한 생각도 잠시 해보았으나 그것은 사치였다. 그리고 이 모든 것은 맹 사장의 승인 없이는 할 수 없는 일이었다.

본래 간사한 여우는 굴을 팔 때 달아날 길을 아홉 갈래로 낸다고 한다. 여우의 간교함을 능가하는 그가 이미 아홉 개의 도망갈 길은 내어놓았다는 얘기였다.

역시 김구천다웠다. 과연 정구죽천丁口竹天이었다. 헛웃음이 나왔다.

춘추전국 시대의 오나라 왕 부차를 죽이고 오를 멸망시킨 사람은 월나라 왕 구천이었다. 노사분규 동안 겪어본 김 상무는 이와 비슷한 인물이라는 생각을 했다.

중국 월나라의 재상 문종과 최고의 참모였던 범려는 월왕 구천을 도와 앙숙 관계였던 오나라를 정복하는 데 있어 일등공신이 되었다. 지모가 남다른 범려는 같이 고생한 대부 문종에게 '월왕 구천은 목이 길고 입이 뾰족해서 고생은 같이할 수 있으나 영화는 같이 나눌 수 있는 인물이 절대로 아니오. 교활한 왕에게 화를 당하기 전에 빨리 가산을 정리해서 타국으로 피신하는 것이 목숨을 구하는 길입니다.' 하는 서찰을 보냈다. 범려도, 자신이 고도의 방중술을 가르친 후 오왕 부차에게 보내 나라를 망치게 한 경국지색 서시를 데리고 미련 없이 월나라를 떠났다. 범려는 이웃의 작은 나라인 도나라로 갔다. 그곳에서 도주공이라는 이름으로 변신하여 도자기를 만들어 팔아 대부호가 되었으며 장수하였다. 그러나 문종은 설마설마하며 주저하다가 결국은 모함을 받아 자살로 생을 마감하게 된다. 돌이켜 보니 김 상무는 그런 사람이었다. 이름도 월왕 구천과 같고 관상도 유사했다. 필요할 때 이용하고 버리는 노회하고 교활하기가 월왕 구천과 닮은 꼴이었다.

어젯밤 나는 비통한 심정으로 출사표를 썼다. 결과적으로는 오늘 출사에 앞서 사직서를 쓴 셈이 되었다. 나의 동의 없이 작성된 사직서의 법적인 효력 유무는 의미가 없다. 일이 끝나면 성패와 상관없이 나를 버리기로 작정한 그들의 생각 자체가 중요하기 때문이다.

협력업체로부터 협찬받은 가스총과 장갑, 무전기 등을 오장비와 함께 챙겼다. 오장비는 나의 표정을 살피며 눈치를 보고 있었다. 김 상무가 생산부장을 시켜 집합시킨 관리자들이 모이기 시작했다. 그들의 앞에 서서 김 상무가 무어라고 지시를 하고 있었으나 내 귀에는 한마디도 들어오지 않았다.

상무의 지시가 끝나자 과장 한 사람이 다가왔다.

"상무가 무슨 말을 했습니까?"

내가 물었다.

"오늘 저녁 6시, 회사에 중요한 일이 벌어질 테니 방해 안 되게 회사 앞 건너편에 모두 모여서 구경이나 하도록 하라고 했네."

"구경을요?"

내가 되묻자 그 과장은 씁쓸한 표정을 지었다.

"그러게. 무슨 일이 벌어지길래 구경을 하라고 하는지, 가 보긴 해야지."

집합장소로 가 보니 최재명이 작전 설명과 함께 이미 작성한 조 편성대로 임무를 부여하고 있었다. 편성한 조는 모두 5개였다. 조마다 조장을 선정해서 각각 임무를 부여했다. 최재명에게 서쪽 후문으로 탈출할 것이 예상되는 강성 팀 지도부의 체포조에 각별하게 신경을 써달라고 부탁했다. 위원장을 비롯한 몇 명만 체포하면 모든 것은 끝이었다.

그때였다. 정찰을 나갔던 대원으로부터 급한 무전 연락이 왔다.

"계장님, 무슨 정보가 있었는지 강성 팀의 움직임이 분주해졌습니다."

정확히 오후 6시였다.

동시에 온건 팀의 강현주로부터도 작전을 개시하겠다는 연락이 왔다. 나는 강현주에게 급히 말했다. 예정보다 좀 늦은 '6시 30분에 출동하라'는 지시를 내렸다. 강성 팀의 대응 과정을 살펴본 후에 온건 팀 투입을 결정해야 할 것 같다는 판단이 섰기 때문이었다. 이 상황에서도 그런 기막힌 판단을 하는 내가 한심스러웠다.

나는 최재명과 오장비에게 출동시키라는 신호를 보냈다. 대원들은 질서정연하게 달려나갔다. 약 150여 명이었다.

여사원 20여 명은 강당에 남아 있었다. 자신들도 참여하게 해 달라고 간청했지만 여사원들을 전투에 참여시킬 순 없었다. 대원들의 뒤에서 구호를 외치고 응원하도록 지시했다. 그들이 나가자 의료함을 들고 있는 장은영 간호사 뒤에 한민주가 고개를 숙이고 숨듯이 하고 있는 모습이 보였다. 고개는 숙였으나 눈은 나를 바라보고 있었다. 그 옆에는 오강희가 특유의 조용한 미소를 머금고 서 있었다. 강희가 자신의 오른손을 들어 둘째손가락으로 민주를 가리켰다. 강희도 킥킥대며 웃고 있었다. 오랜만에 보는 민주였다.

나는 작은 미소를 띠고 장 간호사에게 지시했다. 장 간호사와 한민주를 1조로, 간호보조원과 오강희를 2조로 하여 구급요원으로 빨리 가라고 재촉했다. 그들은 응급 구호함을 들고 야호! 하는 구호와 함께 급히 달려나갔다.

이제 강당에 나 혼자 남았다. 순간 외로움이 엄습했다. 아무래도 내가 오래 다닐 회사는 아닌 것 같다는 생각이 들었다. 나는 곧 회사의 주인이라는 생각을 한시도 잊어본 적이 없는 직장생활이었다. 그러나 나의 유통기한에 이어 오늘 맹 사장과 김 상무가 거론한 사직서는 나의 주인의식을 송두리째 뽑아 놓았다. 발길이 떨어지지 않았다. 회사의 나에 대한 배신의 시작이었다.

그때였다.

"우 계장 뭐 해! 빨리 나와."

최재명의 긴급한 무전이었다. 순간 망설임 없이 건물을 뛰쳐나왔다. '나의 거취는 나중 일이다. 일단은 이 거사를 성공시켜 놓고 보자'고 마음속으로 외쳤다.

회사 정문 앞에 도착했다.

우리가 회사를 포위하기 시작하면서 강성 팀은 이미 각목과 쇠파이프 등을 들고 완전무장한 채 대치하고 있었다. 여차하면 목숨이라도 걸고 싸울 듯한 자세와 표정이었다.

위원장 정여포를 비롯한 지도부들은 한 사람도 보이지 않았다. 다만 강경파로 알려진 행동대장 C만 보일 뿐이었다. 그는 강성 팀원들을 나름대로 질서 있게 배치하느라 동분서주했다. 동문에 25명, 서문에 25명씩 빨리 가서 지키라는 목쉰 고함이 애처로워 보였다. 그는 대충 배치가 끝났는지 정문 쪽으로 오다가 나와 눈이 마주쳤다. 순간 그는 멈칫했다. 그러고는 쳐들고 있던 쇠파이프를 내렸다. 담 가까이 다가왔다.

"우공명, 또 너냐?"

"그래, 나다. 그간 잘 있었나?"

"우리하고 무슨 철천지원수를 졌는지 모르지만, 당신 이름도 얼굴도 이제는 생각하는 것조차 징그럽다."

"오늘이 마지막이니 너무 야박하게 굴지 마라."

행동대장 C는 같은 부서인 제작기술부의 제작과에 근무하는 후배였다. 노조가 설립되기 전까지는 착한 후배였고 동생이었다. 그런 그가 노조의 간부가 되면서 돌변했다. C뿐만 아니라 대부분 그랬다. 나는 그런 인성들이 싫었다. 그 점도 내가 노조를 배척하게 된 원인 중 하나였다.

비조합 팀이 오장비의 지휘에 따라 양쪽 담장 중앙의 정문 부근부터 공격을 시작했다. 적들을 정문 쪽으로 모으기 위한 작전이었다. 과연 담장을 따라 길게 펼쳐져 있던 강성 팀원들은 중앙의 정문 쪽으로 우르르 몰려갔다. 덕분에 탱크 부근은 아무도 없는 무방비 상태가 되었다.

나는 곧바로 액화질소가스탱크가 서 있는 담장 구석으로 달려갔다. 오전에 내 지시를 받은 변전실 직원이 대기하고 있었다. 변전실 직원에게 다가가 같이 살피면서 전선의 위치를 알려주었다.

"저기 풀섶 속에 감춰진 회색 전선 보이지요? 아무 생각 말고 저 선만 보고 넘어가서 절단하세요."

"네, 알겠습니다."

"탱크 받침 앵글 안쪽으로 피복이 벗겨진 흑, 백, 녹색 등 3색 선이 있을 겁니다. 혹시 모르니 3색 선을 하나씩 잡고 3선 모두 자르세요. 쇼트라도 나면 위험하니까."

"당연히 그리해야지요."

나는 변전실 직원의 등을 힘껏 쳤다. 그는 날쌔고 가볍게 담을 넘었다. 호주머니에서 니퍼를 꺼낸 그는 주저 없이 회색 전선을 왼손에 잡았다. 그러고는 피복이 벗겨져 노출된 흰색 선과 검은색 선, 그리고 접지선으로 추정되는 녹색 선까지 차례로 절단했다. 그가 나를 바라보았다. 그의 표정이 매우 밝아 보였다. 나는 오른손을 들어 엄지척을 했다. 그는 주저 없이 다시 담장을 넘어왔다. 강성 팀원들이 눈치채지 못한 재빠른 동작이었다. 나는 잠시 그의 손을 잡은 채 절단된 전선을 바라보다 '휴……' 하고 긴 숨을 내쉬었다. 그가 건네준 니퍼를 들고 발길을 돌렸다.

오늘 작전은 성공으로 끝날 것 같다는 생각이 들었다. 정문 쪽으로 오자 강희와 민주가 눈이 빠지게 나를 바라보고 있었다. 내가 가까이 가자 강희가 급히 말했다.

"계장님, 성공하셨어요?"

무척 초조한 모습이었다. 내가 말없이 굳게 입을 닫고 엄지척을 하자 두 사람은 길게 안도의 숨을 내쉬었다.

"휴…… 이제는 됐다."

두 사람은 손을 맞잡고 환한 웃음을 지었다.

"뭐가 됐다는 거야?"

의아하게 생각한 내가 두 사람을 보며 물었다.

"만일 저 탱크가 폭파되면 엄청난 인명피해가 날 것이고, 그렇게 되면 결국은 계장님에게 모든 책임을……."

"탱크 일은 어떻게 알았어?"

"아까 계장님이 변전실 직원에게 단선 지시를 내릴 때 우리 둘이 옆에서 들었어요. 민주가 걱정을 많이 했어요."

"언니, 내가 언제 걱정했어. 언니가 발까지 동동 굴러놓고는."

민주가 큰 소리로 말했다. 두 사람의 얼굴은 붉게 상기되어 있었다. 나는 두 사람의 어깨를 가볍게 두드려 주었다.

우리가 회사를 포위하고 본격적으로 전투를 시작하는 상황이 벌어지면서 엄청난 인파의 주민들이 몰려들었다. 내 바로 앞에는, 내가 자주 가는 생맥주 가게 여사장과 파전집 사장도 나와 있었다. 그들은 주민들과 합세하여 구호를 제창하며 응원했다.

"우 계장님, 성공하면 밤에 우리 가게로 오세요. 제가 무한정 쏠게요."

생맥주 가게 사장이었다. 나는 그들을 향해서 두 손을 들어 답례했다. 그들은 더욱 큰 함성으로 우리를 응원했다. 그동안 회사가 파업하면서 수지읍내의 자영업자들, 특히 음식점과 술집들은 직격탄을 맞은 셈이었다. 그러니 무척 반가웠을 것이다.

주민들과는 별도로 또 한 그룹의 인파도 있었다. 그들은 모두가 머리에 붉은 띠를 두르고 있었다. 우리가 회사를 포위하기 시작하자 위기감을 느낀 강성 팀에서 직접 도움을 요청한 성남과 용인에 있는 회사의 조합원들처럼 보였다. 그들은 주민들과는 별도로 어깨동무를 하며 대오정연하게 움직였다. 그들의 중심에서 마르고 연약해 보이는 한 젊은이가 앞장서서 이끄는 모습이 인상적이었다.

"제일정밀은 각성하라."

"노조를 탄압하는 반동분자들은 물러나라."

작전대로 오장비는 비조합원들을 이끌고 일사불란하게 바로 월담할 것처럼 위장 공격을 하고 있었다. 담장을 넘지는 말고 마치 넘을 듯 허장성세로 공격하라고 출동 전에 말해 놓았기 때문이다.

강성 팀은 회사 담을 따라 몽둥이와 쇠파이프를 휘두르며 우리가 접근하지 못하도록 저항했다. 같이 농성하던 여자 조합원들까지 필사적으로 방어하고 있었다.

"우공명 너 이놈, 어디 잘 먹고 잘사는가 보자."

"우 공명, 저 웬수 같은 놈."

강성 팀은 행동대장 C가 총지휘하고 있었다. 그는 강성 팀 중에서도 강경파를 이끌고 있는 자였다. 그들은 필사적인 저항만이 살길이라고 생각했는지 예상보다 과격했다. 배수진을 친 처절한 저항이었으니 과격할 수밖에 없는 전투였다. 이때 어디서 왔는지 강성 팀의 추가 인원이 몰려와 좌우 담장 전체에 방어벽을 쌓았다. 동서 후문 쪽을 지키던 병력을 모조리 정문으로 이동시킨 것이다. 우리가 전선을 절단한 가스탱크 주위까지 완전히 2중으로 배치가 완료되었다. 전선 절단 작업이 조금만 늦어졌더라면 큰 낭패를 볼 뻔한 상황이 되었다. 아직은 하늘이 제일정밀을 버리지 않았다는 뜻이었다. 그들은 전선을 밟고 싸움을 하면서도 절단된 것을 모르고 있었다. 작전 개시 후 불과 20여 분 만이었다.

강성 팀은 내 작전대로 움직여 주었다. 동·서 양 후문에 배치되었던 병력을 정문 쪽으로 유인하기 위한 작전이 일단은 성공한 것이다. 온건 팀이 동쪽 후문을 타고 무리 없이 회사에 입성하도록, 출동 직전에 갑자기 작전을 변경해서 30분 늦춘 이유가 여기에 있었다.

나는 후진에 있던 여사원들과 예비전력을 동원해서 더욱 크게 고함을 지르도록 했다. 그들의 시선을 우리 쪽으로 집중시키기 위한 작전이었다. 우리 팀은 담을 넘는 것이 목적이 아니어서 병력이 충분했다.

"강성 팀을 몰아내고 회사를 다시 찾자!"

"정문을 열고 나오는 사람들은 책임을 묻지 않겠다. 모두 투항하라!"

여기저기에서 "악!" 하는 비명들이 들리기 시작했다. 공격하는 우리나 방어하는 강성 팀 모두 필사적이었다. 시간이 갈수록 그만큼 최고조에 올랐다는 징조였다.

이때였다. 처음부터 보이지 않던 위원장을 비롯한 노조 수뇌부들이 멀리 본관 앞으로 나왔다. 그들은 무어라 소리를 질러댔으나, 양측의 고함에 묻혀 버렸다. 순간 나는 긴장했다. 그들의 행동을 유심히 살폈다. 지도부의 행동에 따라 작전을 변경해야 했기 때문이다.

"위원장은 항복하고 정문을 개방하라."

비조합 팀의 세찬 공격과 힘찬 구호는 아랑곳없는 태도였다. 위원장과 수뇌부 10여 명이 머리를 모으고 숙의하는 모습이 보였다. 잠시 후 그들은 서쪽 후문 방향으로 급히 사라졌다. 비조합 팀이 담장을 포위하자 이미 피신할 타이밍을 찾고 있었던 것이다. 이후로 그들은 다시는 나타나지 않았다. '세가 약하니 일단 작전상 후퇴하고 다음을 기약하자'는 것이 그들이 달아나는 명분이었을까? 비겁한 지도부였다.

"위원장 정여포는 후문으로 달아나다가 우리에게 체포되었다. 모두 정문을 열고 나와라."

나는 지도부가 서쪽 후문에서 우리 체포조에 잡혔을 것으로 확신하며 이렇게 외쳤다. 한편으로는 노조 수뇌부가 사라지는 것을 보고 승리를 확신했다. 장수가 먼저 꽁무니를 빼는 전투치고 승리한 전쟁은 없었다.

"자, 모두 힘을 내자. 담을 넘어가서 회사를 다시 찾자."

이렇게 구호를 외치자 대원들은 더 크게 고함을 지르며 담을 기어오르는 자세를 취했다. 여기저기에서 "악!!" 하는 비명들이 들리기 시작했다.

"계장님, 이러다 불상사가 나는 것 아닐까요?"

시종 옆에서 지켜보고 있던 강희와 민주가 걱정되는 표정으로 나에게 물었다. 나는 그들의 표정은 무시한 채 백병전을 벌이고 있는 팀원들을 주시하고 있었다.

이때 온건 팀의 강현주로부터 무전이 왔다. 6시 30분쯤이었다.

"형님, 우리도 지금 출동하겠습니다. 동문 지붕을 타고 진입할 겁니다. 정문 좌우 공격을 더 치열하게 해 주세요."

"알았다. 출동해. 동문은 지금 무방비 상태니 걱정하지 마라."
"네, 알았습니다. 돌격 개시!"

강현주의 우렁찬 목소리가 무전기를 타고 들려왔다.

동문은 강성 팀이 방어를 위해 철문을 용접했기 때문에 온건 팀이 진입하는 길은 동문의 지붕밖에 없었다. 온건 팀은 작전대로 지붕을 타고 진입했다.

지금까지 강성 팀은 우리가 정문 쪽 담장을 넘어올 것으로만 알았을 것이다. 최선을 다해 우리만 저지하면 될 것으로 판단하고 동·서 후문의 병력까지 정문 쪽으로 끌어모은 것이다. 온건 팀과의 합동작전은 꿈에도 생각지 못했던 결과였다.

온건 팀의 주력들은 아무런 저항도 받지 않았다. 회사 내로 진입한 온건 팀은, 머리에 청색 띠를 매고 손에는 손가락 끝을 자른 청색 테니스 장갑을 착용하고 있었다. 각 요소에 배치한 조장들과 우리 네 명만 왼쪽 팔에 흰색 천을 둘렀다.

삽시간에 건물 곳곳을 온건 팀이 점령하기 시작했다. 일부는 본관 건물은 물론 생산현장까지 샅샅이 수색하는 모습이 보였다. 나머지는 정문 쪽으로 함성을 지르며 달려왔다.

온건 팀이 동문을 넘어 회사에 진입하자 강성 팀은 급속히 무너지기 시작했다. 전혀 예상하지 못했던 온건 팀의 회사 진입은 강성 팀에게는 절대적인 패전의 요인이 되었다. 비조합의 월담을 막기에도 힘이 벅찼던 그들은 온건 팀의 배후 공격에 대해 속수무책이었다. 그들은 허둥지둥하며 사기를 잃어가고 있었다. 정여포를 비롯한 지도부가 달아난 상황에서 행동대장 C의 눈물겨운 반항도, 지시도 점차 빛이 바래고 있었다. 완전히 오합지졸의 행태를 보이고 있었다. 전세를 관찰하고 있던 나는 승리를 확신했다. 대기하고 있던 여자 팀원들에게 더욱 힘차게 구호를 외치게 하고 응원을 보내도록 독려했다.

강성 팀 지원을 나온 연합노조원들의 응원도 갈수록 더욱 강해졌다. 과격한 싸움을 걸어오지는 않았지만 그들의 기세도 만만하지는 않았다. 밖에서 지휘하는 나를 보고 어떻게 내 이름을 알았는지 그들 앞에서 선도하던 젊은이가 외쳤다.

"저기 흰색 점퍼를 입은 놈이 우공명이다. 저놈이 주동자다."
"때려잡자 우공명, 우공명을 잡아라. 와아!"

이때 누군가 혼자서 담을 넘어 회사로 진입하려다가 담장을 지키던 강성 팀원들에게 두들겨 맞는 사고가 발생했다. 그에게 달려가 살펴보니 머리에 선혈이 낭자했다. 관리부 소속 계장이었다. 비조합 팀원이 아니어서 작전을 모르고 공명심에 담을 넘으려다가 당한 사고였다. 내 옆을 지키던 장은영 간호사가 나를 바라보았다.

"병원으로 옮겨야겠다. 구급차 빨리 불러!"

장은영 간호사를 돕고 있던 민주에게 말했다.

장 간호사는 급히 구급함을 열고 응급처치에 들어갔다. 어느 사이에 민주가 대기 중인 구급차를 타고 달려왔다. 119가 아니라 승용차를 소유하고 있는 우리 팀원의 차였다.

구급차에 환자를 태우고 장 간호사와 민주를 함께 병원으로 보냈다. 혹시 모를 또 다른 사고에 대비하여 간호조무사와 강희는 기다리게 했다. 그 과정에서 나의 겉옷에 피가 묻었다. 나의 호위무사 방자룡에게 피 묻은 흰색 점퍼를 벗어서 무심코 건네주었다. 나는 속에 걸치고 있던 노란 티셔츠만 입게 되었다. 그때였다.

"노란 티셔츠를 입은 저놈이 우공명이다. 저놈을 때려잡아라!"

연합노조를 이끌고 있던 젊은이의 외침이었다.

"때려잡자, 우공명!"

나는 선도하고 있는 그 젊은이를 유심히 바라보았다. 나와 눈이 마주치자 그는 싱긋 웃는 여유를 보였다. 나도 어이없어서 웃고 말았다.

강성 팀은 둘로 나뉘어 한 팀은 비조합 팀을, 한 팀은 온건 팀을 맞아 맞서는 양상이 벌어졌다. 백병전이었다. 그들은 아직도 위원장을 비롯한 지도부가 달아난 것을 모르고 있었다.

나는 만일의 경우 비조합 팀도 실제로 담을 너머 투입할 생각이었다. 온건 팀이 투입되고도 20여 분 이상 치열하게 접전이 계속되었기 때문이다. 그러나 시간이 지날수록 강성 팀은 밀리기 시작했다. 상황을 제대로 파악한 강성 팀 일부가 쇠파이프를 버리고 달아나기 시작했기 때문이다. 그러자 주위에 있던 다른 사람들도 따라서 무기를 버렸다. 진퇴양난의 상황에서 어쩔 수 없는 선택이었을 것이다. 그들은 장수도 없는 오합지졸에 불과했다. 온건 팀을 지휘하고 있던 강현주는 그들에게 다가가 일일이 어깨를 한 번씩 두드리며 빨리 나가라고 재촉했다.

온건 팀과 작전을 수립할 때였다.

"사내에 진입하더라도 강성 팀원들에게 폭력은 절대 사용하지 않는다"는 지침을 내가 주었기 때문이었다. 어차피 다시 볼 사람들이라는 마음에서였다. 성질 급한 현주도 그 지침을 성실히 따르고 있었다.

처음엔 200여 명에 달했던 인원이 거의 빠져나가고 약 50여 명 정도가 남아있는 듯 보였다. 그나마 행동대장 C가 남은 인원을 독려하며 온건 팀을 상대로 싸우고 있었기 때문이었다. 강성 팀들은 완전히 전의를 상실했다. 쇠파이프와 몽둥이를 질질 끌고 몇 명씩 그룹으로 모이기 시작했다. 나는 팔짱을 낀 채 그들의 행동 하나하나를 주의 깊게 살피고 있었다.

그때였다.

"안 되겠다. 가스탱크를 폭파해라. 빨리 스위치 올려."

누군가가 목이 터질 듯 고함을 질렀다. 마치 화살 맞은 맹수의 마지막 울부짖음과도 같았다. 행동대장 C였다. 지도부가 달아난 상황에서 그래도 팀을 이끌고 있던 그였다. 잠시 후에 경비실에서 한 사람이 다급하게 뛰쳐나오며 소리쳤다.

"대장님, 스위치를 올렸는데 작동을 안 합니다. 고장인 것 같습니다."

질소가스탱크의 폭파 스위치는 예상대로 가까운 경비실 안에 설치되어 있었다. 나의 지시로 절단한 전선은 역시 폭파 스위치 선이 맞았다.

"무슨 소리야, 며칠 전까지 이상 없었는데."

전혀 예상하지 못했던 온건 팀이 후방에서 몰아오고, 앞에서는 비조합 팀마저 월담해서 협공하려 하자 다급해진 사람은 행동대장 C였다. 탱크를 폭파하여 위기를 모면하려 한 것이다. 어제 내가 그 전선을 발견한 것은 신이 주신 은총이었다.

탱크 폭발이 무위로 그치자 행동대장 C는 쇠파이프를 들었던 손을 내렸다. 그의 동료들도 하나둘씩 쇠파이프를 버리고 물러서기 시작했다. 담장을 사이에 두고 C는 부릅뜬 눈으로 나를 바라보고 있었다. 나도 그를 바라보았다. 그와 눈이 마주쳤다.

"네 짓이지? 이번에도 우공명 너였어?"

"그래, 질소가스탱크 폭파 스위치선 내가 끊었다. 미친놈들!"

나는 주머니에 넣어 두었던 니퍼를 꺼내어 흔들어 보였다. 순간 C의 표정이 험악한 사천왕상처럼 일그러졌다. 나는 팔짱을 낀 채 치미는 화를 참고 굳은 표정으로 그를 바라다보았다. 그는 금방 핏방울이 뚝뚝 떨어질 듯이 충혈되었던 두 눈을 질끈 감았다.

"모든 건 끝났다, 그만 물러가라!"

내가 착 가라앉은 목소리로, 그러나 단호한 태도로 말했다.

행동대장 C는 한동안 눈을 감은 채로 서 있다가 들고 있던 쇠파이프를 땅에 던지듯 내려놓았다. 그러고는 눈알이 튀어나올 것 같은 모습으로 나를 바라보며 가쁜 숨을 몰아쉬었다. 그의 등뒤에는 어느새 강현주와 온건 팀원 여러 명이 다가와서 여차하면 손을 쓸 자세로 포위하고 있었다.

C가 두 눈을 내리뜨고 표정을 바꾸었다. 체념한 모습이었다.

"계장님, 아니 형님! 우리가 졌습니다."

C가 힘없는 목소리로 말했다.
"……."
"부탁이 있습니다."
"말해 봐."
"우리 형제들 전원 원상 복귀시켜 주십시오."
"노력하마."
"믿고 물러갑니다."
그는 돌아서서 주위에 대고 크게 소리쳤다.
"모두 퇴각하라."
 그의 마지막 호령은 한낱 메아리였다. 이미 강성 팀원들은 모두 사라지고 그의 주위에는 10여 명만 남아 있었다.
 나는 울타리 너머에 있는 강현주에게 턱으로 지시했다. 그래도 끝까지 자리를 지키며 노조의 자존심을 살린 C였다. 추하게 보낼 수는 없었다. 현주는 그를 데리고 서쪽 후문으로 갔다. 현주가 C의 어깨에 한 손을 얹고 토닥이며 걸어가는 모습이 싫어 보이지는 않았다.
 회사 마당에는 버려진 쇠파이프와 각목들이 굴러다녔다. 전쟁에서 패배한 패잔병, 그리고 큰 전쟁을 치른 격전지와 같은 모습이었다. 한동안 담 너머 회사를 바라보았다. 바람이 불었다. 운동장에 흙먼지가 회오리바람처럼 하늘로 오르고 있었다.
 가장 염려했던 질소가스탱크는 그대로 의연하게 서 있었다. "휴우……." 하는 긴 한숨이 나왔다. 금방 주저앉을 것만 같은 허탈함이 밀려왔다. 회사를 다시 찾은 기쁨보다 가스탱크의 폭발을

제3부 토사구팽 159

예방했다는 안도감이 더 컸기 때문이다. 강희와 민주가 나의 양팔을 잡아 주지 않았으면 나는 쓰러졌을지도 모른다.

 6.25전쟁 당시, 1950년 9월 15일 전개된 인천상륙작전을 성공시킬 수 있었던 결정적인 전투를 아는 사람들은 많지 않다. 그 이면에는 9월 14일에 펼쳐진 장사진 상륙작전이라는 알려지지 않은 희생이 있었다. 인천에 상륙하기 직전에, 인민군의 시선과 병력을 반대쪽으로 유인하고 교란하기 위해 인천의 정반대편인 경북 영덕의 장사진에서 상륙작전을 전개했다.
 국군은 군함이 없어 화물선에 병사들을 싣고 장사진으로 상륙하기 위해 출발했다. 그러나 이 낡은 화물선 문산호는, 때마침 몰아친 태풍 '케이지' 때문에 상륙 직전에 좌초하고 말았다. 불과 며칠 전에 자원하여 소총 다루는 훈련만 마친, 군번도 소속도 없는 학도병들의 부대였다. 지휘관 이명흠 대위의 지휘하에 문산호를 육지의 소나무에 밧줄로 묶어놓고 상륙하였다. 전열을 가다듬은 우리의 일명 '명' 부대는 치열한 전투를 벌였다. 내륙에 산재해 있던 북한 인민군들은 과연 장사진 쪽으로 대군을 이동하고 상륙을 저지하기 위해 4일간 필사적인 저항을 하였다. 이 틈을 타서 인천상륙작전은 성공을 거둔 것이다.
 성동격서, 오늘 내가 펼친 작전이 바로 장창국 장군이 쓴 『육군사관학교』라는 책에 실린 인천상륙작전이라는 내용을 응용한 것이다. 며칠간 숙고하여 세운 작전, 즉 피해를 최소한으로 줄이고 동시에 최고의 성과를 얻을 수 있는 작전을 찾다 보니 성동격서였다.

 갑자기 기습을 당한 강성 팀으로선 작전이 있을 수 없었다. 비조합 팀이 담을 넘을 것으로만 예상하고 급히 동·서문과 정문에 병력을 배치했을 것이다. 온건 팀이 합동으로 작전을 펼치리라는 생각은 아예 못하고, 20여 분 만에 동·서문의 병력을 정문으로 모은 것은 작전 부재의 필패 요인이 되었다. 직전에 내가 온건 팀의 출동을 30분 늦춘 이유는 이를 예상했기 때문이다.

 우리는 전날 갑자기 회담을 요청하여 적진을 염탐하고 그들을 안심시켰으며, 질소가스탱크의 폭파 시설을 차단하는 등 세밀한 작전을 세웠으나, 강성 팀은 전혀 무방비 상태였다. 결정적인 것은, 처음부터 강성 팀 지도부는 달아날 궁리만 했으니 승패는 이미 정해져 있었다. 정여포 등 지도부가 모두 전면에 나서서 싸움을 독려하였다면 양상은 다르게 진행되었을 것이다. 또한 나의 앞날도 달라졌을 것이다.

 이 작전은 온건 팀의 요청을 내가 받아들인 결과이기도 했다. 온건 팀에게 작전을 설명하면서 일부를 수정했기 때문이다.

 "정문 좌우에서 공격하는 선봉을 너희 팀이 맡아라. 비조합 팀은 동문 담장을 넘어 회사를 장악하는 임무를 맡겠다."

 내가 작전을 말하자 듣고만 있던 최영길이 나섰다.

 "형님, 임무를 바꾸면 안 될까요?"

 "왜?"

 "차마 정면에서 강성 팀과 맞붙어 싸우는 장면은 피하도록 해 주세요. 괴로울 것 같아서요."

그들의 인간적인 부탁이었다. 그의 요구는 충분히 이해가 갔다. 또 한편으로는 비조합이 선봉에 서는 것이 좋겠다는 생각이 들었다. 온건 팀을 끝까지 숨겨 놓았다가 강성 팀이 전혀 예상치 못했던, 배후에서 협공하는 기습공격조로 편성하는 것이 효과적일 것으로 판단했기 때문이다. 그 작전은 적중했다.

손자병법에 '적을 알면 백전백승'이라고 했다. 역으로 말하면 '적을 모르면 백전백패'라는 말과 무엇이 다를까.

한동안 회사 내의 사무실은 물론 생산현장 구석구석까지 소탕작전을 펼치던 온건 팀 위원장이 본관 2층 베란다에 나타났다. 그는 나를 향해 손을 들어 엄지척을 해 주었다. 작전 끝이라는 신호였다.

나는 급히 제작과에서 용접을 담당하던 직원 중 한 사람을 불렀다.

"빨리 담을 넘어가서 산소 용접기를 들고 나와."

내가 소리를 지르자 영길이 다가왔다.

"형님, 내가 벌써 조치해 놓았소. 잠시만 기다려요."

특수부대 출신의 거구가 환하게 웃고 뒤뚱거리며 다가오는 모습이 오늘따라 귀엽다는 생각이 들었다.

산소 용접기가 파란 불꽃을 내며 굳게 잠겼던 출입문을 녹이고 있었다. 오랜만에 바라보는 용접기의 불꽃이었다. 산소 용접기의 불꽃을 이처럼 아름답게 느껴보기는 처음이었다. 파란 불꽃이 철문 위에서 출렁이고 있었다. 내가 황룡을 그리던 붓을 들고, 칼날처럼 싸늘한 물감을 담아 휘둘러 대고 있는 듯한 광기가 보였다.

　노조가 설립되기 전날, 금성식당에서 우연히 접하게 된 노조 지도부의 전야제에서, 열변을 토하던 정여포의 모습이 불꽃 속에 있다. 방송국과 신문사, 군청 등 각 기관과 고객사, 사원 가족들과 용인군민들에게 보낸 사과와 위로의 글들을 작성하던 순간들, 노노 갈등을 성공시키기 위해 영길과 현주를 달래며 윽박지르던 일. 오늘을 위한 계획수립 과정들이 저 불꽃 속으로 녹아 들어가고 있다. 내 몸도 영혼도 산소 용접기의 푸른 불꽃 속으로 스며 들어가고 있다. 목이 마르도록 푸른 저 불꽃 속에서 내 몸이 사라져가기 시작하자 비로소 불꽃은 검붉은색으로 변했다. 핏빛이었다.

　어젯밤 나는 꿈을 꾸었다. 악몽이었다. 꿈속에서 맹 사장과 김 상무를 보았다. 지금처럼 회사를 탈환하자 맹 사장이 내 목줄을 잡았고 김 상무는 몽둥이로 내 뒷머리를 내려쳤다. 불길한 꿈이었다. 선혈이 낭자한 채 쓰러진 내 몸을 밟고 그들은 회사 정문을 열었다. 꿈속에서의 모습을 한 그 두 사람의 얼굴이 불꽃 속에 있다. 1,000도가 넘는 화염 속에서도 그들은 타지 않고 있다. 비릿한 그 웃음도 타지 않고 있었다. 그들이 내 도장을 만들어 이미 날인하여 놓았을지도 모르는 사직서도 타지 않고 불꽃 속에서 나풀거리고 있었다. 나 혼자서만 녹아내리고 있을 뿐이었다. 이제 내가 할 일은 모두 끝났으니 소신공양이라도 하라는 뜻인가.

산소 용접기의 불꽃이 멈추었다. 역사의 한 페이지가 넘어가는 순간처럼 느껴졌다.

사장과 김 상무, 김 상무가 구경꾼으로 만들어 버린 간부사원들이 정문 앞에 서서 문이 열리기만을 기다리고 있었다. 굳게 닫혀 있던 정문이 드디어 열리는 순간이었다.

나와 최재명은 좌측에서, 영길과 현주는 우측에서 대기하고 있던 사장과 중역들이 맨앞에서 철문을 직접 밀고 들어가도록 안내했다.

사장과 상무는 상기된 표정에 웃음을 가득 담았다. 그들은 만세를 부르듯 두 손을 높이 들었다. 구름처럼 모여 있는 시민들과 사원들을 향하여 두세 번 힘차게 뻗었다. 직장폐쇄를 50여 일 만에 해결했으니 감격스런 표정이었다. 시민들과 사원들의 박수와 환호 속에서 그들의 얼굴은 상기되어 붉게 물들었다.

사장은 좌측에서, 상무는 우측에서 굳게 닫혔던 정문을 한 짝씩 힘차게 밀었다. 육중한 철문이 녹슨 둔탁한 소리를 내며 활짝 열렸다. 드디어 나는 미리부터 들고 있던 붓으로 용의 눈에 마지막 점을 찍었다. 화룡점정, 대단원의 막이 내리는 순간이었다.

코발트처럼 푸르고 맑은 하늘이 갑자기 둘로 갈라지는 듯한 엄청난 굉음을 터트렸다. 나는 고개를 들어 하늘을 보았다. 한 마리의 거대한 황룡이 서쪽 하늘을 향해 솟구치고 있었다. 몸통과 꼬리는 심하게 요동치고, 부릅뜬 두 눈은 마치 나를 노려보는 듯한 모습이 장관이었다. 10층 빌딩 높이의 거대한 한 마리 황룡은 입에서 화염을 내뿜으며 미사일만큼이나 빠르게 오르고 있었다.

광교산 능선에 걸쳐진 저녁노을이, 마치 황룡이 토하는 화염에 물든 것처럼 심한 소용돌이를 이루고 있었다. 소용돌이 속으로 용이 사라질 때까지 나는 정신줄을 놓은 사람이 되었다. 그러나 불행하게도 이처럼 거대한 용의 오름은 오직 한 사람, 내 눈과 내 마음에만 보이는 승천이었다.

조금 전까지 내 오른손에는 커다란 그림 붓 한 자루가 쥐어져 있었다. 그동안 황룡을 그려왔고, 조금 전 용의 눈에 마지막으로 화룡점정을 한 붓이었다. 그 붓이 어느 틈엔가 사라졌다. 닫힌 정문을 활짝 열고 들어서면서, 김구천이 내 손에 쥐어져 있던 그 붓을 낚아채 간 것이다. 나는 나의 모든 것을 빼앗기는 순간이었고, 그들은 나의 모든 것을 앗아가는 순간이었다. 나는 빈손이 되었다.

나와 김구천은 비슷한 시기에 자신만의 계획에 따른 그림을 그리기 시작했다. 일개 계장인 나는 회사를 살리기 위해 오늘과 같은 커다란 황룡을 그리고 있을 때, 회사 최고의 경영자인 김구천 상무는 나를 버리기 위한, 고작 송사리 한 마리를 그리기 시작한 셈이었다.

그들은 손끝 하나 움직이지 않고 회사를 다시 찾았으나, 이 순간 나는 완전히 무장해제가 된 것이다. 이미 나의 사직서는 바람에 펄럭이고 있었고, 상무가 박철 이사에게 말한 나의 유통기한은 바로 오늘 이 시간까지였다.

"형님, 뭘 그렇게 정신없이 하늘을 바라보고 있어? 형님, 정말 수고했어요. 이제 모든 것은 끝났어."

넋이 나간 표정으로 서쪽 하늘을 신비한 듯 바라보는 내 모습이 우스웠던지, 영길과 현주가 눈물이 글썽이는 채로 내 두 어깨를 감싸며 다가왔다. 나도 그 둘을 감싸 안았다.

계속 나의 주위에서 떠나지 않고 있던 강희와 민주가 나의 두 손을 각자 쥐었다. 손목이 저려왔다. 피가 멈출 듯 굳게 잡은 손이었다. 그들의 눈에서는 약속이라도 한 듯 뜨거운 눈물이 흐르고 있었다. 금방 통곡이라도 할 것 같은 표정이었다. 나는 양손을 들어 두 여인의 어깨를 감싸 안았다. 두 여인의 벅찬 울림이 내 가슴을 파고들었다. 두 사람의 어깨는 파도를 치고 있었다. 잔잔하지만 깊은 파도였다.

사원들과 시민들의 함성과 박수가 요란했으나 내 귀에는 까마득한 메아리처럼 은은하게 울릴 뿐이었다. 그나마도 그 소리는 지원 나온 공단 노조원들의 야유와 욕설에 묻혀 버렸다.

나는 급하게 비조합 팀을 위주로 편성한 경비조를 배치했다. 혹시 있을지 모르는 강성 팀과 연합노조의 습격을 방어하기 위한 경비였다.

정문 앞 도로에는 아직도 연합노조원들이 그대로 모여 있었다. 주민들은 모두 돌아갔으나 그들은 해산하지 않고 줄기차게 구호를 외치고 있었다. 참으로 끈질긴 사람들이었다. 나를 발견하자 처음부터 앞장섰던 그 젊은이의 구호가 다시 이어졌다.

"담장에 기대어 있는 저놈이 우공명이다. 저 새끼가 주동자다."
"와아! 잡아라."

그들은 해산하지 않은 채 계속 회사 앞 도로 일부를 점령하고 '때려잡자 우공명'을 외쳐대고 있었다. 그들과 나는 일면식도, 차 한잔 같이 마셔본 적도 없는 생면부지였다. 나는 '회사 내의 적도 버거운데 오늘은 저들한테까지 저주의 욕설을 들어야 하는 슬픈 날인가?' 하는 생각마저 들었다.

나는 잠시 그들을 바라보다가 '계속 수고들 하라'는 뜻으로 두 손을 높이 들어 화답해 주었다. 그들로부터 더욱 심한 욕설과 구호가 돌아왔다.

발길을 돌려 각 사무실과 생산현장을 살펴보았다. 특히 생산현장에는 차마 입으로 담기 어려운 상황들이 펼쳐져 있었다.

저녁 식사를 하다 말고 피신했는지 현장 곳곳에는 먹다가 남은 음식들이 그대로 놓여 있었다. 바닥에 엎어져 있는 라면 용기와 흩어진 젓가락들, 몇 점 되지 않는 김치 조각, 마치 식사 중에 물난리를 만나 급히 피신한 수재민들이 남긴 현장의 모습과 다를 바 없었다. 이렇게 식사를 하며 50여 일을 버티어 온 것일까. 바닥에서 잠을 잤는지 골판지와 신문지 등을 대충 깔아 놓은 모습은 아픔으로 다가왔다.

기계의 구석구석에 대충 뭉뚱그려 버린 종이뭉치들이 있어 펼쳐 보았다. 사용하고 버린 여자들의 생리대였다. 남녀 속옷들도 기계 사이에 간간이 널브러져 있었다.

50여 일은 결코 짧은 기간이 아니었다. 혈기왕성한 젊은 남녀들에게 농성 중 아무 일도 없었을 것으로 믿는 순진한 생각은 처음부터 하지 않았다. 그러나 펼쳐진 현장의 모습을 누구의 잘못으로 보아야 할까. 회사의 곳곳마다 이토록 참담한 현장을 남기도록 한 것은 누구일까. 그들의 주장대로 정당한 요구를 받아들이지 않은 회사의 책임일까. 처음부터 뚜렷한 명분도 없이 시작한 노조의 파업이었고 농성이었다.

나는 홍보물을 작성할 때마다 그들이 시작한 파업의 정당성을 찾으려고 무한 애를 썼으나 한 번도 찾지 못했다. 내가 그들의 정당한 이유를 알았다면 오늘 같은 참사는 없었을 텐데. 그렇다면 잘 훈련된 운동권 위장취업자들의 이유 없는 선동일까? 그에 놀아난 일부 노조 간부들의 철없는 투쟁이었을까?

"여보시게, 위원장. 자네가 바라고 원했던 노동조합이라는 것이 바로 오늘의 이런 모습이었나? 알맹이 없던 자네의 외침이 한낱 모래알이 되어 동남풍에 날아가 버렸군. 나를 계장급 '쫄따구'라고 비하하더니, 오늘 그 쫄따구에게 보기 좋게 당했군그래. 리더는 아무나 하는 것이 아닐세. 선배를 비하한 자네의 박덕함이 오늘의 이 사태를 불렀다는 것을 아는가? 머리가 부족하면 덕이라도 있어야 하는 것을……."

김 상무가 급히 찾는다는 사내방송이 두 번씩이나 나와서 올라갔다. 중역실도 다를 바 없었다. 몇몇 사원들이 급하게 청소를 하고 있었다. 구석에서 얼굴을 잔뜩 찌푸리고 서 있던 김 상무가 대충 치워진 탁자 앞의 의자에 앉으라고 했다.

 김구천 상무의 그 날카롭던 눈빛은 많이 순화되어 있었다. 그러나 나를 보는 순간 달라졌다. 거사 직전에 내게 보냈던 매서운 눈매로 다시 돌아왔다. 언젠가부터 김 상무는 그랬다. 나를 바라보거나 대할 때면 날카롭고 견제하는 듯한 표정과 눈초리로 변해 있었다. 내 유통기한이 오늘로 끝났으니 기왕에 작성해 놓은 사직서 얘기를 하려고 하나? 아니면 고생했다는 격려의 말이라도 하려 하는 것일까? 그러나 그 작은 기대마저도 한낱 연기처럼 사라졌다. 소태 씹은 입맛이 되었다.

 "회사에 있는 전 사원들에게 조속히 정리하고 업무에 임해 달라는 당부의 글과, 이제 모든 상황이 무사히 종료된 것은 용인과 수지 주민들의 협조가 컸다는 감사의 글부터 작성하게."

 "두 편만 작성하면 됩니까?"

 "일단 작성해서 넘겨."

 나는 긴 한숨과 함께 즉석에서 작성하여 상무에게 건넸다. 상무가 검토 없이 원본 그대로 총무과 B에게 넘기는 사이 나는 중역실을 나가려고 돌아섰다.

 "어딜 가?"

 "회사 경비점검 때문에 나가 봐야 할 것 같아서요."

 "아직 멀었어, 여기 와서 앉아. 고객사에 보낼 인사 서신도 작성해야 하고, 사원 가족에게 보내는 글도 만들어야 해."

 내일 해도 될 일을 오늘 이렇게 꼭 서둘러야 하는 이유를 모르겠다. 지시대로 작성된 글을 B에게 직접 건네주고 나오려 하자 상무가 다시 불렀다. 발길을 멈추고 돌아서서 바라보았다. 다시 자리에 앉았다.

이때 현관문이 열리면서 한민주가 차를 담은 쟁반을 들고 들어왔다. 앞에 앉아 있는 상무에게 한 잔을 내려놓고 내 앞에 한 잔을 내려놓았다. 나는 무심코 고맙다는 인사를 하려고 고개를 돌리다가 그녀의 눈과 마주쳤다. 그녀가 환하게 웃는 모습으로 고개를 까딱이고는 한 발 물러서 서 있었다. 내가 상무실로 올라가는 모습을 보고 임의로 들고 온 찻잔이었다.

"농성 중에 강성 팀이 작성했던 서류들과 기타 참고가 될 만한 것들을 확인해 보았나?"

"아직 직접 확인은 못 했으나 별도 관리하라고 총무과에 말해 두었습니다."

"잘했네. 자네가 일일이 읽고 확인한 후 분석하는 작업을 해서 올려."

"저는 수습해야 할 일들이 많으니 관리과에 맡기면 어떨까요?"

"관리과? 관리과에 맡길 놈이 누가 있어? 자네가 해."

나는 아무 말 없이 나왔다. 서 있던 한민주도 나를 따라 나왔다. 계단을 내려오며 중얼거리듯 한민주가 한마디 했다.

"아직도 유통기한이 남았나 보네."

우선 급한 일부터 정리해야 했다. 상무가 지시한, 농성 팀이 남기고 간 자료 분석에 착수했다. 혼자 하기엔 벅차서 총무과 B에게 협조를 부탁했다. 하지만 그는 중역들 심부름하기 바쁘다며 급히 나갔다. 조금 있으니 한민주가 나를 돕겠다고 들어왔다.
"상무님이 지시하는 걸 듣고 제가 도와드렸으면 했는데, 마침 B가 보내서 왔어요. 호호."
한민주는 뭐가 좋은지 신이 난 표정이었다.
"무슨 신나는 일이라도 있었어?"
"그럼요. 무려 50여 일 만의 출근인데요."
"그런 셈이군. 출근할 수 있어서 좋다, 이 말씀이지."
나는 중얼거리듯 독백을 했다.
"꼭 출근만이 좋아서는 아니에요."
"……."
쌓여 있는 서류철부터 분류하기 시작했다. 민주는 쪼그리고 앉아서 내가 분류해 놓은 서류들을 펼쳐 보기 시작했다.
"계장님, 제가 꼭 출근만이 좋은 것은 아니라고 했는데, 뭔지 궁금하지 않으세요?"
고개 숙이고 서류철을 보는 척하며 그녀가 말했다. 삼단같이 긴 머리카락이 무릎까지 내려와 얼굴은 보이지 않았다. 생머리가 잘 어울리는 민주였다.
"글쎄다. 뭘까?"
"쳇!"
나는 그녀의 의중을 짐작하고 있었다. 더 이상 얘기하면 민주가 속마음을 털어놓을 것 같아서 말끝을 흐렸다.
그들이 작성한 서류에는 뜻밖의 내용들도 있었다. 우리의 활동 상황 등을 전해준 비조합원들과 간부사원들도 몇몇 있었다. 그런 서류마다 제보자의 이름을 일일이 적어 놓았기에 알 수 있었다.

그중에는 천사홍의 제보 내용도 몇 건 있었다. 비록 가치 없는 내용이지만 읽으면서 그의 모습을 그려봤다. 똥개의 야비하고 두꺼운 얼굴과 2중성에 불쌍한 생각이 들었다. 나는 천사홍에 관한 내용만은 위에 보고할까 생각하다가 마음을 접었다. 그도 먹고살기 위해 한 짓일 것이다.

나는 때때로 인정에 이끌려 어리석은 판단을 할 때가 더러 있었다. 천사홍의 2중 행태도 그랬다. 그 내용만은 꼭 보고했어야만 했다. 값싼 동정으로 인해 나는 그로부터 끊임없는 모함과 똥개 울음소리에 시달려야 했고, 결국은 물리는 치욕까지 겪어야 했기 때문이다. 머리 검은 짐승에겐 배려와 용서는 의미가 없다는 것을 당시에는 몰랐었다.

나는 민주를 시켜 그런 서류들은 별도의 내 수첩에 이름과 내용을 옮겨 메모하도록 했다. 그리고 그 서류들은 폐기서류로 분류했다. 위에 보고해서 좋을 게 없다는 판단이었다. 위에서 알게 되면 확인 절차 없이 역적으로 만들어 퇴출시킬 것이 뻔했기 때문이다.

농성 중에 작성한 서류 중 제거 대상 제1호 인물은 항상 나였다. 지도부의 회의록과 일지에도 항상 내 이름이 올라 있었다. 체포조를 만들어 집 근처에 매복해 있다가 체포한다는 작전도 세워놓았다. 어떻게 알았는지 집 약도까지 비슷하게 그려 놓았다.

나는 나도 모르는 사직서를 써 놓았을 정도로 회사의 기피 인물이 되었고, 노조에서는 제거 대상 1호가 되어 있었다. 참으로 웃기도 화내기도 힘든 슬픈 현실이었다.

"계장님, 앞으로 계장님은 함부로 밖에도 못 나가시겠어요."

서류들을 분류하던 한민주가 나를 바라보며 말했다.

"그러게 말이야. 약도까지 그려 놓았으니 집에도 갈 수 없고······."

"기숙사에서 주무세요."

"민주도 기숙사에서 생활하던가?"

"네."

"아하······ 민주 방에서 자라고?"

"아니지요. 나이 지극하신 사감님 방이 어울리지요, 호호."

그렇게 말하며 웃고는 있으나 그녀의 표정은 예사롭지 않았다. 민주가 서류철 하나를 들고 와서 내밀었다. 낯익은 서류들이었다.

"계장님, 이 글들은 계장님이 작성해서 뿌린 것들 아니에요?"

"맞아. 그런데 이 글들을 왜 모아두었을까. 나를 원수 취급하는 놈들이."

"짐작 가는 사람 없으세요?"

"글쎄다. 혹시 사무국장이 아닐까 싶다."

"차은희 언니?"

"그 친구 외에는 이런 글들을 모아둘 만한 사람이 있겠어?"

민주는 서류철을 한 장 한 장 넘기며 살펴보더니 내려놓았다.

"강성노조의 사무국장 언니와 그 노조를 깨부순 구사대 대장과의 숨겨진 로맨스?"

교육용 책자들을 분류하던 나는 그 말을 듣고는 어이가 없어

멍하니 민주를 바라보다가 웃고 말았다.

"한 편의 드라마 소재 같지 않아요? 좀 아이러니하긴 하지만."

"쓸데없는 소리 하지 말고 빨리 분류작업이나 해."

차은희는 노사분규 직전까지도 내가 회장으로 있는 문학 모임의 얌전하고 글 잘 쓰는 회원이었고, 민주와 함께 행사 때마다 열심히 나를 돕던 조력자였다. 그랬던 그녀가 어쩌다 위장취업자들에게 포섭되어 전사가 되었는지 모를 일이다.

한민주가 분류한 비디오 테이프의 내용을 알아보기 위해 시설이 갖추어져 있는 교육실로 자리를 옮겼다.

테이프에 정신교육용이라고 적혀 있었다. VHS 타입의 테이프였다. 나는 통상적으로 VTR 앰프라고 말하는 비디오 카세트 레코더에 테이프를 밀어 넣고 전원 스위치를 눌렀다.

노사분규 내내 위장취업자인 정윤희는 상상외의 인물이었다. 외모와는 달리 그가 여자임을 포기하고 보인 언행들을 이 테이프 등 교재들을 보고서야 이해하게 되었다. '아! 정윤희도 이 교재대로 교육을 받았겠구나' 하는 생각이 들었다.

그들은 대한민국을 조국이라 하지 않았다. 김일성 수령을 어버이라 불렀다. 그러나 그들은 대한민국에서 태어나고 자란 아들이요 딸들이며, 그들을 금지옥엽으로 기른 부모도 대한민국의 국민이었다. 주야는 물론 국경일, 일요일도 반납한 채 땀을 물처럼 마시고 일해서 그들을 대학까지 보낸 어버이들이었다. 대학생이 되도록, 자유 대한민국에서 누릴 것 다 누리고 즐길 것 다 즐기며 대학을 다닌 그들의 조국은 과연 어느 나라이며, 진정한 어버이는 과연 누구일까.

"이건 좀 너무했다. 대한민국을 왜 조국이라고 하지 못하게 하고, 낳아서 키우고 가르친 자기 아버지를 두고 김일성이가 왜 지들 애비야?"

"……."

"그렇지 않아요? 지네들을 나서 기르고 대학까지 보낸 부모의 나라인 대한민국이 조국이 아니면, 그럼 북한인가?"

그녀는 혼자서 중얼거리듯 하며 화면을 응시하고 있었다.

"한민주, 대학 시절에 저런 교육 받은 적 없어?"

"저는 잘 몰라요."

한민주는 단호하게 말했다. 그러면서 다른 테이프로 바꿔 끼우고 시작 스위치를 눌렀다. 나는 무심코 그녀가 하는 대로 두고 보았다. 화면에서는 처음부터 상상하지 못한 장면들이 연출되었다.

작은 방안으로 두 눈을 가린 젊은 남녀들이 실오라기 하나 걸치지 않은 벌거벗은 모습으로 입장하는 모습이 화면에 보였다. 나는 경악을 금치 못했다. 돌아가던 VTR 앰프를 황급히 정지시켰다. 옆에서 유심히 시청하고 있던 한민주가 의아스런 표정으로 나를 바라보았다.

"갑자기 왜 끄세요?"

"민주는 그만 사무실에 가 있다가 내가 부르면 다시 와."

"왜요? 이제 막 재미있는 내용이 나올 것 같은데."

그녀는 아무렇지 않은 표정이었다. 도리어 내가 민망한 모습이 되었다.

"그만 나가라니까."

나는 좀 큰 소리로 나무라듯 말했다. 그녀는 도리어 싱긋 웃었다. 멈춰 있는 VTR 앰프의 운전 스위치를 그녀가 직접 눌렀다.

그녀는 표정 변화 없이 나를 바라보며 한마디 했다.

"얘네들은 농성하는 기간에 야동만 보았나 보네. 하긴 50여 일 동안 지루했겠지."

"빨리 안 나갈래? 사무실에 가 있어!"

나는 화난 모습으로 소리를 질렀다. VTR 앰프를 다시 정지시켰다.

"계장님, 걱정하지 마세요. 저 어린애 아닙니다. 그리고 대학 시절 이런 사람들에 대한 얘기를 들은 적이 있어서 저도 대충은 알아요."

"그래도 이건 아니다. 어서 나가."

"우리 계장님이 순진하신 건지 아니면 얘네들이 지나친 건지 모르겠네. 호호."

나는 긴 숨을 들이쉬고 나서 손을 놓았다. '요즘 젊은이들은 다 그런가' 하며 포기할 수밖에 없었다.

"이런 거 보실 때는 냉정하셔야 해요. 자기 감정이 앞서면 무조건 얘네들의 행위를 왜곡해서 이해하게 되거든요. 그렇다고 좋은 뜻으로 받아들이며 보시라는 말은 아니지만요."

냉정하기로는 나보다 민주가 나았다. 평소에는 수줍음 잘 타는 순진한 그녀였다. 그러나 이번엔 표정 하나 변함이 없다. 나는 어이가 없어 물끄러미 그녀를 바라보다가 포기하고 돌아가는 화면을 주시할 수밖에 없었다.

민주가 다시 돌린 테이프는 점점 노골적인 장면들로 이어졌다. 서로가 상대의 전신을 애무하다 점차 성행위로 이어지고, 파트너를 바꾸어 가며 벌이는 이 기괴한 사랑놀이는 집단으로 벌이는 육체의 학대 놀음이었다. 처음엔 수줍어 거부하는 듯하다가 강사의 호통에 못 이겨 결국은 즐기는 놀음으로 되어갔다. 아니다, 들개들의 흘레질에 불과했다. 그러나 수령 동지에게 충성하는, 과감한 전사가 되기 위해서는 꼭 거쳐야 할 필수 행위라고 했다. 여대생들은 곱게 간직한 자신들의 소중한 몸을 제물에 불과한 도구로 만들고 있었다. 자기들이 스스로 이름을 붙인, 한낱 고깃덩어리로 만들어 가는 과정이었다.

'과업의 달성을 위해서는 특히 여자임을 포기해야 한다. 부끄러움과 수치심을 극복하고, 남녀관계가 아닌 단순한 동지로 가기 위해서 간직했던 성을 과감히 버리라'는 강사의 열변 속에 그 해답은 녹아 있었다. 순수하고 아름다운 남녀의 사랑이어야 하는 행위들이, 이들에게는 혁명과업을 위한 하나의 과정이고 수단이었다. 사랑은 없고 추잡한 행위만 있는 메마른 교육이었다. 이 행위들이 목표가 뚜렷하고, 의도된 하나의 교육과정이라는 데서 더 큰 충격을 받았다.

시중에 나도는 야동 테이프보다 더 야하고 추한 동영상이었다. '목적 달성과 혁명과업의 완수를 위해서는 내 한 몸 기꺼이 조국을 위해 바친다'며 그 과정을 적나라하게 지켜보고 지시하는 강사의 멘트가 소름을 돋게 했다.

"아아! 나도 말은 들은 적이 있긴 한데 이건 너무하다. 짐승들보다 더 못하다."

나는 그렇게 말하는 민주의 표정을 살폈다. 생각 외로 그녀의 표정은 심각해 보였다. 뚫어지게 화면을 응시하던 그녀는 잠시 나를 바라보았다. 그러고는 앰프를 정지시켰다.

"저도 대학을 다니면서, 한때는 데모나 시위 현장에 나가 본 적이 있어요. 제일 뒤에서 시늉만 하다 최루탄도 제법 마셔봤고요. 선배들의 그럴싸한 강연도 듣고 구호도 외쳐 보았습니다. 그때는 젊은 혈기도 있었지만, 솔직히 수업 안 받고도 학점 따는 재미도 있었고, 끝나면 막걸리도 마시며 뒤풀이 삼아 노는 맛도 쏠쏠했거든요."

"나는 짐작조차도 못했다."

"계장님, 그런데 이들이 여자의 몸을 무기화하는 것으로 끝났을까요? 그보다 더 무서운 것이 의식화 교육이라는 말을 들은 적이 있어요."

"그렇겠지. 몸은 짧은 기간에 급히 사용하는 소총이라면, 정신을 개조하는 의식화 교육은 장기 플랜에 의한 미사일이 될 테니까."

어느 사이에 나는 민주와 토론을 하고 있었다. 그녀는 생각 외로 침착하고 대범했다.

　민주는 다른 테이프를 골라서 앰프에 삽입하고 돌렸다. 그 테이프는 예상했던 대로 정신교육 편이었다.

　이들이 교육을 통해서 버리라고 하는 것은 몸만이 아니었다. 머리에서는 이성을, 가슴에서는 감성을 모두 걷어내어 쓰레기통에 버리라는 것이다. '냉철한 이성과 정직한 감성은 앞으로의 운동에 장애가 된다'는 외침이었다. 냉철한 이성과 정직한 감성으로는 순진하고 어리석은 민중을 향해 선전과 선동, 그리고 거짓과 조작을 할 수 없다는 논리였다. 혁명에서 거짓말은 필수이고 때에 따라서는 적절한 욕설도 필요하다고 했다. 평소의 생활 속에서 익혀두라는 멘트도 있었다. 인간말종으로 완전히 개조하는 교육이었다. 교육이 아니라 짐승으로 가는 길이었다.

　'어느 사이에 나라가 이 지경이 되었을까' 하는 생각에 마음이 착잡했다. 이들이 훗날 우리나라의 각 부문에서 중견의 위치에 앉아 있게 된다면 얼마나 무서운 세상이 올까?

　그들의 머리는 모두 좋아서 좋은 대학에 입학하였다. 그러나 대학에 입학하자마자 이런 교육을 받은 학생들 일부는 일찍이 거리로 나가 최루탄을 마셨다. 일부는 교육계로 진출하여 노조 교사가 되었다. 그러면 이들로부터 교육을 받는 아이들은 어떤 모습으로 성장할까? 노동계로 빠져버린 정윤희 같은 사람들은 위장취업자가 되었다. 이상한 노동연맹이라는 괴물 집단의 초석을 이룬 자들이 바로 이들이다. 더 무서운 것은, 어버이 장학금을 받은 머리 좋은 일부의 학생들이다. 법대를 나와 판검사가 되어 사법부를 장악한다는 계획이었다. 그들은 길거리 투쟁에 나서지 말고 법 공부에 전념하도록 운동권 모두가 협조하라는 지시였다.

이런 교육을 받은 출신들이 사법부와 검찰, 경찰과 군으로 투입되어 장차 30~40년 전후로 해서 대한민국을 완전히 접수하는 것이 목표라는 것이다. 당장이 아닌 30~40년 후의 장기 목표를 세워 놓고 추진하고 있었다. 소위 주사파들의 꿈틀거림의 시작이었다. 그쯤이면 나의 두 아들이 30~40대가 될 것이다. 어릴 적부터 이들 노조 교사에게서 교육을 받고 자랄 것이라는 생각만 해도 소름이 돋았다.

이때쯤 노동운동은 한창 전성기를 맞고 있었다. 1970년 11월 13일 평화시장 재단사였던 전태일이 "근로기준법을 준수하라! 우린 기계가 아니다! 일요일은 쉬게 하라! 노동자들을 혹사하지 말라! 나의 죽음을 헛되이 하지 말라!"고 외치며 분신자살한 사건으로 노동운동이 본격적인 궤도에 올랐다. 한국의 노동운동은 이 사건을 전후로 하여 크게 나뉜다고 해도 과언이 아니다. 그 후로 1979년 YH사건을 거쳐 1980년대 들어 특출한 인물들이 노동계에 투신하면서 한국의 노동운동은 절정을 이루었다.

나는 이런 테이프들을 보면서 처음으로 무서운 지하세계를 알게 되었다. 전문지식이 없는 그들이 갈 곳은 정계 진출뿐이다. 지식이 없어도 잔머리는 잘 굴리고, 선전 선동에는 탁월한 능력을 갖춘 그들이다. 만약 30~40년 후에 그들이 국회에 진출하면 나라의 헌법은 필경 붉은 잉크로 얼룩질 것이다. 나라가 어떤 방향으로 흘러갈지가 선명하게 그려졌다.

나는 VTR 앰프의 전원을 끄고 테이프를 꺼냈다. 또 한 개의 테이프가 있었으나 더 확인하고 싶은 생각은 없어서 별도로 보관했다. 말없이 허공을 바라보고 있던 민주는 나를 향해 고개를 돌렸다. 그러고는 그윽한 눈으로 나를 바라보았다.

"계장님이 노조를 둘로 갈라치기했다는 얘기를 처음 들었을 때는 이 양반이 노조를 완전 탄압하고 있네 했고, 직장폐쇄를 처음으로 주장하신 비상 중역회의 때는 제가 처음부터 끝까지 지켜보았잖아요? 상상외로 대단한 능력과 깊은 사고에 놀랐고, 비조합을 결성해서 회사를 다시 찾았을 때는 새로운 영웅의 탄생이구나 했어요. 그래서 저도 오강희 언니와 함께 항상 계장님을 주시했고, 아슬아슬한 마음으로 응원했고, 옆에서 돕고 싶었어요. 강희 언니 말대로 계장직급으로는 감히 할 수 없는 일을 하고 계셔서 안타깝기도 했고 두렵기도 했어요."

"그랬어?"

"강희 언니는 그런 계장님을 깊이 연모하는 것 같다는 느낌을 받았어요. 물론 저도……."

"민주야!"

나는 조용히 힘있게 그녀를 불렀다. 민주는 말을 중단하고 한동안 침묵했다. 그리고 낮은 목소리로 말을 이었다.

"그렇지만 상무님은 계장님을……."

"유통기한이나 정해 놓고?"

"사실이잖아요, 이젠 사직서 쓰라고 할까 봐 겁나요."
"이제 내 할 일이 끝났으니 나가라면 나가야지."
"지금 이 테이프를 보니까 계장님이 왜 그동안 일련의 일들을 하셨는지 이제는 이해가 가요. 존경합니다."
"존경은 무슨, 민주가 이렇게 이해를 해 주니까 도리어 내가 고맙다. 수고했어."
"이렇게 고생하신 영웅에게 유통기한이 있다고 했으니, 그 기한이 언제까지인가요?"
"나의 유통기한은 이미 끝났어. D-day 날."
"제 예감이 틀리지 않았군요."
그렇게 말하며 그녀는 고개를 숙였다.
"미스 한, 혹시 총무과에서 내 사직서 보관하고 있지 않아?"
"벌써 사직서를 쓰셨어요? 언제요?"
한민주는 깜짝 놀라서 다급하게 묻고 또 물었다. 나는 웃으며 농담이라는 말로 넘겼다.

나는 남아 있는 숙제 하나를 풀어야 했다. 온건 팀이 담을 넘어오던 날 강성 팀의 지도부는 서쪽 후문을 통해 탈출했음을 당시 조원을 통하여 확실히 알았다. 그 조원은, 조장의 지시에 따라 후문이 보이는 백여 미터 떨어진 숲속에 숨어 살피다가 그들이 달아날 즈음에 달려갔다고 말했다. 마음놓고 달아날 수 있도록 배려한 것처럼 보였다.
후문을 담당했던 조장을 불러 어찌된 일인지를 물었다. 개인적으로는 나보다 2년 먼저 입사한 두 살 위의 선배였으나 평소에는 친구였다. 믿을 만하다고 생각해서 내가 내세운 조장이었다.

"분명 후문으로 탈출한 것은 맞지?"

"응, 맞아. 그러나 역부족으로 놓쳤다. 한꺼번에 몰려 나오니 우리 힘으로는 어쩔 수가 없었어. 미안하다."

노조 집행부가 후문으로 탈출하도록 유도하고 건장한 사람들로 인원도 충분히 배정했었다. 성공과 실패가 확실하지 않은 이 작전에 지도부 체포라는 자신의 임무는 확실히 모험이었을 것이다. 중역들이라고 하는 회사의 주인들도 일찍이 발을 빼고 있는 상태에서 평범한 일개 계장이 어찌 두려움이 없었겠는가. 그러나 이 작전은 전쟁이었다. 그때 위원장을 비롯한 2~3명의 지도부만이라도 체포에 성공했다면…… 모든 것은 운명이었다.

4인방 중에 오장비가 빠진 세 사람이 조장을 데리고 인근의 술집으로 향했다. 자리에 앉기 전에 나는 그를 불러 세웠다.

"야! 친구, 일단은 수고했다. 그러나 너는 나한테 한 대 얻어맞고 나서 한잔해야겠다. 입 좀 악물고 있어 줄래?"

동시에 나의 주먹이 그의 얼굴을 강타했다. 순간 나의 주먹은 단순한 화풀이 주먹이 아니었다. 어쩌면 험하게 펼쳐질 나의 앞날에 대한 불길함이 나의 주먹에 가속을 붙였는지 모른다. 그의 얼굴이 반은 돌아갔다. 그의 코와 입에서는 붉은 피가 터져나와 사방으로 튀었다.

평소에 흰색을 즐겨 입는 나의 옷은 그날도 흰색 점퍼였다. 옷은 금방 피로 범벅이 되었다. 나는 주인을 불러 피로 얼룩진

점퍼를 벗어 던져주었다. 곧바로 쓰레기통에 버리라고 했다. 깜짝 놀란 동료들은 멍하니 바라만 보고 있었다. 조장 역시 아무 반항도, 말도 없이 나의 주먹을 받아들였다. 그리고 무념무상의 표정으로 나를 바라보았다. 내가 굳은 표정으로 그의 얼굴을 쏘아 보자 그는 고개를 돌렸다. 미안한 생각은 들었으나 화가 풀리지는 않았다.

"됐다. 자, 한잔하자."

회사를 다시 찾은 후, 겉으로 보아서는 점차 안정이 되어 가고 있었다. 회사의 경비를 강화한 덕에 연합노조나 강성 팀의 습격에 대한 우려도 많이 사라졌다. 나는 동료들에게 회사를 부탁하고 일주일 만에 모처럼 집에 갔다. 장모님께서도 집에 와 계셨다. 오랜만에 집에 오니 아이들이 난리였다. 둘째는 손으로 나의 얼굴을 만지며 울먹였다.

나도 아이들이 보고 싶으면, 가슴 깊숙이 넣고 다니는 두 아들의 사진을 틈나는 대로 꺼내어 보았다. 갈수록 깊어가는 맹사장의 무관심과 김 상무의 교활함으로 인한 울분과 강성 팀의 위협을 느낄 때면, 사무실 구석에 틀어박혀 두 아들의 사진을 보면서 위안도 삼고 혼자 웃기도 했다. 잘생기고 잘 자라주는 내 아들들이었다.

밤이 깊어 처가로 돌아가던 장모님께서 급히 전화를 걸어왔다. 수염을 기르고 머리에 붉은 띠를 두른 대여섯 명의 장정들이 집 앞 도로의 마트에 들이닥친 것이다. 저마다 신문지로 둘둘 만

쇠파이프를 들고 있었다. 마트 주인과 그들이 한참 떠드는 얘기를 장모님이 들어보니 나를 찾는 일행들이 분명하다고 했다. 그들은 마트 여주인을 윽박지르듯 몰아세웠다. 제일정밀에 다니는 우공명의 집을 묻고 또 물었다. 주인은 시종일관 모른다고 했다. 그들은 지나가는 사람들을 붙잡고 묻기도 했다. 30여 분간 설치던 그들이 포기하고 집 앞 골목 쪽으로 몰려가는 것을 보고 장모님께서 공중전화로 알려온 것이다.

부모님과 아내는 피하는 게 좋을 것 같다고 했다.

곧바로 회사에 전화했다. 마침 회사에 남아 고생하던 오장비에게 자초지종을 얘기하고 지원을 부탁했다. 사람들을 보내왔다. 나의 사무실 직원들이었다.

"계장님, 그놈들은 갔습니까? 이제 걱정하지 마십시오."

"찾다가 그냥 간 모양이다. 잘됐다. 우리 집에 왔으니 오랜만에 술이나 한잔하자."

오랜만에 맥주 파티로 밤을 새웠다. 내가 일주일 만에 집에 온 것을 그들은 어떻게 알았을까. 과연 우연이었을까?

다음 날 맹 사장과 김 상무, 그리고 일부 중역들이 같이 앉아 있는 자리에서 어젯저녁의 일을 보고했다.

"당분간 집에 가지 말고 회사에 있어."

김 상무의 성의 없고 싸늘한 한마디가 고작이었다.

회사에서 달아난 강성 팀의 행방을 찾기 위해 나와 동료들은 백방으로 동분서주했다. 행방을 알아야 체포를 하든지 경찰에 신고할 수 있었기 때문이다.

농성에 참여했던 강성 팀 간부 출신 조합원 한 사람을 만났다. 대화 중에 나를 체포하려고 했던 그날의 일을 아느냐고 물었다.

"우리가 농성을 시작하면서 생각한 것은 단순했어요. 손해가 막심한 회사에서 먼저 협상이 들어올 것으로 믿고 있었지요. 다른 회사들처럼 약 100일 정도면 올 것으로 기대했습니다."

"100일?"

"네, 성남과 용인에 있는 연합노조 애들도 와서 그렇게 얘기했어요."

100일은 내가 직장폐쇄 마지막 날로 예상했던 날이었다. 공교롭게도 100일이라는 숫자가 의미 있게 다가왔다.

"그런데 계장님이 비조합을 이끌고 있다는 확실한 정보를 처음으로 입수하던 날입니다. 가장 당황한 사람은 사무국장인 차은희였습니다. 그녀는 책상을 내려치며 몹시도 흥분하는 모습이었지요."

"사무국장이 왜 그랬을까?"

나도 그 점이 계속 의아스러워 물었다.

"위원장을 위시한 다른 사람들은 크게 걱정하지 않았어요. 그 중에 한 사람은 '우 계장은 글이나 썼지 그럴 사람은 못 되니 신경쓸 것 없다'며 큰소리를 쳤습니다. 그러자 사무국장이 '당신들은 우공명 계장을 얼마나 아는가? 그 사람을 우습게 보지 말라. 초기부터 그 많은 홍보물을 써서 우리를 괴롭힌 사람이 우 계장이고, 노조를 두 조직으로 분열시킨 사람도 바로 우 계장이고, 직장폐쇄를 관철시켜 우리를 회사라는 울타리 안에 가두어

둔 사람도 우공명이다. 지금 우리는 가두리 양식장의 물고기 신세가 되었다. 그 모든 것이 우 계장의 농간임을 벌써 잊었는가. 그가 지금 무슨 일을 구상하고 있을까를 생각하면 잠이 오지 않는다. 나는 누구보다도 그를 잘 안다. 그가 비조합을 이끌고 있다면 우리한테는 최악이다. 절대 협상은 없을 것이다.' 심각한 표정으로 이렇게 말하더군요."

"사무국장이 나를 많이 연구했나 보네."

"그래서 평소보다 더 경비를 강화하고 정보수집에도 노력했지요. 그렇지만 결국 우리는 그녀의 말처럼 계장님한테 당한 것입니다."

강성 팀은 당하고 나서야 위원장 이하 모두가 허탈한 상태가 되었다. 같이 탈출한 일부 조합원들의 불만도 점차 표면화되어 가고 있었다. 그럴 수밖에 없었을 것이다. 비조합 연합 팀이 담을 넘어갈 때 전혀 대비하지 못한 지도부, 미리 겁먹고 피해버린 위원장 등의 지도력에 불만들이 많았다. 특히 마지막까지 저항했던 행동대장 C의 불만은 클 수밖에 없었다. 돌파구를 마련해야 할 필요가 있었다. 그러던 어느 날 예상 밖으로 사무국장이 나서서 나를 체포하자고 했다. 오래전부터 나는 그들의 최대 적이었고, 항상 체포의 대상이었으니 절박한 상황에서 쉽게 합의가 된 것이다.

"나 같은 일개 계장 한 사람 체포해서 어쩌려고?"

"그건 아닙니다. 사무국장 주장대로 우리에게 계장님의 위상은 대단했습니다. 강성 팀이 이렇게 된 것은, 노조 창립 당시부터 지금까지 모두가 계장님 때문으로 알고 있었으니까요."

"그 정도였어?"

"사실 그렇지 않았습니까? 차은희 사무국장 말대로 틀린 것이 없잖아요. 더욱 기가 막힌 것은 거사 전날 우리를 안심시키기 위해 거짓 협상을 하고, 질소가스탱크의 폭파 스위치선을 절단하기까지 했으니 이 모든 것은 우 계장님 한 사람의 손과 머리를 이용한 작전에서 이루어진 것입니다. 그러니 우리는 계장님한테 당한 것입니다. 사무국장 차은희가 가장 가슴 아파하며 땅을 치고 후회한 것이 계장님의 존재를 늦게 깨달았다는 점이지요. 정 위원장도 우리가 회사에 당한 것이 아니라 '그 쫄따구 계장 한 놈'한테 철저하게 당했다고 울부짖었습니다. 그래서 계장님을 체포해서 인질로 잡고 협상을 하고자 한 것입니다."

"협상? 무슨 협상을?"

나는 깜짝 놀라서 급히 물었다.

"강성 팀은 전원이 회사 복귀를 원했습니다. 그래서 생각한 것이 계장님을 인질로 삼아 자신들의 전원 복귀와 맞바꾸자는 계획이었습니다."

"만일에 회사에서 NO했다면?"

"에이~ 계장님, 농담하지 마세요. 계장님의 절대적인 공로를 우리도 아는데 설마 회사가 NO했을까요?"

나를 인질로 하여 법적으로 묻지 말고, 위원장부터 전원 원상 복귀를 노렸다는 것이다. 그날 내가 불행히도 체포되었다면 어떤 결과가 나왔을까. 과연 회사에서는 나를 구하기 위해 그들의 요구를 들어주는 협상을 했을까?

 내가 일주일 만에 집에 간 사실을 그들이 어떻게 알았는지가 궁금해졌다. 어디선가 짖어대는 똥개들의 냄새 나는 울음소리가 들리고 있었다.

 회사 지하의 면회실에서 나는 한 젊은이를 만나고 있었다. 회사를 다시 찾던 날 공단 연합 조합원들을 이끌고 '때려잡자, 우공명'을 앞장서서 외치던 그 젊은 청년이었다. 서로 교환한 명함을 보니 성남에서 활동하는 김재경 변호사였다. 약관 26~27세 정도로 보이는 노동 전문, 인권 변호사라고 했다. 나를 향해 저주에 가까운 욕설과 고함을 치던 때와는 달리 온화한 모습이었다. 내가 지휘하는 모습이 인상적이었다는 칭찬도 아끼지 않았다.

 "이 회사에서 탈출한 조합원들의 현재 거취를 내가 알고 있습니다."

 "아, 그래요. 어디에 숨어 있습니까?"

 "말씀이 심하시군요. 숨어 있는 것이 아니고 보호를 받고 있습니다."

 "저한테 그들의 소재를 알려주기 위해 오셨나요?"

 "위원장부터 전원을 복귀시켜 준다는 약속을 하면 알려드리겠습니다."

 전원 복귀 약속을 하면 자신이 모두 이끌고 오겠다고도 말했다. 나는 대화가 될 것 같지 않다는 생각이 들었다.

"전원 복귀는 힘듭니다. 싫으면 알려주지 않아도 괜찮습니다."

이때였다. 총무과 B가 숨을 몰아쉬며 우리가 있는 곳으로 달려왔다. 상무가 나를 찾는 방송을 수차례 했다고 한다. 나는 김재경 변호사에게 지금은 바빠서 힘들 것 같으니 조용할 때 다시 보자고 하고는 헤어졌다.

급하게 상무실로 올라갔다. 나를 보자마자 그는 말했다.

"회사를 탈출한 강성 팀원들의 소재를 알았다."

김 상무는 오랜만에 기분 좋은 표정이었다.

"그렇습니까? 어디에 모여 있다고 하던가요?"

"제1야당인 D당의 여의도 당사에 모여 며칠 전부터 농성하고 있다는 연락이 왔다고 한다."

조금 전 만났던 김재경 변호사가 떠올랐다. 그는 강성 팀의 소재를 안다고 했었다. 명함에는 없으나 이미 그는 정치를 꿈꾸고 D당에 발을 담그고 있는 것 같다는 생각이 들었다. 김 상무가 말했다.

"결정권이 있는 고위급 임원이 직접 D당사로 와서 협상하자는 제의가 왔다."

나는 다행이라는 생각이 들었다.

"그렇지 않아도 그들의 소재 파악에 공들이고 있었는데 잘됐습니다."

"요즘엔 노조가 농성하다 쫓겨나면 야당 당사로 가는 것이 유행처럼 되었다고 하더라."

"바로 조금 전에 김재경이라고 하는 젊은 변호사가 저를 만나고 갔는데, 자신이 우리 애들의 소재를 안다고 하더군요."
"그래? 뭐라고 하던가?"
"위원장을 비롯한 전원 복귀를 약속하면 자신이 인솔해서 오겠다고 했어요. 우린 그럴 생각이 전혀 없다고 돌려보냈습니다."
"잘했다. 그래서 얘긴데, 자네가 직접 여의도에 가서 당직자들을 만나 협상도 하고 분위기도 살피고 와."
"제가요?"
"그래."
"결정권이 있는 고위급 임원을 오라고 했다면서요."
"그러니까 자네가 가라는 얘기야."
"저는 고위급 임원이 아닌데요."
나는 어이가 없어서 곧바로 반문했다. 순간적으로 이제는 '더 이상은 안 된다' 하는 생각이 들었기 때문이기도 했다.
"지금 중역들 중에서 그 협상에 누가 적당한가 말해 봐. 내가 갈까?"
"……."
"지금 자네 말고 책임 있게 해결할 수 있는 사람이 누가 있나? 다녀와."
"지금은 관리과가 정상적으로 돌아가고 있으니까……."
"……."
"분위기를 살피러 가는 정도라면 관리과장이나 관리부장이 먼저 다녀오는 것이 좋지 않을까요?"
"관리과장이라면 천사홍이를 말하는 거냐?"

"네."

"걔를 보내면 싸움이나 하지 협상이 되겠어?"

김 상무는 갑자기 들고 있던 서류철을 책상에 내려치며 호통을 쳤다. 나는 하마터면 큰 웃음이 나올 뻔했다. '걔'라는 말이 '개'로 들려서였다.

4인방이 모여 상의를 했다. 그들도 역시 불만이 가득했다.

"어차피 명령은 떨어졌고, 제 차로 정중히 모시고 다녀오겠습니다."

오장비의 장난기 섞인 제의로 모처럼 웃는 가운데 결국 우리 두 사람이 가기로 했다.

여의도 D당사에 도착했다. 내가 먼저 내렸다. 오장비를 바라보니 그는 내리지 않고 대신 자동차 문의 유리를 내렸다.

"오 계장, 빨리 내리지 않고 뭐 해?"

"김 상무가 당신 혼자 가라고 했을 때는 다 그만한 이유가 있었을 터, 혼자 들어갔다 와."

"이유는 무슨 이유가 있겠어, 어서 내려서 같이 들어가."

"나는 이런 협상에 재주가 없어서 도움이 안 돼. 주차장에서 기다릴 테니 빨리 다녀와."

하는 수 없이 나 혼자서 당사에 들어갔다. 예상외로 우리 근로자들은 한 사람도 보이지 않았다. 회사에서처럼 구호와 노래를 부르며 농성할 것으로 짐작하고 마음을 다잡고 들어선 참이었다. 의외였다. 내가 협상하러 온 줄을 모르고 있었을 것이다.

면담 요청을 했다. 안내하는 대로 회의실에 들어가니 말끔하게 정장을 입은 젊은이 두 사람이 나왔다. 그들의 명함을 보니 총재 비서실 사람들로 K와 H였다. 나의 명함을 유심히 살피던 K가 물었다.

"실례가 될지 모르지만, 기계설계과가 뭐 하는 부서입니까?"

"기계를 제작하기 위해 설계하는 기술부서입니다."

"기계를 설계하는 부서 계장님이 노사관계와 무슨 연관이 있지요?"

"농성하고 있는 우리 근로자들에게 물어보면 잘 알 것입니다."

"네~ 그래요?"

그는 의심하는 건지, 의아하게 생각하는 건지 고개를 연신 갸우뚱거리며 나를 바라보았다. 실망하는 모습이 역력했다. 서슬 시퍼런 제1야당의 제의를 무시하는 태도였으니 괘씸한 생각이 들었나 보다. 책임 있는 고위급 중역을 보내라고 했으니 그렇게 기대하고 나오지 않았겠는가. 그런데 노사 업무와는 전혀 관련 없어 보이는 부서의 일개 계장이 왔으니 그럴 만도 했다. 나는 보란 듯이 빙그레 웃었다. 여유를 보이기 위한 억지웃음이었다.

"우리 근로자들은 잘 있겠지요?"

나는 여유 있는 태도로 우리 사원들의 안부부터 물었다.

"잘들 있으니 그런 걱정은 안 하셔도 됩니다."

마치 핀잔을 주는 듯한 H의 말투였다. 그들의 심정을 충분히 이해했다.

"다행이군요, 만나자는 용건은 무엇입니까?"

"사전에 여기 있는 귀사의 노동자들과 미팅을 했습니다. 귀사에는 관리과장, 그 위에 부장도 있고, 담당 중역도 있다고 하더군요. 관리 담당 중역급의 책임자가 오면 책임 있는 답변을 듣고 결정하려고 했는데……."

"실망하셨나요? 관리 담당 중역을 기대했는데 관리 담당도 아닌 기계설계 기술자, 그것도 결정권이 없는 일개 계장이 와서."

나는 웃으며 가볍게 말했다.

"솔직히 업무 담당도 아니고 결정권도……."

"결정권도 없는 사람이 왜 왔느냐 이거지요?"

그의 말을 끊고 정색을 했다. 내가 치고 들어가자 K는 나의 얼굴을 뚫어지게 바라보았다. 40대 중반 정도의 닳고 닳은 정치꾼들이었다.

"두 분이 갖고 나온 권한이 어느 정도인지 가늠하기 어려우나 나도 그만큼은 갖고 나왔습니다."

나는 그의 얼굴을 뚫어지게 바라보았다.

"좋습니다. 해봅시다."

사실 나는 분위기나 살피려고 온 것이었다. 나는 부담없이 임했으나 그들은 본격적으로 협상하자는 의도를 보였다. 옆에 앉아 있던 H가 의자를 당겨 앉았다. 적극적인 자세였다.

그들은 본론으로 들어가고자 했다. 처음부터 다짜고짜로 농성 중인 노동자들을 모두 데리고 가서 본업에 복귀시키라는 그들의 요구는 낯설었다. 나도 순간 발끈해지면서 서서히 협상의 자세로 빨려들고 있었다.

"전원 복귀요? 그럴 수는 없습니다. 저 사람들이 50여 일간 회사를 점거하고 농성하는 동안 회사가 입은 손실은 그야말로 태산과 같습니다. CNC라고 하는 최첨단 공작기계 한 대 수출가가 얼마인 줄 아십니까? 국내 수주는 말할 것도 없고, 직장폐쇄 전에 받아 놓은 수출 물량만도 30여 대가 됩니다. 밀링, 선반 같은 일반 공작기계들은 말할 것도 없고요. 그뿐 아니라 우리 회사가 기계를 납품하지 못해 멈춰선 대기업들의 손실까지 더하면 이는 상상을 초월하는 국가 재난적 수준입니다."

"귀사의 방침은 무엇입니까?"

"단순 참여자 중 극히 일부만 선별적으로 복귀시키고 나머지는 전원 해고가 원칙입니다."

나는 망설임 없이 단호하게 말했다. 협상이란 그런 것임을 나는 알고 있었다. 처음부터 약하게 대응하면 선제권을 빼앗겨 끌려다니게 되어 있다. 더구나 상대는 선전 선동에 능란한 정치꾼들이었다. 대그룹들을 상대해 온 그들에게 제일정밀 정도의 회사는 안중에도 없었을 것이다. 그런 대기업에서도 제1야당에서 부르면 최소한 부사장급 이상의 중역들이 온몸을 숙이며 비굴하게 들어오는 모습에 익숙해진 그들이었다. 들어본 적도 없는 회사의 계장급이 와서 협상하자고 명함을 내밀었으니 기가 찰 노릇이었다. 더구나 내가 강하게 나가자 그들은 어이없는 표정이었다. 위원장을 포함한 전원 복귀만 주장하는 그들에게서 나와는 협상하고 싶지 않다는 신호를 읽었다.

나 역시 급할 것은 없었다. 분위기만 살피고 가면 그만인 단순한 임무였다. 그러나 근로자들의 복귀문제가 쟁점으로 떠오르자 나의 마음도 바뀌었다. 본격적인 협상을 하고 싶은 욕심이 생겼다. 순간 나는 협상의 흐름을 조절하는 밀당의 끈을 내가 쥐고 있어야겠다는 판단을 했다.

"당 총재님을 만나게 해 주시겠습니까?"

"외부 행사에 참석 중이십니다."

"비서실장님은 계시겠군요."

"총재님을 수행 중이십니다."

"도대체 두 분은 어떤 권한을 갖고 협상을 하자고 한 겁니까?"

"전원 복귀입니다."

"전원 복귀가 권한입니까?"

그들의 요구는 단순했으니 권한이 필요치 않았다. 무조건 다 데려가서 원대 복귀시키라는 주장이 그들의 권한이었다.

"이건 뭐 정치권의 협박입니까?"

"협박이라니요, 말이 지나치십니다."

K비서가 발끈해서 목소리를 높였다.

"오늘 오전에 어떤 변호사 한 분이 나를 찾아와서 두 분과 똑같은 얘기를 하더군요."

"어떤 변호사였습니까?"

"성남에 있는 김재경 변호사라 하던데, 전원 복귀를 약속하면 당장 우리 근로자들을 자신이 데려오겠다고 했어요."

"아, 누군지 짐작이 갑니다."

"이렇듯 모두가 전원 복귀만을 주장하니 정치권의 협박으로 볼 수밖에 없잖아요?"

"협박이 아니고 권장입니다."

"아, 권장입니까? 그런데 어째서 제게는 융통성 없는 협박으로 들리지요?"

'권장?' 그들의 말대로 권장 사항이면 협상의 여지는 충분히 있다는 생각을 했다. 비록 그들은 상부의 위임을 받았고, 그것이 당연한 것 아니냐고 앵무새처럼 반복했으나 그들 역시 협상을 위한 수단에 불과한 것으로 생각되었다. 강력한 배수진을 쳐야 얻어내는 몫이 크다는 것을 그들도 알기 때문이다. 여당과 수많은 협상을 통해 쌓아온 노하우가 어찌 없겠는가.

"일단 농성 중인 근로자들을 먼저 해산시키면, 회사의 방침과 내규에 따라 처리할 것이니 크게 걱정하지 마시고 해산부터 시키세요."

침묵하며 듣는 듯했으나 잠시였다. 그들은 계속 노동자들의 선별 복귀는 안 된다, 무조건 100% 전원 복귀가 방침이다, 우리 노동자들의 요구도 당연히 전원 복귀라고 했으니 전원 복귀가 아니면 해산시킬 수가 없다고 했다. 앵무새가 따로 없다는 생각이 들었다.

기업의 형편과 산업의 가치는 그들에게는 중요치 않아 보였다. 노동자들의 당연한 요구와 복지향상을 위해 설립한 노조를 탄압하는 것은 위법이라며 아예 근로기준법 책자까지 들이밀었다.

"근로기준법이라면 제1장 총칙부터 12장 벌칙까지 다 외우고 있으니 치우시지요. 이깟 종이쪽지가 오늘 협상에 무슨 의미가 있습니까?"

나는 책자를 그들 앞으로 신경질적으로 밀어 놓으며 허세를 부렸다. 그러자 입을 다물고 있던 K비서가 말했다.

"장기간 농성을 했으니 회사에 끼친 손해는 당연히 있겠지요. 단순히 금액으로만 본다면 막대한 손실일 수도 있습니다. 그러나 그 손실은 노동자들의 권리를 찾는 과정에서 발생한 것으로, 노동자들의 권리에 비하면 아주 작은 손실에 불과한 것 아니겠습니까? 이 점은 사업자측에서 양해를 하셔야 합니다."

"좋은 말씀 하셨습니다. 그럼 역으로 생각해 보시지요. 회사에서 농성하며 경영을 방해한 근로자들도 자신들에게 그만한 권리가 있다고 생각했으니까 했겠지요?"

"당연하지요."

"그렇다면 그 권리를 행사하겠다고 불법 투쟁을 하다 물러났다면, 그들 때문에 치명적인 손해를 본 비조합원과 일반 사원들에게는 노조가 보상해야겠군요? 회사에는 그렇다 치고요."

"그 보상을 왜 노조가 합니까? 회사가 해야지요."

"회사가 불법 투쟁을 해서 우리가 피해를 봤나요?"

"논리가 왜 그렇게 나갑니까? 지나친 비약입니다."

"그 막대한 손실을 금액으로 보상하라는 얘기가 아닙니다. 물적이 아니라 인적 책임을 지라는 얘기지요."

"전쟁에서 졌으니 노동자들이 그 대가를 치르라는 말로 들립니다."

듣고만 있던 H가 비웃듯 말했다.

"꼭 그런 뜻만은 아닙니다."

"꼭 그런 뜻만은 아니라는 말은 그런 뜻도 있다는 얘긴가요?"

역시 정치꾼들의 말은 예사롭지 않았다. 자칫하면 나는 그들의 말꼬리 잡기에 걸려 일을 망칠 것 같다는 생각이 들었다.

"제가 한 말 액면 그대로만 이해하세요."

협상하면서 용어부터가 다르다는 것도 느꼈다. 나는 줄기차게 근로자라고 지칭했으나 그들은 끝까지 노동자라고 표현했다. 근본적으로 그들과의 협상은 인식의 차이가 있었다. 그러니 한 시간이 넘는 열띤 협상이었어도 답을 쉽게 얻지 못하고 평행선을 달리고 있었다.

"휴우~"

긴 숨을 내어쉰 K비서가 일어나서 회의실 구석에 있는 자판기로 향했다. 시원한 음료수 캔을 들고 와서 그중 하나를 나한테 권했다.

"계장님, 시원하게 한 모금 하시고 냉정을 찾읍시다."

"감사합니다. 잘 마시겠습니다."

나는 음료수를 건네주는 K의 얼굴을 자세히 보았다. 40대 초반 정도로 보였다. 고생은 전혀 모르고 자란 티가 물씬 풍겼다. 30대 중반의 나보다도 어떤 면에서는 젊어 보였다. 옆의 H도 역시 비슷한 연령대의 귀티 나는 모습이었다. 그에 비하면 나의 모습은 촌티 나는 공돌이 같다는 생각이 들었다. 그런 그들이 기업의 생리와 목표를 이해할 리가 있겠는가. 정윤희가 남기고 간 비디오 테이프가 떠올랐다. 나도 모르게 웃음이 나왔다.

그들은 기분 나쁜 표정으로 나를 바라보았다.

자신들의 생각과 목표만을 내세우는 상대와는 결말 없는 회담이 될 것 같다는 생각이 들었다. 그들의 태도에서 회사의 손실만을 강조해 봐야 우이독경이라는 생각이 들어 더 이상의 협상은 무의미함을 느꼈다.

협상은 밀고 당기는 힘의 자랑이다. 협상 과정에서의 긴장과 초조함은 상대와의 샅바 싸움에서의 우위에 따라 달라진다. 협상의 결과에 크게 연연하지 않는 쪽이 여유가 있다는 논리다. 나는 결과를 갖고 온 것도, 가지고 가야 하는 부담도 없이 왔으니 협상의 주도권은 나의 것이었다. 나는 전혀 부담 없는 게임을 즐겨도 되었다. 이 게임을 통해서 우리 측 근로자들을 해산시킨다면 나는 생각지 않은 큰 성과를 얻는 것이 된다. 이쯤 해서 나는 승부수를 던질 적당한 타이밍을 찾을 필요를 느꼈다.

"아휴~ 답답합니다."

음료수를 마신 K가 빈 캔을 탁자에 내려놓으며 한 말이었다. 나는 이때다 싶어 심각한 표정으로 다가가 앉으며 말했다.

"답답하기는 저 역시도 같습니다. 그러면 이렇게 합시다. D당도 당 나름의 체면이 있을 테니 저희가 크게 양보하겠습니다. 반면에 우리 회사도 입장이 있으니 D당도 조금은 양보를 해 주세요."

"정말입니까? 말씀해 보시지요."

두 사람은 귀가 솔깃해서 다가와 앉았다.

"위원장과 위장취업자 등 수뇌부를 포함한 약 20여 명은 분명히 복귀 명단에서 제외하겠습니다."

"계속 말씀해 보시지요."

"그러나 나머지 인원은, 본인이 원하면 아무 조건 없이 전원 복귀시키겠습니다. 되겠습니까?"

그들은 순간 당황한 듯했으나 곧 환한 표정으로 돌아왔다. 서로 얼굴을 바라보더니 머리를 끄덕였다.

"아무 조건 없다는 것은 법적 조치도 포함되나요?"

"20명을 제외한 복귀자 전원에게는 그리하겠습니다."

두 사람은 밝은 표정으로 고개를 끄덕거렸다.

"지금 그 말씀은 계장님 개인의 의견인가요, 아니면 회사의 제안으로 받아들여도 되는 건가요?"

"책임 있는 당사자가 와서 협상하자고 하시지 않았나요? 저나 회사가 할 수 있는 마지노선입니다."

"회의록 작성에 동의하십니까?"

"네, 당연히."

기대하지 않았던 나의 태도에 그들은 매우 흡족해하는 표정이었다. 두 시간여 이상 협상을 했으나 어차피 처음부터 답은 없었다. 회사를 탈환하면서 나는 지도부 몇 명만 빼고 나머지는 원상 복귀를 시킨다는 원칙을 일찍부터 세우고 있었다. 대량 해고 시 득보다 실이 크기 때문이다. 숙련공과 기술자들의 부족 상태가 발생하면 생산 차질이 매우 심각하다는 것을 기술자인 나는 누구보다도 잘 알고 있었다. 나는 통 큰 양보를 하는 척하면서 소기의 목표는 달성한 것이다.

한 사람이 회의록을 작성하는 사이에, 다른 한 사람은 웃으며 나에게 말했다.

"계장님, 혹시 경영수업 받는 후계자 아니세요?"

"네? 무슨 말씀입니까?"

"계장이면 솔직히 그렇게 높은 직책도 아니지 않나요? 그런데 당당하게 이처럼 크고 어려운 결정을 단독으로 내릴 수가 있는가 해서요."

"하하! 회장님 성은 맹 씨이고, 저는 우 가입니다."

"아~ 그렇지요."

"우리 회사에는 사장님을 비롯해서 정말 유능한 인재들이 많습니다. 저 같은 사람은 볏단 속에 한 개의 지푸라기 정도? 혹시 제 약속이 헛말이 될까 봐 걱정되셔서 그러십니까?"

"아, 아닙니다. 직장폐쇄를 하고 50여 일간 농성한 직원들을 포함해서 4~5백여 명의 원상 복귀를 이렇게 계장님 단독으로 결정하는 모습을 보고 있으니 오히려 저희가 당황을 했어요."

"그렇습니까?"

"알 만한 대기업들도 대개가 전무나 부사장급 이상이 옵니다. 그들도 대략적 합의를 하면 '회사에 보고하고 협의해서 다시 오겠습니다' 하고 가는 것이 그동안의 경험이었거든요. 그런데 계장님은 회사와 막후 협상을 한 번도 안 하고 이런 결정을 한다? 글쎄요. 제일정밀이 건실한 기업이란 말을 듣긴 했으나 그 이유를 이제야 알 것 같습니다. 총재님께 말씀 잘 드려서 반드시 해결하도록 하겠습니다. 고맙습니다."

나도 오늘 내용을 회사에 보고하고, 약속은 꼭 지키겠다는 말과 함께 회의록에 서명을 남기고 회의실을 나섰다.

　회의실 앞 복도로 나왔다. 복도에는 어느 사이에 우리 사원들이 빽빽하게 모여 있었다. 어림잡아 남녀 약 4~50여 명 정도로 보였다. 머리에는 한결같이 붉은 띠를 매었고, 남자들은 모두 수염이 덥수룩하게 자라 있는 모습들이 안돼 보였다. 나를 보자 그들은 아주 큰 목소리로 구호를 외쳤다. 지겹도록 들어본 구호와 욕설을 여의도에 와서도 들어야 했다.

　"주범은 우공명, 우공명은 물러가라."

　"맹 회장은 우리를 전원 복귀시켜라."

　'주범?' 주범이라는 말이 신경쓰였다. 내가 무슨 범죄의 주범인가? 회사의 경영을 마비시키고 사원들의 출근길을 막고 회사를 봉쇄한 그들을 쫓아내어 회사를 정상화한 내가 범죄의 수괴가 되어야 하는지 궁금했다. 범죄자는 그들 자신들이었다.

　나는 잠시 멈추어 서서 그들을 바라보다가 돌아섰다. 굳이 할 말도 없고 볼 이유도 없고, 솔직히 마주 대하기도 싫었다.

　"아이 젠장, 또 우공명이야?"

　"아니, 언제까지 저 새끼를 봐야 되는 거야."

　"아아~ 천추의 한이다. 그때 체포해서 반쯤 죽여 놨어야 했는데."

　누구랄 것 없이 큰 소리로 내뱉는 목소리들이 등뒤에서 들렸다. 한두 번 들어본 것도 아니어서 기분 상할 일도 아니었지만, 나는 가던 길을 멈추고 잠시 그 자리에 섰다. 그리고 돌아보았다. 그들이 나를 부르고 있는 것 같았다. 그들이 외치는 욕설과 구호는 자신들을 보고 가라는 외침처럼 들렸다.

제3부 토사구팽　203

"우공명은 물러가라. 우공명은 사표 내라."

"맹 회장은 물러나라. 맹 회장은 전원 복귀시켜라."

맨 앞에서 수석부위원장 김영술과 차은희 사무국장이 구호를 선창하고 있었다. 위원장은 보이지 않았다. 이 협상마저도 내가 올 것이라곤 생각조차 하지 않았을 것이다. 최소한 관리부장이나 길 이사 정도가 와서 1차 협상을 할 것으로 알았는데 또다시 나를 보자 전원 복귀에 대한 희망이 사라진 것으로 믿는 것 같았다.

그들이 있는 곳으로 다가갔다. 한 발 한 발 가까워지자 누군가가 구호를 멈추게 하였다. 나와 그들 사이에는 한동안 정적이 흘렀다. 그들의 표정은 절박해 보였다. 지치고 불안해서 굳어진 표정임을 읽었다. '그래 협상은 잘 되었나요?' '우리는 어떻게 되는 건가요?' 하고 묻고 싶어 하는 듯한 간절함도 묻어 있었다. 나는 잠시 그들을 훑어보았다. 사무국장 차은희와 눈이 마주쳤다. 같이 문학 활동을 했던 생각이 나서 순간 연민의 정이 생겼다. 그녀는 고개를 돌렸다. 그리고 숙였다. 그 무리 중에는 나의 직원 두 명도 보였다. 눈이 마주치자 그들도 역시 고개를 돌렸다. 나는 무릎을 굽혀 반쯤 앉아서 앞사람들과 눈높이를 같이했다. 그들 또한 고개를 돌렸다.

"여기는 여러분이 있을 곳이 아닙니다. 회사로 돌아갑시다. 멈춰 있는 기계들이 여러분을 기다리고 있습니다. 그곳이 바로 여러분이 있어야 할 곳이지요. 협상은 잘 되었습니다. 가능하면 전원 복직시키도록 건의하겠습니다. 이만 농성을 푸세요. 그리고 여기 당사도 오래 있을 곳이 아닌 것 같더군요. 오늘 위원장하고

D당과 협의를 잘하세요."

내가 말을 마치고 잠시 바라보았으나 누구 한 사람 나에게 말을 거는 사람은 없었다. 나와 눈이 마주치면 모두 고개를 돌렸다.

돌아서 나오는 내 등뒤로 구호는 다시 시작되었다. 분위기가 심상치 않자 구호를 다시 시작한 것 같았다.

돌아오는 길 옆 한강 물속에는 저녁노을과 함께 붉은 해가 깊숙이 박혀 있었다.

회사에 들어서자 모두 퇴근했는지 한산했다. 본관 현관문을 열고 들어서자 오강희와 한민주가 달려 나왔다. 마치 기다리다가 나온 것 같다는 느낌이 들었다.

"계장님, 어떻게 됐어요?"

두 사람의 입에서 동시에 똑같은 질문이 나왔다. 그들은 모두 초조한 표정이 역력했다.

"뭐가?"

"여의도 D당사에 다녀오시는 길 아니세요?"

"맞는데……?"

"에그, 계장님은 꼭 저러셔. 우리는 걱정돼서 퇴근도 안 하고 지금까지 기다렸잖아요."

성질 급한 민주가 화가 난 표정으로 내질렀다.

"잘 됐어, 걱정하지 말아요."

두 사람은 손을 잡고 휴우, 하며 안심하는 표정이었다.

"그런데 그건 어떻게 알았어?"

내가 두 사람을 바라보고 물었다. 두 사람은 말없이 씽긋 웃고 있었다.

"매일같이 바쁘게 뛰어다니던 계장님이 오늘은 안 보여서 이상하다 했지요. 마침 최재명 계장이 도서실에 왔길래 차 한잔 드리며 물어봤어요."

강희가 웃으며 말했다.

"하하, 내가 강성 팀원들에게 봉변이라도 당할까 봐 걱정들 하셨어? 아이고, 고마워라."

내가 장난스레 한마디 했다. 강희가 목소리를 높였다.

"차라리 봉변이라도 당하면 괜찮지요."

"응?"

"혼자서 정치꾼들과 협상하기가 쉽지 않잖아요 그쪽에서 책임 있는 중역을 오라고 했다는데 계장님을 보냈다고 최 계장도 크게 걱정하더라고요. 봉변은 무슨, 협상이 잘못되면 어쩌나 한 거지."

강희는 입을 삐쭉 내밀며 섭섭한 표정을 지었다.

"협상이 잘못되면, 뭐가 문제가 되나?"

"요즘 상무님이 계장님의 유통기한을 정했다느니, 사직서를 미리 작성해 놨다느니 하는 말들이 은연중 돌고 있던데, 걱정을 안 하면 그 사람이 제일정밀 직원입니까?"

"……."

"계장님의 직장생활은 꼭 살얼음판을 걷는 어린애 같아요. 그러니 이 착한 누나들이 잠시라도 마음을 놓을 수가 없잖아요. 호호."

이번에는 민주가 농담을 했다. 나는 그렇게 말하는 그녀들의 두 눈을 바라보았다. 진심 어린 염려의 눈빛이었다. 마주칠 때마다 보았던 맹 사장의 무관심한 눈빛, 간교하고 독사 같은 김 상무의 눈빛은 물론 전형적인 간신 천사홍과 닭대가리 김계두 같은 똥개들의 눈빛만 봐왔던 나에게는 그녀들은 천사의 눈빛이었다. 봄바람 같은 온기가 서린 눈빛이었다. 이런 마음과 따스한 눈으로 염려해 주는 사원들이 있었다. 내가 최악의 모욕을 감수하면서도 회사를 살린 이유였다. 내가 썼던 출사표가 생각났다.

"최 계장, 이 인간이."

"최 계장이 왜요?"

"오 사임당, 아까 최 계장에게 국화차 대접했지?"

"아이고, 회장님이 오셔도 내놓지 않는다는 국화차예요. 강희 언니를 그렇게 몰라요?"

민주가 강희를 거들며 말은 그렇게 했으나 그녀의 눈빛에는 질투가 조금은 서려 있음을 보았다. 착한 강희는 수줍은 듯 작은 미소를 남겼다.

"나가자, 오늘 저녁은 내가 산다."

"아니요. 제가 살 거예요."

강희가 활짝 웃는 얼굴로 말했다. 그러자 민주가 나와 강희의 손을 양손으로 잡고 말했다.

"좋다, 2차는 내가 쏜다. 가자."

다음 날 협상했던 내용들을 보고하기 위해 상무실에 들어갔다.

박철 이사가 같이 있었다. 차라리 잘 되었다는 생각이 들었다. 고개 숙여 정중히 인사하고 자초지종을 설명했다.

"적은 인원도 아니어서, 그쪽에서도 큰 부담을 안고 있는 것으로 보였습니다. 외출 중인 총재가 돌아오면 곧바로 보고하고, 결정되는 대로 회사에 연락을 주기로 했습니다."

"오~ 그래? 그런다고 그들이 당장 해산시킬까마는 좀 기다려 보자. 야당 당사에서 농성을 시작하면 빨라야 3개월이라고 하던데."

나는 잠시 박 이사를 바라보았다. 생각 외로 박 이사는 관심 깊게 경청하는 자세였다.

"D당과 강성 팀은 전원 복귀를 주장했습니다. 저는 위원장을 포함한 지도부와 문제가 있는 몇 명을 포함해서 약 20여 명을 제외하고 전원 복귀시키겠다는 약속을 허락 없이 하고 왔습니다. 죄송합니다."

"그래? 알았다."

"그 정도면 성공한 협상이다. 회사부터 빨리 정상화해야 하니까."

김 상무가 긍정적으로 대답하자 박 이사도 내 어깨를 다독이며 만족한 모습으로 격려의 말을 했다.

"여기 그들과 합의한 내용의 회의록입니다."

복귀 인원 문제는 사전 협의를 한 번도 해본 적이 없었다. 김 상무 역시 나와 같은 생각을 하고 있다는 것을 감으로 알고 있었을 뿐이다.

과연 며칠이 지나지 않아 여의도 농성은 해산되었다는 소문이 돌았다. 그러나 김 상무는 나에게 그 얘기를 해 주지 않았다. 사실 여부가 궁금해진 내가 직접 찾아가서 김 상무에게 조심스럽게 문의했다. 농성 해산은 사실이었다. 나는 서운한 마음을 감추고 조용히 나오려고 돌아섰다.

"역시 자네가 가기를 잘했지. 그쪽에서 자네 얘기를 많이 하더군."

그 후로 며칠이 지나도록 김 상무는 나를 부르지 않았다. 이제는 급한 불은 모두 껐다는 뜻으로 받아들였다.

"상무님이 급히 찾으십니다. 상무님실로 오시랍니다."

오늘은 총무과 B가 아닌 한민주가 심부름을 왔다. 상무실로 올라가면서 민주는 계속 나의 옆모습을 훔쳐보듯 했다.

"내 얼굴에 뭐 묻었어?"

"호호, 아니요. 좀 전에 사장님과 상무님이 나눈 말씀이 생각나서요."

"왜, 또 내 욕이라도 했어?"

"욕이 아니고 대단한 칭찬요."

나는 가던 길을 멈추고 그 자리에 섰다. 민주 역시 나의 눈치를 살피더니 말을 이었다.

"두 분이, 계장님이 홀로 여의도 당사에 가서 담판 지은 얘기를 하셨어요. 회사의 이미지를 한껏 살리면서 농성자들을 해산시킨 그 능력은 과연 우공명 답다고 하셨어요."

"누가, 사장님이?"

"아뇨, 상무님이요."

"허허, 해가 서쪽에서 뜨려나."

"D당에서도 계장님 칭찬이 대단했답니다. 상무님이 전화를 받으면서도 기분이 매우 좋았다고 하셨어요."

"사장님은 무슨 말이 없었어?"

"네, 아무 말씀 없이 담배만 피우고 계셨어요."

오늘은 따뜻한 말 한마디라도 들을까 하는 작은 기대를 하고 들어갔다. 그사이에 사장은 나가고 김구천 상무 혼자서 소파에 앉아 있었다.

"이번에 복귀하는 강성 팀원들에 대한 심사를 자네가 총괄해서 진행해."

"관리과하고 노조에서 하는 것이 타당하지 않을까요?"

"왜, 하기 싫어?"

"아닙니다. 복직자 대부분이 생산부 소속이어서 잘 아는 그들이 하는 것이 나을 것 같아서요. 제작기술부는 제가 하겠지만요."

"아니, 자네가 총괄해."

나를 칭찬했다는 그 분위기는 흔적도 찾을 수 없었다. 도저히 이해할 수 없는 상무의 태도였다. 나에게 직접 칭찬 한마디 하기가 그토록 힘든 일인가. 나의 지나친 자만은 아니다. 나는 그들로부터 칭찬을 들어도 충분한 노력을 했다. 그리고 그만한 공을 세웠다. 굳은 표정으로 상무의 모습을 바라보았다. "왜, 할 말 있어?" 하는 김 상무의 말에 질려서 쫓기듯 사무실을 나왔다.

나는 생산부 소속인 최재명에게 일임하고 각 과별로 알아서 하도록 수수방관했다. 복귀에 대한 갈등과 잡음이 나면 나에게 모든 책임을 물을 것 같은 불길한 예감 때문이었다.

회사의 생산현장에서 기계 소리가 들리기 시작했다. 회사가 오랜만에 활기를 찾고 있었다. 노조 설립부터 주동부서로 낙인찍힌 제작과에서도 기계 돌아가는 소리가 요란하게 들렸다. 얼마 만에 들어보는 기계 소리인가. 나는 이 소리를 듣기 위해 험난한 길을 마다하지 않고 개척했다.

내가 제작과 현장을 돌자 강성 팀에서 활동했던 대부분의 직원들은 고개를 돌렸다. 나는 웃으면서 어깨를 한 번씩 두드려 주었다.

노조 설립의 주동자들이 모여 있던 제작기술부장이 책임지고 사퇴했다. 이로 인하여 파격 승진한 박상조 부장은 공석인 기계설계과장을 겸직하게 되었다. 그 자리에 나를 진급시키기 위한 조직개편안을 만들었다는 얘기를 들었다. 그러나 상무로부터 두 번이나 부결당하자 고육지책으로 상무의 친척인 피천상을 기계설계과장으로, 나를 공석인 제작과장으로 하는 안을 작성해서 올렸다. 그러나 그 안마저도 김 상무의 단호한 반대로 무산되었다.

"자네만 진급을 시키자는 것도 아니고, 자신의 인척인 피 계장을 같이 진급시키자는데도 이처럼 극렬하게 반대하는 이유를 모르겠다."

노조를 분열시킬 때부터 시작된 상무의 견제가, 이제는 나를 버리기 위한 노골적인 행동으로 나타나기 시작한 것은 아닐까 하는 의심이 들기 시작했다. 일찍부터 염려했던 대로 회사를 찾게 되면 나를 버리기 위해 마련한 제2의 플랜을 가동시키는 것은 아닌가 하는 생각이 들었기 때문이다. 유통기한을 정하고 나도 모르는 사직서를 작성해 놓았을 때 나는 이미 버리는 화투패가 되어 있었는지도 모른다. 피천상이야 언제든 자신이 마음만 먹으면 진급시킬 수 있다는 생각으로, 나를 버리기 위해 친척인 피천상마저 희생시키고 있었던 것일까.

오랜만에 재개된 업무를 축하하고 열심히 하자는 뜻에서 직원들과 단합대회를 끝내고 나올 때였다. 30여 분 전부터 구석에서 혼자 술을 마시고 있던 한 젊은이가 내 옷자락을 잡아끌었다. 제작과에 근무하는 후배 사원 P였다.
"쓸쓸하게 혼자서 한잔하고 있었어?"
"늦게 끝나고 한잔 생각나서 왔어요. 마침 계장님이 계셔서 잘됐다, 말씀드려야겠다는 생각이 들어서 기다렸습니다."
"나에게 할 말이 있다는 얘기네."
"네."
나는 빙그레 웃으며 생맥주 한잔과 간단한 안주를 주문했다.
"무슨 얘기일까?"
나는 생맥주잔을 들어 P와 부딪치고는 한 모금 마시면서 그의 눈을 지그시 살폈다. 뭔가 할 말은 있는데 망설이는 표정이 역력했다.

나는 평소에, 특히 제작과 사원들의 결혼식 사회를 많이 보아주었다. 그들은 대부분 어릴 적부터 영세업체에서 선반, 밀링 등 공작기계를 다루다가 제일정밀에 숙련공으로 입사한 사람들이었다. 그들은 나에게 결혼식 사회를 많이 부탁했고, 나는 한 번도 거절하지 않았다. 그래서 나는 오늘도 P가 결혼식 사회를 부탁하는 줄 알고 가볍게 말했다.

"장가가니?"

"아니에요, 아직은."

"장가갈 나이인데."

"그게 아니고요. 참, 이 얘기를 어떻게 말씀드려야 할지 모르겠네."

"그게 아니야?"

"네."

"……."

"실은 우리 엄마가 김 상무님 집에서 가사 돕는 일을 하고 있어요."

"아, 그래."

"며칠 전에 엄마가 우공명이라는 사람을 잘 아느냐고 묻고는, 그 사람 큰일 났으니 꼭 전해 주라고 하시더라고요."

"중요한 일인가 보네?"

P는 앞에 놓인 맥주잔을 들어 한 모금 마시고 내려놓았다.

"김 상무님이 며칠 전에 부부싸움을 크게 했답니다."

"부부싸움?"

"네, 아주 대판 싸웠답니다. 사모님이, 내 조카 하나 있는 것 진급도 못 시켜 주느냐고 해서 난리가 났다고 하더라고요."

P는 어머니한테 들었다는 얘기를 차분하게 들려주기 시작했다.

부부싸움을 크게 한 다음 날, 결국 김 상무는 자신의 인척 동생인 김계두 자재과장과 피천상 계장을 집으로 불렀다. 상무는 그 둘을 앞에 놓고 심각한 표정으로 말했다.

"너희들 잘 들어. 기계설계과에 우공명이 같이 있는 한 천상이는 과장 진급을 못 한다. 진급하고 싶으면 너희들이 수단과 방법을 가리지 말고, 우공명이 자진 사표 쓰게 만들어 봐."

"상무님, 지금 우공명이라고 하셨어요?"

김계두가 어이없는 표정으로 말했다.

"그래, 맞아."

"우공명이 무슨 사고라도 쳤어요?"

김계두가 물었으나 김 상무는 연신 담배만 피우고 있었다. 착잡한 표정이 역력했다. 술상에 놓인 양주를 직접 따라서 한 잔 마셨다. 그러고는 고개를 들어 천장을 한동안 바라보았다.

"천상이 진급도 진급이지만, 노조가 안정되니까 이제는 우공명이 크게 부담돼서 그래."

김 상무는 한참 만에 입을 열었다. 많이 가라앉은 목소리였다.

"무슨 내용들을 조사할까요?"

김계두가 묻자 김 상무는 그들을 한동안 바라보았다. 한심하다는 표정이었다.

"쯧쯧, 이런 못난 것들을 데리고 일을 해야 하는 나도 참……."

김계두가 과장으로 있는 자재과에는 나의 입사 동기인 E가 계장으로 있었다. 그 E가 급히 자기 사무실로 오라는 전화를 했다. 나는 일을 하다 말고 급히 달려갔다. 그는 나의 손목을 잡고 사무실 옥상으로 올라갔다.

"자네 혹시 납품업체들하고 안 좋은 관계를 맺은 적이 있나?"

"뜬금없이 무슨 말이야?"

"좀 전에 김계두 과장과 피천상 계장이 기계설계과에 납품하는 업체 대표들을 불러 일렬로 세워 놓고 자술서를 쓰라고 윽박지르더라고."

"무슨 자술서를?"

"업체 대표들에게 종이와 볼펜을 주고 자네에게 그동안 준 뇌물 금액, 술 접대 일시와 내용, 특히 성상납 등을 빠짐없이 적어내라, 숨기는 것 있으면 거래 끊어질 줄 알라고 협박을 했어."

"납품 업체 대표들을 협박했다고?"

"응. 자네에게 뇌물을 주었고, 성상납했다는 것을 기정사실로 해놓고, 그 규모와 내용을 쓰라는 얘기였어. 이거 큰일 났다. 뭔가 또 다른 음모가 있는 것 같다는 생각이 들어서 직접 해명하라고 자네를 불렀지."

내가 달려갔을 때는 이미 상황이 끝난 후였다.

"그래서 그들이 썼어?"

나는 웃으면서 물었다.

"그런데 한 사람도 안 썼어. 모두 완강히 부정하더라고. 개인적으로는 술 한잔도 나눈 적 없다고 하니까 김 과장이 없어도 만들어 쓰고 도장 찍으라고 윽박질렀어."

"……."

"마치 범인을 심문하듯이 몰아세우더군."

"업체 대표들은 뭐라고 하던가?"

"한 시간 넘도록 달래고 협박을 했는데도 모두가 쓸 내용이 없다며 완강하게 버티더라."

"피 계장은 아무 말 없었고?"

"피천상이? 과장 책상 옆에 앉아서 고개를 숙이고 다리만 떨고 있더라."

"그래?"

김계두는 자술서 받는 것을 결국 포기하고 업체 사장들을 돌려보냈다. 사실관계가 궁금했던 E가 김계두에게 물었다.

"우 계장이 무슨 사고라도 냈나요?"

"김 상무가 불러서 상무 집에 갔더니 난리야. 며칠 전에는 크게 부부싸움까지 했대."

"부부싸움을요?"

"우공명이 같이 있는 한 천상이는 진급을 못 시킨다는 거야. 쟤를 진급시키려면 우공명의 약점과 비리들을 다 모아서 가져오라고 해서 그래."

"아니, 피 계장 진급시키는데 우 계장 비리 조사가 왜 필요합니까?"

"이참에 아예 잘라버리겠다고 하더라."

"우공명이를, 왜요?"

"노사분규가 해결되니 우공명이 부담이 된다나 뭐라나, 그러더라고."

김 상무가 지시한 내용이라고 했다. 나는 제작과 P에게서 이미 들어 알고 있는 말이어서 흥분할 일도 아니었다. 웃으면서 느긋한 표정으로 말했다.

"그래서, 그게 전부야?"

"웃다니, 자네는 놀랍지도 않은 거야, 아니면 너무 놀라서 뭐가 잘못된 거야?"

"자네 얘기나 해봐."

"한심해서 내가 그랬지. 우 계장이 나하고 입사 동기라서 잘 압니다. 만일에 그가 징계를 받는다면 과장님과 나, 그리고 피 계장은 감옥에 가야 합니다. 우 계장은 과장님이 생각하는 그런 사람은 아닙니다. 상무님이 짚어도 한참 잘못 짚었네요, 하고 말해 줬어."

"……."

"김 과장은 '털어서 먼지 안 나는 사람 있나. 먼지 날 때까지 털다 보면 나오겠지.' 이렇게 말하고는 김 상무한테 보고한다며 피천상과 함께 나갔어."

인디언 기우제 지내듯 '먼지 날 때까지 나를 털어 보겠다'는 의도였다. 김 상무가 김계두 등 사육하는 똥개들을 총동원하여 한동안 내 뒷조사를 한 것은 사실이었다. 특별한 단서를 잡지 못했을 뿐이었다. 진급은 못 했으나 잘리지는 않았으니 그렇게 생각할 수밖에 없었다. 그들이 설정했던 유통기한도 지난 지 오래되었고, 그들이 써 놓았던 사직서도 나를 더 부려먹다 시간을 놓쳤으니, 지금 캐비닛에서 다시 꺼내기가 부끄러웠을 것이다.

나는 똑똑하거나 훌륭한 인품을 갖추지는 못했지만 그들처럼 간교하고 이기적이지는 않았다. 그것이 나의 유일한 자존심이었고 지탱하는 힘이었으나 이제는 그마저도 심하게 회의를 느꼈다. 그들처럼 사는 것이 이 세상을 견디는 삶의 방법인가 하며…….

훗날 각자가 회사를 떠난 후에 그들은 어떤 모습으로 나에게 다가올까. 결코 훌륭하고 존경받는 노후의 모습은 아닐 것 같다는 예감이 들었다. 하느님은 그 사람의 노후 생활은 그가 살아온 만큼만 배려하기 때문이다. 늙어서의 모습은 살아온 인생 그대로를 보여준다고 하였다.

도척지견盜拓之犬이라는 옛말이 있다. 도척이라고 하는 큰 도둑이 사육하는 개라는 뜻이다. 옳고 그름을 가리지 않고 개처럼, 오직 밥 주는 자에게만 무조건 굴종하며 맹종하는 어리석은 인간을 가리켜 이르는 말이다. 김 상무는 도척이었고, 먹을거리라고 생각되면 물불을 가리지 않고 덤벼드는 그들은 전형적인 도척의 똥개들이었다.

그러나 도척에게는 도둑질을 하더라도 지켜야 할 오도五道가 있었다.

　　총명함을 말하는 성聖
　　용기를 말하는 용勇

정의를 말하는 의義

지혜를 말하는 지智

사람에 대한 배려를 말하는 인仁

도척은 그래도 이렇게 다섯 가지 도를 실행하는 큰 도둑이었다. 도둑의 깨달음에서도 배울 점이 있었다. 이는 곧 인생 철학이어서 오도五道가 아니라 오도悟道라 하는 것이 옳은 말일 것이다. 그러나 이들의 도척 행세는 이와는 너무나 동떨어진 저급한 좀 도둑 놀음이었다.

다음 해에 진급 철이 되자 갑자기 박상조 부장과 제작과장이 사직을 하였고, 얼마 후에는 진급에 목을 매던 피천상 계장도 며칠간 출근을 하지 않고 있다가 사직하고 떠났다.

우리 기계설계과는 무슨 이유인지 모르게 계로 강등되어, 제작과장으로 승진한 오장비의 아래로 편입되는 수모를 겪었다.

신임 부장이 김 상무에게 건의했다,

"아무리 생각해 봐도 우공명 계장을 오장비 과장 아래에 두는 것은 지나친 것 같습니다."

그러자 상무는 야릇한 웃음을 지으며 말했다.

"둘은 친한 친구라고 하지, 아마? 그래서 그렇게 했는데."

누가 보아도 의도적으로 수모를 주고 치욕스럽게 하기 위함이었다. 이때 최재명과 권준일도 과장 진급이 되었으니 오직 나만 철저하게 배제한 것이다. 나는 며칠간 숙고 끝에 떠날 때가 되었다는 판단을 하고 사직서를 제출했다.

"우 계장, 나 좀 이해해 주게. 부장으로 오자마자 자네가 이러면 나는 어떻게 되겠나."

"부장님은 모르겠지만 이 모든 사태는 저 때문입니다. 제가 그들 소원대로 나가줘야 정상으로 돌아옵니다."

"무슨 소리야. 박 부장과 피 계장의 사직은 자네와 아무 관계가 없는 일이야. 사직서는 없던 일로 하겠네. 그리고 이런 식으로 자네를 불명예스럽게 내보내는 일을 하필이면 왜, 내가 감수해야 하는가?"

신임 부장의 간곡한 만류로 사직을 철회했다. 열흘 정도, 퇴근 후면 나를 끌고 다니며 술을 먹이고, 달래고 협박한 결과였다.

기계설계계로 강등된 직원들의 노력은 가히 헌신적이었다. 어느 회식 자리에서 직원들은 울분을 토한 끝에 말했다.

"계장님, 우리들 숙원이 뭔지 아십니까? 계장님을 과장으로 진급시켜서 다시 계를 기계설계과로 승격시키는 일입니다."

"잘 알지. 그래서 항상 고맙게 생각하고 있다."

"그래서 말인데요. 계장님은 현장 일에는 신경쓰지 마세요. 우리가 다 알아서 하겠습니다. 다만 계장님은……"

"말해 봐."

"계장님 단점이 뭔지 아세요? 정치를 못 한다는 것이지요, 정치를."

옆에 있던 방자롱이 내 손을 잡고 손바닥을 펼쳤다.

"이것 보세요. 손금이 그대로 선명하게 남아 있잖아요."

"아부를 못 한다는 말이지?"

"잘 아시네요. 아부~ 히히."

나는 부장과 피천상이 줄지어 사직한 이유에 대해서, 그리고 기계설계과가 파산되어 계 단위 부서로 강등된 사연에 대해서 아는 바가 전혀 없었다. 다만 몇 해 전에 사직하고 나갔던 추자점이란 사람의 농간으로 이런 사단이 났다는 소문만 들었을 뿐이었다.

추자점이 마크센서라는 중고 센서 한 세트를 들고 와서 재입사를 위해 회사와 거래를 했다는 소문이었다. 이 센서는 5년여 전에 설비개조 시 철거했던 부품인데, 한 업체가 정식입찰을 통해 반출을 했던 물건이었다. 직전 회사에서 나온 추자점은 이 센서를 들고 와서, 기계설계과에서 철거했던 부품인데 청계천 시장에 중고로 나돌고 있다고 모함했다는 소문이었다. 추자점이 직전에 다니던 회사에서도 이 센서를 사용하고 있다는 말을 들었다. 이유도 모르고 부서가 파산이 난 것이다. 그러나 나는 그에 대해 자세히 알아볼 시간과 여유가 없었다. 다만 소문만 무성했을 뿐이었다.

산산조각이 났던 부서가 겨우 안정이 되어갈 무렵이었다. 부활의 꿈이 익어갈 무렵 갑자기 나는 부서 전보 발령을 받았다. 아무 경험이 없는 환경관리과 계장으로 당일 발령이었다.

부서의 파산으로 격앙된 직원들의 반발을 무마하고 안정을 위해 회사는 나를 1년간 미루어 두었을 뿐이었다. 나의 전보 발령으로 직원들의 분노는 극에 달했다. 비품을 날라 주며 사장을 찾아가 항의하자는 말까지 나왔다.

폐수처리장이 있는 지하실 구석에 있는 작은 사무실이었다. 조용히 비품 정리를 끝내자 환경관리과장이 다가와서 조용히 말했다.

"어차피 이렇게 된 이상 마음 추스르고 열심히 해보세."

전보 발령을 받고 며칠이 지나서였다. 강희가 나의 사무실로 전화를 걸어 '잠시 뵈었으면 해요' 했다.

도서실로 올라갔다. 강희는 내가 즐기는 국화차를 올려놓고 기다리고 있었다. 뜨거운 김이 모락모락 피어오르고 있었다. 다완 안에는 샛노란 감국 한 송이가 활짝 웃고 있었다. 그녀는 멋쩍은 웃음을 지으며 나의 얼굴을 한동안 바라보고만 있었다. 그녀의 표정이 기묘했다. 나도 한심한 미소를 지으며 차를 마셨다. 코끝에서 맴돌던 국화 향기가 입안에 퍼졌다. 강희의 마음도 이 향기와 같을 거라는 생각을 했다.

"같은 총무 부서에서 근무하게 돼서 저는 너무 좋아요. 하지만 환경관리과에는 어떻게 해서 오신 거예요?"

"나도 모르겠어."

하려고 하면 할 말도 많지만 할 수 없는 말이라서 입을 닫았다.

"김 상무님과의 이상한 소문들이 돌아서 궁금했어요."

나는 그 소문에 관해서도 묻지 않았다. 조용히 국화차를 한 모금 입에 머금고 혀끝으로 돌리고 있었다.

"왜 아무 말씀도 없으세요? 민주도 올라와서 속상해하며 울먹이다 갔어요."

"······."

"회사를 위해서 그렇게 고생하셨는데, 그 냄새 나는 지하실로 왜 가셔야 하는데요?"

나는 조용히 일어섰다.

"그곳은 계장님이 계셔야 할 자리가 아니잖아요."

그녀를 지그시 바라보았다. 두 눈에 이슬이 반짝이고 있었다. 강희의 두 눈에 글썽이는 눈물을 보았다. 때마침 창을 뚫고 들어온 석양이 찬란하게 빛나서만은 아니었다. 오늘따라 그 눈물이 크게 보였다. 항상 조용하고 수줍음 많은 그녀의 모습이 안타까웠다. 나에게는 큰 슬픔이었다.

"보낼 만하니까 보냈을 테고, 지하로 내려갈 만하니까 내려갔겠지."

나는 도서실을 나왔다. 눈앞이 흐려졌다. 나 역시 입사 후 처음이었다. 지금 나는 내가 갈 자리가 아닌 자리로 가고 있었다. 지하에 있는 폐수처리장 구석의 작은 사무실이었다.

다음 날 과장에게 결재를 받으러 사무실로 올라갔다. 과장은 없고 마침 강희가 와 있었다. 장은영 간호사도 옆에서 강희의 손을 잡고 있다가 나를 보았다. 나는 두 사람을 향해 멋쩍게 웃어주고 과장 책상 위에 결재서류를 올려놓았다.

지하로 내려가려고 돌아서자 장 간호사가 불렀다. 내가 나의 주치의라고 할 만큼 내 건강에 신경을 쓰는 장은영 간호사였다. 두 사람이 나를 뚫어질 듯 바라보고 있었다.

며칠 전부터 나의 얼굴을 유심히 살피던 장은영은 작심한 표정으로 다가왔다. 오른손을 들어 나의 왼쪽 뺨에 댔다. 나는 깜짝 놀라서 뒤로 한 발 물러섰다.

"왜 그래?"

거칠어진 나의 얼굴이 창피해서 고개를 돌렸다.

"계장님, 요즘 얼굴빛이 매우 안 좋아 보여요. 내일 공복으로 출근하세요. 병원에 가서 혈액 검사를 해보셔야겠어요."

"혈액 검사는 왜?"

"간 검사를 하셔야겠어요."

"……."

"요즘 계속 횟술을 드셨잖아요. 얼굴 피부가 거칠고 까무잡잡해서 알콜성 지방간이 의심돼요."

"아니야, 됐어."

나는 아무렇지 않은 듯 돌아섰다.

"계장님, 검사받으세요!"

가만히 지켜보던 강희가 갑자기 고함을 꽥 질렀다. 나는 어안이 벙벙해서 강희를 바라보았다. 얼굴은 잔뜩 화난 표정이었고 굳게 다문 입은 붕어 입처럼 삐져나와 있었다. 그녀답지 않은 고함이었다. 장은영은 손으로 자신의 입을 틀어막고 고개 숙인 채 킥킥 웃고 있었다.

"알았어. 받으면 될 것 아냐."

나는 얼떨결에 대답하고 급하게 사무실을 나왔다.

그동안 나의 모든 과정을 지켜보아서 이미 잘 알고 있던 과장과 직원들, 회사 동료들도 돌아가며 격려하는 술자리가 많아졌다. 그들의 한결같은 말은 '우공명이 왜 그 자리에 앉아 있어야 하는가?'였다.

집에서도 아내의 걱정이 컸다. 나는 계속 만취되어 귀가하는 날이 많았다. 얼굴색도 안 좋아 보인다며, 집 앞의 내과에 가서 진료를 받아 보자던 참이었다. 역시 아내에게도 걱정하지 말라는 말로 위로 겸 거절을 하던 중이었다.

나는 팔자에 없는 세 명의 여자들 성화에 못 이겨 병원에 끌려갔다. 결과는 수치가 매우 높은 알콜성 지방간이었다. 의사로부터 당장 술을 끊고 기름진 음식을 조심하라는 경고를 받았다. 평소에 예쁘고 상냥하던 장은영의 표정도 그날은 무척이나 단호하고 엄했다.

"내일부터 출근하시면 제일 먼저 보건실로 오세요. 제가 술 드신 것 확인할 거예요."

그날 이후 나는 당분간 술을 끊었다. 꼭 참석해야 하는 담당 중역이나 부장이 주관하는 부서 회식에는 여지없이 강희와 장은영, 그리고 한민주가 번갈아 가며 나의 좌우에 앉았다. 나에게 오는 술잔을 그들은 대신 마시기도 하고 마시는 척하며 슬그머니 버리는 것이 일이었다.

한 달여 만에 다시 검사한 결과 정상으로 돌아왔다. 장 간호사와 오강희, 그리고 아내의 권유를 무시하고 계속 회식과 횟술을 마셨다면 나는 알콜성 간 질환으로 중환자가 되었을 것이다.

어느 날 과장이 말했다.

"우 계장, 현재 기사 자격증이 없으니 이번에 공부해서 자격증을 따자. 그러면 과장으로 발령을 내주겠다는 약속을 받았어."

지금 과장은 안전과장을 겸하고 있었다.

"이제 자격증 따면 뭐 하게요. 그냥 속 편하게 다니다가……"

사표 쓰겠다는 말을 하려는데 과장이 말을 막았다.

"부장과 내가 길 상무와 김 전무에게 올라가서 건의했어. 우 계장이 자격증을 취득하면 진급을 시켜달라고. 그랬더니 두 사람 모두 쾌히 승낙하더라."

"과장님, 고맙지만 부질없는 일을 하셨군요."

"약속과 다짐을 받았으니 한번 저질러 보자고."

그동안 중역들에게도 변화가 있었다. 길상화 이사와 박철 이사는 상무로, 김구천 상무는 전무로 승진해 있었다. 김 전무는 노사분규를 해결한 최고의 공신으로 보상을 받았고, 나는 최악의 나락인 냄새 나는 지하실 폐수처리장으로 밀어 넣은 것이다. 이미 예견된 시나리오였다.

길 상무는 승진 턱으로, 자신이 관할하는 3개 부서의 합동회식을 주선했다. 길 상무는 술자리에서 술을 권할 때 상대의 이름을 부르며 갑자기 잔을 던지는 것이 주특기였다. 술자리가 무르익어 갈 무렵이었다.

"야! 우 과장, 내 술잔 받아."

길 상무가 갑자기 술잔을 던졌다. 중간자리에 앉아 있던 나는 엉겁결에 밀려서 날아오는 술잔을 받았다. 그리고 상무의 얼굴을 똑바로 바라보았다. 실수일까 아니면 조롱하는 것일까. 분위기를 눈치챈 과장이 크게 웃으면서 말했다.

"우 계장은 아직 과장이 아닙니다, 상무님. 하하하."
"알아, 이 사람아. 이번에야말로 과장 승진시켜 주면 될 것 아냐. 자, 한 잔 받아. 야, 옆에 누가 나 대신 한 잔 따라 드려, 어서."

길 상무가 큰 소리로 말했다. 그날도 나의 왼쪽 옆에 앉아 있던 오강희가 말을 받았다.

"네, 상무님. 제가 한잔 올리겠습니다."

그녀가 웃음 가득한 표정으로 나의 술잔에 맥주병을 대고 따랐다. 맥주잔에 맥주가 반쯤 차오를 즈음부터 그녀의 손끝이 잔잔하게 떨림을 보았다. 내 술잔에 그 느낌이 전달되고 있었다. 딸그락 소리가 날 것 같아 불안했다. 나는 살짝 고개를 들어 그녀를 바라보았다. 두 눈은 아래로 지그시 내려서 뜨고 얼굴은 살며시 상기된 표정이었다. 한 손으로 맥주잔을 받쳐 들고 있던 나의 손도 떨려왔다. 손이 아니라 나의 심장이 떨려 손으로 전달된 것이리라. 나는 오른손을 올려 두 손으로 맥주잔을 힘껏 잡았다. 맥주가 잔을 넘쳐 조금씩 흘러내렸다. 오른쪽에 앉아 있던 민주가 슬그머니 나의 손등을 잡고 잔을 들어올렸다. 그때서야 강희는 내 술잔에서 맥주병을 들어냈다. 민주가 나의 옆구리를 살며시 눌렀다.

내가 맥주잔을 들고 단숨에 원샷 했다. 자리에 있던 여사원들이 일제히 손뼉을 치며 환호했다. 여사원들 모두가 합창하듯 외쳤다.

"정말이죠? 상무님, 약속하셨습니다. 우리 계장님 진급 약속 꼭 지켜주셔야 합니다."

"그래, 믿어라. 그런데 본인보다도 여사원들, 너희들이 왜 더 좋아하고 난리들이냐?"

기사 자격시험을 치르고 합격자 발표를 기다리던 어느 날 사무실 복도에서 김구천 전무를 만났다. 그는 지나치다 돌아서서 나를 불렀다.

"시험은 잘 치렀나?"

"네."

"발표는 언제 하나? 그리고 합격 가능성은 있어?"

"짧은 기간이었지만 최선을 다했습니다. 발표는 10일 후에 있습니다."

"합격 자신하느냐고 물었다."

갑자기 매서운 눈매로 바뀌었다. 물론 나에게만 사용하는 싸늘함이었다. 나는 그의 눈을 똑바로 바라보았다.

"네, 자신합니다."

나는 오기가 생겨 합격을 자신한다고 말했다. 그러나 그 실없는 오기가 큰 실수였다는 것을 알게 되기까지는 불과 며칠 걸리지 않았다.

한번 활에 다쳐본 새는 굽은 나뭇가지만 보아도 겁을 먹는다고 한다. 나는 언젠가부터 겁먹은 새가 되어 있었다. 이제는 김 전무의 싸늘한 눈초리만 보아도 또 나에게 무슨 일이 닥쳐올지 불안했다. 그 불안감은 항상 적중했다.

시험 발표 3일 전쯤이었다. 갑자기 인사이동과 승진자 발표가 나왔다. 매년 하는 승진자 발표보다 조금 이른 시기였다.

길 상무의 호언장담대로, 나도 과장 진급자 명단에는 들어 있었다. 하지만 약속한 환경관리과의 과장은 아니었다. 나를 포함한 4명을 작은 사무실에 몰아넣고 회사의 경영혁신에 대한 프로젝트를 만들라는 명목의 인사발령이었다.

제작과장으로 있던 오장비도 이때 경영관리실로 전보 발령을 받았다. 오 과장 역시 업무가 없는 책상 발령이었다. 노사분규를 정리한 나와 오 과장이 동시에 징계를 당한 격이었다. 그래도 오 과장은 명색이나마 경영관리실이었지만 나는 절해고도로 유배 간 모양새였다.

지하 사무실에서 개인 비품을 정리하던 중 한민주가 찾아왔다. 손에는 탄산음료 캔이 쥐어져 있었다.

"과장님, 승진을 축하드려요. 그런데 축하가 옳은지 아닌지 모르겠어요."

그렇게 말하는 그녀의 표정은 일그러질 대로 일그러져 있었다. 캔을 따서 내 앞에 내미는 손이 살짝 떨리는 것이 보였다. 잡아주고 싶다는 생각이 들었다. 그러나 내 입에서는 생각과는 달리 엉뚱한 말이 튀어나왔다. 슬픈 승진이었다.

"야, 한민주. 괜찮아, 내가 누구야."

큰 소리로 호기를 부리긴 했으나 속마음은 쓰려왔다.

기사시험 결과가 발표되었다. 자신했던 대로 환경관리 기사 시험에 합격했다. 자격증을 바라보고 있으니 한심한 생각이 들었다. 이럴 바에야 왜 자격증을 취득하라 하였으며 허울 좋은 승진은 왜 시켰을까?

승진자 발표 전에 김구천이 '언제 발표하지? 합격 가능성은 있어?' 하고 묻던 말이 생각났다. 그리고 합격자 발표 3일 전에 일찍 발령을 냈다. 이 모든 것이 과연 우연일까? 합격한 후에는 어쩔 수 없이 환경관리과장을 시켜야 하는 부담을 없애기 위해 조기 발표를 한 것으로 보였다.

길 상무와 다른 중역들의 강력한 추천으로 어쩔 수 없이 승진은 시켰으나 제대로 된 조직을 맡기고 싶지는 않았던 김 전무의 속마음이었다. 그러나 내가 할 수 있는 일은 아무것도 없었다.

나와 같이 인사발령을 받은 세 사람은 며칠 안 되어 각자 업무를 찾아 다른 부서로 가고 결국 나 혼자만 남게 되었다. 목적은 이것이었고, 나로 인해 몇 사람은 들러리로 명예를 손상당한 셈이었다. 물론 회사에서는 대기발령이라는 말은 사용하지 않았으나, 나 스스로가 속 편하게 대기발령이라는 이름으로 정리했다.

경영관리실에서 사실상 대기발령 중에 있던 오장비 과장이 찾아왔다. 나와 함께 버텨보자고 했던 그도 결국은 못 견디고 사직을 하였다.

"우 과장도 빨리 정리하고 그만두어. 이 회사는 당신과 같은 사람이 있을 곳이 못 돼."

걱정인지 조롱인지 모를 말을 남기고 떠났다. 오 과장 또한 노사분규에서 회사를 구한 죄가 컸기 때문이다. 그도 나처럼 장남이었지만 부모님도 모시지 않고 있는 데다, 부인은 초등학교 교사였다. 배짱대로 사표를 던지고 돌아서는 그의 모습이 부럽다는 생각이 들었다.

오장비마저 사직하고 사라져가는 뒷모습을 보고 있으니 가슴 속에서 울분이 솟구쳤다. 나는 어찌해야 좋을까 하는 생각으로 가득했다.

기사 자격증을 꺼내어 놓고 바라보고 있으니 한심했다. 이 자격증을 들고 이직을 하는 것이 좋겠다는 생각이 들었다. 집에 가서 아내와 상의를 한 후에 결정하기로 하고 일어섰다.

그때 사무실 문이 열리면서 한민주가 들어왔다. 퇴근길에 바라보니 아직 불이 켜져 있어서 왔다고 했다. 오늘은 왠지 얼굴이 밝았다.

"퇴근이 늦었네?"

"지금 퇴근할 거예요. 과장님 나가시죠. 제가 과장님 승진 축하주 한잔 사겠습니다."

"한민주, 내가 여자들한테 술이나 얻어먹는 제비냐?"

"호호, 오늘 하루만 제가 사랑하는 제비가 되어 주세요. 제가 쏩니다."

버스를 타고 동수원 사거리에서 내렸다. 수원에서는 제법 흥청거리는 신흥 거리였다. 민주는 씩씩한 걸음으로 앞장서서 걸어갔다. 왕갈비 전문 식당들이 몰려 있는 갈비촌이었다. 그녀는 골목에 있는 수원왕갈비 전문 식당으로 안내했다. 나한테 묻지도 않고 자신이 결정하고 들어가는 것을 보면 단골집 같았다.

"과장님, 오늘은 제가 몸보신시켜 드릴게요. 그 대신 좋아하시는 막걸리는 없습니다. 쐬주로 한잔하시는 거예요."

소주를 쐬주로 강조하며 오른손으로 홀짝 마시는 시늉까지 했다.

"오늘은 왜 이리 기분이 좋아? 유학 중인 애인에게서 귀국한다는 연락이라도 왔는가 보네."

쾌활하던 민주가 갑자기 침울한 표정으로 변했다. 한동안 고개를 숙이고 침묵했다.

"그 형? 그 인간 소식 끊어진 지 오래됐어요."

민주는 갈비가 익기도 전에 소주 두 잔을 연이어 들이켰다. 순간 아차하는 생각이 들었다. 가슴이 멍한 느낌이었다.

민주에게는 남자 친구가 있었다. 대학 2년 선배였다. 부친이 중견기업의 사장으로 잘 나가는 집안이었다. 부모가 강원도에서 어업에 종사하고 있는 자신의 집안에 비할 바가 아니었다.

그녀의 남자 친구는 대학을 졸업하기 전 3학년 때 영국으로 유학을 갔다. 처음에는 곧잘 연락도 오고 한 번씩 귀국하면 여행도 같이 다니곤 했다. 그러나 무슨 일인지 작년부터는 아예 연락이 두절된 상태라고 하였다. 민주가 결혼하자는 말을 하고부터였다.

"그랬구나. 미안하다."

"아니에요. 과장님이 왜 미안해하세요."

민주는 자신의 잔을 들고 나에게 건배를 하자고 했다.
"존경하는 우리 과장님 승진을 축하하며, 위하여!"
큰 소리로 혼자서 외친 건배사였다. 그 건배사 말미에는 짙은 외로움이 여운을 남겼다. 그녀는 잠시 고개를 숙였다가 들었다. 눈가에는 불빛에 반짝이는 눈물이 어렴풋이 보였다. 나는 말없이 내 술잔을 들었다.

민주가 처음 입사했을 때가 생각났다. 기계설계과로 신입 인사를 왔을 때였다. 늘씬한 키에 귀엽고 예쁜 아가씨였다. 이름이 한민주라고 했다.
"대학 다닐 때 민주화운동 했어요?"
당시는 신군부 시절이었으니 민주화운동이라는 미명하에 대학가에서는 데모가 극심하던 때였다. 나는 그를 빗대서 농담을 한 것이다. 그러자 잠시 당황한 듯하던 그녀는 금방 뜻을 알아차리고 큰 소리로 답했다.
"넵, 한국의 민주화 투사 한민주입니다. 그러나 운동은 한 번도 하지 않은 투사이니 잘 부탁드립니다."
나는 그 순발력에 놀랐다. 자칫 나의 썰렁한 농담으로 끝날 수 있는 말이었다. 그러나 재치 있는 대답 한마디로 직원들의 박수를 받았고 내 체면을 살렸다. 그 후로 나는 그녀를 눈여겨보았고 내가 운영하는 문학 모임에 가입시켰다. 그녀도 그날 이후로 어려운 일이 있으면 곧잘 나의 사무실로 달려왔다. 회사에서의 애로사항, 워낙 미인이다 보니 직원 또는 상사들의 치근댐, 사적인 고민 등 사연도 많았다.

그런 생각에 미치자 나는 잔잔한 웃음이 나왔다. 다시 소주잔을 들고 들이켰다. 민주는 어느새 갈빗살을 쌈에 쌓아서 내 입 쪽으로 내밀었다. 쌈을 싸서 내가 소주잔 비우기를 기다리고 있었던 같았다.

"자, 아~ 하세요."

나는 멋쩍어서 손으로 받으려고 했다. 그녀는 아랑곳하지 않고 나의 입에 불쑥 넣어 주었다. 그녀의 다섯 손가락이 내 입안에 가득 찼다. 잠시 그렇게 있으면서 그녀는 생글생글 웃었다. 차마 손을 잡고 떼어내지 못했다. 내가 머리를 뒤로 젖혀서 민주의 손을 입에서 떼어내려 하자 그녀는 손을 더욱 밀었다. 장난기가 가득한 웃는 모습이 밉지만은 않았다.

그녀는 소주를 많이 마셨다. 그녀가 취한 것 같아 술잔을 빼앗으려 하자 그녀는 술잔을 높이 들고 크게 외쳤다.

"나의 사랑 우공명을 위하여!"

갈빗집에서 나올 때쯤 민주는 꽤 취해 있었다. 나 역시 오랜만에 소주를 마신 탓인지 취기가 올라왔다. 축하주를 얻어먹었으니 2차는 내 차례였다. 큰길 옆에 생맥주 가게가 있었다. 간단하게 입가심하자며 들어가려하자 민주가 내 옷깃을 끌었다.

"과장님, 우리 나이트 가요."

"나이트? 나는 춤을 못 추는데."

"괜찮아요, 몸만 조금씩 흔들어 주면 돼요. 조금만 가면 있어요."

그녀는 수원에서 대학을 다녀서인지 지리에 밝았다. 나이트에 들어가서도 어색해하지 않고 익숙했다. 기본만 주문해 놓고는 사람들이 북적대며 춤추는 홀로 혼자 뛰어나갔다. 대부분 젊은 이들이었다. 빨리 나오라고 손짓을 계속했지만 선뜻 나갈 용기가 나지 않았다. 맥주 한 잔을 마시고 나니 어느새 민주가 앞자리로 왔다. 그녀도 가볍게 한 잔을 비웠다.

나도 나이트를 몇 번 가 본 경험은 있었다. 젊은 직원들하고 회식하면 2차로 나이트클럽을 가끔은 갔었다. 춤도 조금은 추어보기도 했었다. 그러나 오늘은 나갈 용기가 나지 않았다. 민주가 부담되어서였다.

"어서 나오세요. 그냥 서 있기만 하세요."

먼저 일어서서 재촉하는 성화에 못 이겨 끌려 나오기는 했으나 어색했다. 술기운을 빌려 민주의 기분을 맞추어 주려고 해도 몸이 뜻대로 움직여 주지 않았다. 더구나 민주처럼 젊고 아름다운 아가씨를 상대로 추는 춤이 오죽하겠는가. 보다 못한 민주도 깔깔대며 웃었다.

오늘은 민주의 우울한 기분을 풀어주자는 생각이 들었다. 나 때문에 망친 민주의 기분이었다. 에라 모르겠다 하는 마음으로 몸을 흔들어 댔다. 민주는 교과서에도 없는 막춤을 추는 나를 신기한 듯 손으로 입을 막고 바라보고 있었다. 민주가 오른손을 들어 엄지척을 했다. 나를 바라보며 살짝 웃는 듯한 표정을 지었다. 현란한 조명 속에서도 그 미소는 뚜렷하게 보였다.

그녀는 허리까지 길게 내려온 생머리를 두 손으로 감아올렸다. 긴 다리와 늘씬한 허리가 청바지와 참 잘 어울렸다. 핑크색

블라우스에 현란한 오색 조명이 스며들었다. 아름다웠다. 나이트에 모인 젊은 여자 그 누구도 민주의 외모를 따를 사람은 보이지 않았다. 농염한 섹시함까지 더하여 보기 드문 미인이었다. 그녀는 나를 바라보다가 서서히 몸을 움직이기 시작했다. 몸을 푸는 동작인 듯했다. 음악에 적응하는 과정처럼 느껴졌다. 음악이 빨라졌다. 그녀의 몸도 점차 빨라지기 시작했다. 현란한 조명과 스피커의 터질 듯한 음악이 민주만을 위한 것인 듯했다. 음악에 따라 민주의 몸동작은 점차 격렬해지고 있었다.

주위의 사람들이 민주를 바라보며 한 발짝씩 물러서기 시작했다. 어느새 민주를 중심으로 둥근 공간이 만들어졌다. 나도 멋쩍어 슬그머니 물러서서 바라보았다. 나뿐만이 아니라 그 주위의 사람들은 모두가 구경꾼이 되었다. 그 중심에 민주가 있었다. 칠흑같이 검고 긴 머리는 상모 돌아가듯 허공을 갈랐다. 늘씬한 그녀의 몸은 수십 길 파도의 중심에서 헤엄치는 상어와 같았다. 때로는 파도가 가라앉은 바다 위로 유영하는 인어처럼 부드럽고 아름다웠다. 춤을 모르는 내 눈에도 황홀했다. 나의 존재는 없었다. 없어야 했다. 누구도 민주의 상대역으로 감히 나오지 못하고 모두가 구경꾼이 되었다. 여기저기서 탄성이 나왔다. 그녀는 그렇게 그 넓은 홀을 한동안 독무대로 만들었다.

음악이 멈췄다. 우레 같은 박수갈채가 홀을 울렸다. 긴 환호가 멈추자 잠시 정적이 흘렀다. 한바탕 태풍이 지나간 후의 고요함이었다. 민주는 그 자리에 서서 고개를 숙이고 있었다. 양어깨의 움직임이 심한 걸 보니 숨을 몰아쉬고 있는 것 같았다. 그녀

앞으로 다가갔다. 손을 잡고 이끌었다.
"들어가서 맥주 한잔하자."
그때 다시 음악이 흘렀다. 느린 템포의 블루스였다. 민주는 도리어 내 팔을 잡았다. 재빠르게 나의 두 손을 이끌어 자신의 허리를 안게 했다. 허리에서 손을 떼려 하자 그녀가 내 귀에 대고 말했다.
"정말 손을 떼면 내일부터 촌놈이라고 할 거예요."
아직도 거친 숨소리였다. 묘한 기분이었다. 이 아름다운 미인에게서 촌놈 소리는 듣기 싫었다. 그녀가 하는 대로 따라갈 수밖에 없었다. 좀 전에 현란하게 몸을 놀리던 민주의 황홀한 모습이 눈에 아른거렸다. 그런 아가씨에게 내가 파트너가 되어 춤을 추고 있는 것이 미안한 생각이 들었다. 누가 보아도 어울리지 않는 커플이었다. 주위 사람들이 나를 조소하는 것 같은 느낌이었다. 부러워하는 눈길 같기도 했다. 촌놈 소리를 듣기 싫어서가 아니라 민주의 체면을 생각해 줘야 할 만큼 상황이 바뀐 것이다. 나도 어느새 그녀의 리드에 맞춰가고 있었다.

나이트클럽에서 나왔을 때는 어느덧 밤 11시가 넘었다. 내가 택시를 잡으려 하자 민주가 말했다.
"지금 기숙사는 문 닫았어요. 가 봐야 소용없어요."
"사감한테 전화하면 열어주겠지."
"싫어요, 그 사감 할망구한테 혼나는 거."
나는 난감해서 어찌할 바를 모르고 서 있었다.

"과장님, 저 여관방 하나 잡아 주세요."

"……."

나는 그녀의 얼굴을 바라보았다. 마음에 걸렸으나 기숙사에 갈 것 같지 않아 보였다.

"괜찮겠어?"

"네."

민주의 다리가 휘청거렸다. 얼떨결에 내가 그녀의 팔을 잡았더니 쓰러질 듯 나에게 몸을 기대었다. 많이 취한 듯했다. 마침 골목에 동백장이라고 간판이 걸린 여관이 보였다.

민주는 들어가자마자 비틀거리며 침대에 걸터앉았다. 나를 보고 들어오라고 손짓을 했으나 나는 방에 들어가지 않고 현관에서 있었다. 못 본 체하고 요리조리 방을 살피는 시늉을 했다. 깨끗해 보여서 다행이었다.

"이만하면 괜찮다. 잘 쉬어."

"……."

"잘 때는 방문 잘 잠가야 한다. 내일 보자."

"……."

시간을 끌면 안 될 것 같아서 작별 인사를 하며 바라보았다. 민주는 침대에 걸터앉은 채로 계속 나를 바라보고 있었다. 여관에 들어오면서 지금까지 한마디 없는 그녀였다. 묘한 표정이었다. 무언가 갈구하는 듯, 또는 누군가를 원망하는 듯한 눈이었다. 그 눈 속으로 내가 빨려들어갈 것 같다는 생각이 들었다. 급히 돌아서서 현관문 손잡이를 잡았다. 순간 착 가라앉은 듯한

민주의 목소리가 나의 손을 멈추게 했다.

"저 무서워요, 혼자 두고 가실래요?"

고혹적이었다. 이렇게 나의 마음을 사로잡은 여인의 목소리는 일찍이 없었다. 갈등이 심했다. 박차고 나가야지 하는 마음이 앞섰지만, 현관문 손잡이를 잡고 있는 오른손은 정작 움직여 주지 않았다. 나가야 한다는 마음과 움직여 주지 않는 손목과의 갈등이었다. 손잡이를 놓고 돌아보면 못 나갈 것 같았다. 눈을 지그시 감고 마음을 다잡았다. 문을 열고 한 발을 내디딜 때였다. 민주는 어느새 달려와 등뒤에서 나를 안았다. 내 귀에 대고 그녀가 말했다.

"제가 잠들 때까지만 그냥 지켜보고 있다 가세요."

땅이 푹 꺼진 듯 가라앉은 목소리마저 오늘따라 매력적이었다. 나이트에서 격렬하게 몸을 흔들던 인어가 떠올랐다. 둘만 있는 여관방이다. 유명 배우 못지않은 미인이다. 그 유혹이 나를 혼란하게 만들었다. 이미 숯불처럼 뜨거워진 그녀의 몸이 나를 서서히 달구고 있었다. 그대로 돌아서서 품고 싶은 욕망이 불꽃처럼 타올랐다. 내가 돌아서기만 하면 끝이었다. 나도 삼십대 중반의 혈기왕성한 청년이다. 어찌 이처럼 아름다운 여인의 짙은 유혹을 싫다 하겠는가. 점점 머리에서는 차가운 이성이 사라져 가고 가슴속에서부터 뜨거운 감정이 지배하기 시작했다. 어쩌면 민주의 몸보다 내가 더 뜨거워지고 있었는지 모른다. 등뒤에서 나를 안고 있는 민주의 두 팔은 점점 더 조여오고 있다. 불같이 뜨거워진 그녀의 입술은 내 귓불을 간지럽히고 있다.

더 이상 참는다는 것은 민주에 대한 모욕이고 신에 대한 죄악이라는 생각이 들었다. 나는 점점 민주의 포로가 되어가고 있었다. 이 순간 어느 성인군자인들 자신을 다스릴 수 있으랴. 그러나 '안 돼' '안 돼' 하는 부르짖음이 전혀 없는 것은 아니었다. 양심의 먼 끝자락에서 희미하나마 작은 외침이 들리기는 했다. 그러나 그것은 작은 물결이었다. 파도처럼 거센 욕망 앞에서 그 물결은 존재감이 없었다. 민주의 뜨거운 입술과 부드러운 손길은 점차 나의 이성을 마비시켜 가고 있었다. 아…… 나도 모르게 작은 신음이 새어 나왔다. 내일을 생각할 여유가 없었다. '그래, 운명에 맡기자.' 돌아서서 그녀를 품에 안으려던 순간이었다. 솜털처럼 부드럽고 끈적이는 그녀의 목소리가 나의 귓속으로 다시 파고들었다.

"잠깐만 계셨다 가세요. 지금 이렇게 나가시면 내일부터 저는 과장님 못 봐요."

귓속으로 깊숙이 파고 들어간 민주의 이 한마디가 머리를 요동치게 했다. '못 본다'는 말이 머리를 때렸다. '아…… 그렇다. 내가 지금 돌아서면, 내일부터는 내가 민주를 다시는 보지 못할 것 같다'는 생각이 들었다. 그럴 수는 없었다. 갑자기 머리에 찬물을 뒤집어쓴 기분이었다. 끓어오르던 정염을 멈추게 했다.

평소에도 나를 바라보는 눈빛이 예사롭지 않다는 느낌을 받았으면서도 애써 외면하며 지켜온 민주였다. 내가 마음만 먹으면 얼마든지 허물 수 있는 허술한 장벽이었다. 때로는 초인적 인내로 참아온 나였다. 여기서 무너져서는 안 되는 소중한 민주였다.

나에게 민주는 여자가 아니었다. 여동생이었으며, 회사에서 나의 온갖 뒷일을 도와주던 업무 외의 또 다른 직원이었다. 오피스 와이프였다.

나의 뜨겁던 가슴이 순간적으로 냉각되었다. 다행히 숨어 있던 이성이 고개를 들었다. 더 이상 망설여서는 안 될 일이었다. 두 눈을 질끈 감고 민주의 달아오른 두 손을 힘주어 풀었다. 뒤를 돌아보지 않고 반쯤 열린 현관문을 힘껏 밀었다. 그리고 밖으로 뛰쳐나왔다,

"야! 우공명, 성인군자인 척하지 마. 그건 위선이야. 바보 쑥맥 같은 놈아!"

문이 닫히면서 동시에 들려온 그녀의 고함이었다. 마치 버림받은 여인의 저주와도 같았다. 그녀의 마지막 말이 산울림처럼 길게 여운으로 남았다. '바보 쑥맥같은 놈아' 하던 민주의 마지막 외침이 차라리 마음을 편하게 했다.

"여인함원이면 오월비상이라고 했다. 가을이 오기도 전에 내게는 때아닌 서리가 내릴 모양이구나."

나는 혼자 중얼거리며 복잡한 머리를 좌우로 흔들었다.

여관에서 나오면서 하늘을 바라보았다. 동수원 로터리 하늘에는 둥근달이 높이 떠 있었다. 착한 아내와 두 아들이 달 안에서 환하게 웃고 있었다. 나는 달을 바라보고 두 팔을 높이 들었다.

노동조합은 노조 설립과 동시에 대부분 자신들의 명분과 조합원들의 불만 해소를 위해서 제일 먼저 요구하는 것이 있었다.

구호는 복지나 임금인상이었으나 실제로는 인사문제였다. 자신들이 평소에 불만이 많았던 상사를 표적으로 삼아 줄기차게 사표를 요구해 왔다.

제일정밀의 노조도 예외는 아니었다. 노조 설립과 동시에 노조의 요구로 사직한 첫 희생자는 배 이사와 정 부장이었다. 특히 추진력과 통솔력이 뛰어난 배 이사는 장차 김구천 전무의 강력한 경쟁자였다. 잔머리를 굴리거나 교활하지 못한 정직함이 흠이었다. 생산을 담당하고 있으면서 불도저 방식으로 밀어붙인 결과였다. 밀려오는 오더를 소화시키기 위한 수단이었으나 그것은 불만의 요소가 되었다. 노조의 요구가 있자 주저 없이 받아들인 것은 김구천 전무였다. 그의 독단적 결정이었다.

배 이사가 어느 날 퇴근 후에 대포 한잔하자고 불렀다. 그는 회사 재직 시에도 나를 아껴서 가끔 한 잔씩 하던 사이였다. 수지읍내에 하나밖에 없는 생선회 집에서 만났다. 술이 서너 잔 들어가자 배 이사는 요즘 어떻게 보내느냐고 물었다. 배 이사 역시, 네가 있어야 할 자리를 두고 왜 그곳에 있느냐고 하였다. 내가 있어야 할 자리가 어디인지 그는 말하지 않았다.

배 이사는 며칠 전에 볼일이 있어 회사에 들어간 적이 있었다고 했다. 김구천 전무 사무실에서 차 한잔하며 내 얘기를 깊게 나누었다고 털어놓았다. 그 얘기를 해 주기 위해서 만나자고 한 것이다. 술이 약간씩 올라오자 배 이사의 장황한 이야기가 시작되었다.

배 이사는 김 전무의 사무실 소파에 앉으면서 가볍게 말을 건넸다.

"노사분규 과정에서 제일 큰 공을 세운 우공명을 왜 그렇게 맷돌 돌리듯 빙빙 돌리세요?"

인사말 삼아 농담으로 꺼낸 말이었다. 김구천의 표정이 갑자기 굳어졌다. 배 이사가 도리어 멈칫했다.

"요즘은 안팎으로 만나는 사람마다 우공명이 얘기를 하네."

"아무래도 그럴 수밖에 없잖아요?"

김 전무는 담배를 두어 모금 빨아들일 때까지 말이 없었다. 침묵이 흘렀다. 그런 후에 말을 시작했다.

"노사분규라는 치열한 사냥이 끝났으니 이제 사냥개는 필요가 없지 않은가? 사냥감이 없는 사냥개는 주인을 무는 법, 물리기 전에 먼저 보신탕을 끓여야지요."

배 이사는 순간 몸에 소름이 돋는 것 같은 느낌을 받았다. 그 역시 정색을 하고 말했다.

"토사구팽입니까?"

"토사구팽? 말이 그렇게 되나."

배 이사는 순간 자신이 당했던 일이 떠올랐다. 노조의 요구로 말 한마디 못하고 퇴사한 것도 역시 토사구팽이었던가?

"우공명이 제2의 창업에 일등공신임은 누구나 인정하지만, 장차 회사에 큰 부담이 될 놈이오. 사표를 받으려고 여러 경로를 통해서 뒷조사를 많이 했는데, 마땅한 단서가 없어서 포기했지요."

"그러면 되는 것 아닌가요?"

배 이사는 김구천이 무슨 말을 할 것인지 자못 궁금했다.

"그래서 안 되는 것입니다."

"뒷조사까지 다 했어도 문제가 없는데 안 되다니요."

김 전무는 입에 머금은 담배 연기를 길게 뿜어냈다. 오장육부에 들어찼던 연기까지 한 번에 토해내는 느낌이었다.

"우공명이 상황판단력과 글솜씨가 탁월해서 주위에 두고 홍보물을 쓰게 하고 수시로 불러서 조언을 들었어요."

"저도 들어서 알고 있습니다."

"배 이사, 놀라지 마세요. 그놈이 어떤 놈인지 알면 당신도 그런 말을 못 할 거요."

"……."

"노조 애들을 부추겨서 온건 팀과 강성 팀으로 갈라놓은 놈이 우공명이고, 그날부터 다음 단계는 직장폐쇄라는 그림을 그렸다는 놈도 바로 우공명이라는 놈입니다."

"처음 듣는 얘기군요."

"강성 팀이 담을 넘어오던 날, 회사의 운명을 결정하던 그날도 비상 중역회의가 있었지요. 갑자기 우공명이 필요하다는 생각이 들어서 비상 중역회의에 참여시켰지."

"우 계장을 중역회의에?"

"전에도 한 번인가 참여시킨 적이 있었어요."

배 이사는 처음 듣는 말에 적잖이 놀랐다.

"역시 그날 회의에서도 중역들 누구 한 사람도 대책을 말하는 사람이 없었어요. 이미 각오하고 소집한 회의였지만, 정작 내가 답답해서 우공명에게 기회를 주었지. 서슴없이 직장폐쇄를 주장하고 나오더군. 일개 계장이 준비가 없었다면 중역회의에서 감히 꺼낼 수 없는 얘기요."

"회의를 소집할 때 전무님은 어떤 복안을 갖고 있었나요?"

"나도 결국 직장폐쇄 외에는 답이 없다는 결심을 하고 소집한 회의였지요. 그런데 참석자 중 사장을 비롯해 한 사람도 말을 못 하고 있어서 나도 직장폐쇄를 선언하기가 곤란하더군. 아무리 정당해도 폐업 못지않은 직장폐쇄를 혼자 주장하기는 쉽지 않잖아요?"

"그렇지요. 그 책임을 감당해야 하니까."

"꼭 그런 것만은 아니지만, 누군가가 주장을 해줘야 의견을 수렴하는 절차만이라도 밟는데 한 사람이라도 의견을 내야 수렴하지. 그때 내 의중을 파악하고 우공명이 선뜻 주장해 주더군. 그런 놈이야."

"전무님하고 같은 생각을 하고 있었다면, 그래서 결정에 도움이 됐다면 칭찬할 일이지요."

"그렇지. 칭찬해야 하고, 칭찬받아야 마땅한 일이지요."

"네? 그런데 왜?"

"배 이사, 모르는 소리 말아. 노조 설립 초기부터 노조를 향한 수많은 홍보문과 신문사, 방송국, 용인, 수지 주민에게 보내는 글 등, 지시만 내리면 두세 가지 글은 그 자리에서 쉽게 작성하는 걸 보고 저놈 머리에는 도대체 뭐가 들었길래 저리 막힘이 없는가? 했지. 이런 글들은 문장력만 있다고 해서 되는 것이 아니야. 회사의 전반적인 경영을 알고 풍부한 상식, 정치와 사회 분위기까지 이해가 없으면 불가능합니다."

"네, 그렇겠지요."

"처음엔 나도 그릇이 그 정도인 놈으로만 알고 있었지. 그런데 노조를 분열시켰어. 나는 이때부터 우 계장을 경계하기 시작했어. 회사의 일개 계장이 노조를 둘로 쪼개? 엄청난 일이잖아요? 공명이가 쪼개기 작업을 시작할 때부터 회사와 나는 공명이와 거리를 두었어요. 회사를 위해서는 꼭 필요한 일이었지만 솔직히 겁이 났어요. 그가 장담한 대로 노조를 둘로 갈라놓는 과정을 지켜보고는 무서운 놈이구나, 칭찬보다는 경계를 해야겠다는 생각이 먼저 들더라고. 잘못하면 우공명이 아닌 회사, 즉 나의 지시로 진행한 노조분열 공작으로 보일 테니까. 하긴 나도 지나치긴 했지요. 노조분열이 완성되자 밖에서 모였던 강성 팀이 회사를 점령하려고 밤에 몰려들었어. 그러자 거침없이 직장폐쇄를 건의하더란 말입니다. 수완과 배짱을 보니 정말 무서운 놈이구나, 잘 다듬어서 인재로 키우든지 아니면 일찍 제거해야 할 놈이구나 하는 생각이 들더라고."

"잘 다듬어서 인재로 키우시지요."

"거기까지라면 인재로 키웠겠지. 그게 아니었어요."

"……."

"그 후로 직장폐쇄가 길어지면서 누군가 나서서 회사를 살려야 하는 막중한 시기였소. 이 일도 역시 우공명이 적격이라는 생각을 하고 있었어요. 내가 이 큰일을 맡기려고 불렀지. 그랬더니 지레짐작하고 오히려 선수를 치더군. 제갈량의 천하삼분지계를 들고나오는 거야. 허허, 자신이 노조를 두 팀으로 갈라 놓았으니 똑똑한 사람 선정해서 구사대를 만들라고, 자신은 빠지겠다는 얘기지."

"전무님이 적당한 사람 선정해서 맡기면 될 일을……."

"왜 아니겠어. 과장급까지 사원 명단을 받아 놓고 며칠간 숙고했지요. 결국은 맡길 사람이 없었어요, 이미 그놈은 제갈량의 삼분지계까지 들먹이며 나한테 밀어놨으니 불러서 다시 맡길 수도 없잖아. 난감하더군. 이놈이 나를 시험하고 있구나 하는 괘씸한 생각마저 들었어. 그래서 생각 끝에 우공명과 친한 정한심을 시켜 그놈이 분발하도록 했어요."

"네, 그래서 공명이가 시작을 한 것이군요."

"아니야, 나한테 그래놓고 이놈은 벌써 비조합 팀 구상을 혼자서 시작하고 있었더라고. 내가 조용히 있으니 참다못한 우공명이 스스로 나선 것이지요. 역시 우공명이다 싶어 고맙기도 했지만, 왠지 썩 내키지는 않는 거야."

"칭찬과 격려 좀 해 주시지요."

"칭찬? 격려? 그러게 말이오. 그러나 이 일 또한 내가 개입하면 회사와 연계가 될 것 같아서 그날 이후로 나는 또다시 한 발 빼고 지켜만 보고 있었지. 우공명과 그가 선발한 최재명 등 4인방은 꾸준히 올라와서 보고했지만 나는 듣기만 하고 지시는 거의 하지 않았어요. 솔직히 바라보는 방향에 따라서는 비겁하게 보이기도 할 결정이지만 회사를 위해서 어쩔 수 없었어요."

나는 김 전무의 손바닥 안에서 날뛰는 손오공이었다. 그는 자신에게 장차 닥칠지 모르는 위험을 미리 막기 위해 슬그머니 발을 빼고 있었던 처신을 그럴듯하게 포장해서 말한 것이다.

김구천 전무가 나를 반드시 제거해야겠다는 마음을 단단히 굳히게 된 결정적 계기는 따로 있었다. 회사에서 탈출한 강성 팀원들이 제1야당의 여의도 당사에서 농성하고 있을 때였다.

"D당에서는 책임 있는 중역급이 와서 일단 협상하자고 하더군. 대부분 야당 당사에서 농성을 시작하면 2~3개월씩은 한다고 하더라고."

"당연히 그랬겠지요. 몇백 명의 복귀에 관한 협상인데."

"솔직히 부장에서 중역까지 아무리 살펴봐도 보낼 사람이 없었어요. 아니면 내가 가야 하는데, 관리과장이나 관리부장을 보내는 것이 좋겠다고 발뺌하는 그놈을 호통을 쳐서 여의도로 보냈지."

"중역을 원하는 자리에 계장을 보냈다고요?"

"그랬지. 야당에서 엄포를 놓았으니 보내기는 해야겠는데 아무리 생각해도 솔직히 보낼 만한 사람이 없었어요. 그래서 우공명이 분위기를 살피고 오면 다음에는 할 수 없이 내가 가려고 생각했지. 제1야당의 서슬 퍼런 권력을 외면할 수는 없잖아요?"

"그렇겠지요."

"그런데 단 한 번도 회사와는 전화 한 통, 즉 막후 협의도 없이 단칼에 해결하고 오더군. 닳고 닳은 정치꾼들을 상대로 어떻게 구워삶았는지 모르겠어요. 야당 관계자들조차도 대단한 인물이라고 칭찬을 아끼지 않는 거요. 혀를 차더라고."

"오, 그런 일이 있었군요. 대단한 놈입니다."

"옛말에 '용맹과 지략이 주군을 떨게 하는 자는 그 몸이 위태롭고, 공로가 천하를 뒤덮을 만한 자는 그 상을 받지 못한다'고 했어요. 대단한 놈이지. 그놈은 그것이 문제야. 공이 너무 컸어. 그 애는 그래서 버려야 하는 카드가 된 것이오."

회사에 공이 너무 크면 버려야 하는 카드가 된다는 사실을 나는 처음 알았다. 말없이 듣고 있던 나는 창자가 끊어지는 듯한 통증을 느꼈다. 김 전무가 가슴 깊이 숨겼다가 낱낱이 토해냈다는 말들이 예리한 송곳이 되어 폐부를 찌르는 것 같았다. 그래서 더 아팠다. 자신들의 그릇이 작아서 나를 담지 못한 이유를 어쩌면 더 아프게 말한 것이다.

배 이사의 말은 계속되었다.

"다시 얘기지만, 그만한 놈이었으면 인재로 키워야지요."

"회사의 재목으로 키우려면 먼저 그의 공로를 인정해야지요. 일개 과장으로 되겠어? 공으로 따지면 최소한 부장이나 이사 대우 정도는 해줘야 걸맞지. 내 나이가 60이 넘어가고 있어요. 내가 은퇴를 하면 그놈을 감당할 인물이 눈에 안 보여서……."

"젊은 사장님이 계시지 않습니까?"

"배 이사도 잘 알면서 그래. 우공명을 중용해도 문제고, 내쳐도 문제가 돼요. 생각다 못해 내가 미리 정리하고자 하는 고육

지책입니다."

"공이 너무 커서 토사구팽을 시킨 거군요."

나는 한동안 배 이사의 말을 들으며 소주잔만 비웠다. 나 역시 줄담배를 안주 삼아 태우고 있었다. 연거푸 마신 소주 탓인지 줄담배 탓인지 나의 속은 더 타는 듯한 느낌이었다.

배신이었다. 분노가 치밀었다. 떨리는 듯한 나의 표정을 살피던 배 이사는 내 손을 슬그머니 잡았다. 기왕에 나온 얘기이고, 모두 얘기할 테니 이 기회에 다 털고 내일부터는 마음을 정리하자고 했다.

"그런데 전무의 말과 표정에서 나는 묘한 느낌을 받았다네. 정말 회사의 장래를 위해서인지, 아니면 자네에 대한 적대감인지 모를 이상한 느낌 말이야."

배 이사는 그렇게 말하고는 연신 고개를 갸웃거렸다. 잠시 말을 멈추고는 소주잔을 들어 입에 털어 넣었다. 그러면서 김 전무가 했다는 말을 이어갔다.

"그놈 겉으론 순진해 보이지? 예의 바르고 똘똘한 평범한 청년, 이번에 겪어보니 아니야. 나쁘게 말하면 우리 회사 정도는 말아먹고도 남을 놈이고, 좋게 말하면 회사를 키울 놈이지요. 이번의 전 과정을 지켜보니 그놈은 지모와 계책, 추진력까지 뛰어난 놈입니다. 국민학교 때부터 읽기 시작했다는 삼국지를 열 몇 번, 열국지, 손자병법, 초한지를 대여섯 번씩 탐독했다는 놈입니다, 거기에 친화력까지 좋아요. 한번 그와 어울리면 남자 사원이든 여자 사원이든 반드시 그의 사람이 되는 것을 수없이 보아왔어요."

배 이사는 전무의 말이 이율배반적이라는 생각이 들었다. 기가 막혀서 할 말을 잊고 듣기만 했다.

"개인의 명예도 중요하지만, 회사에 탈이 없게 하려면 그놈이 스스로 나가게 해야 해요. 잔인하지만 이게 기업의 생리지. 금전보상도 생각해 보았는데 언젠가는 후환이 생겨서 절대 안 돼요. 철저하고 아주 잔인하게 해서 스스로 나가게 해야 안심이 되겠다는 결심을 했어요."

"김 전무의 말끝은 처음부터 그놈, 그놈이더라. 어쩌면 애증의 표현인지도 모르겠다는 생각도 했으나, 그의 눈은 애정보다는 증오의 빛이 강해 보였어."

배 이사는 또다시 앞에 놓인 소주잔을 단숨에 털어 넣었다. 초장 찍은 생선회 한 조각을 입에 넣고는 길게 한숨을 쉬었다. 김 전무가 마지막으로 한 말이라며 전해 주었다.

"그놈이 회사와 노조와의 사이에서 양다리를 걸치고 있다, 부부동반으로 직원들 집을 방문하여 수상한 모의를 한다는 등 지금도 우공명에 대한 나쁜 보고는 수없이 올라와요. 그 사람들의 보고가 아첨이고 모함이라는 것을 내가 왜 모를까? 공명이 그놈이 그렇게 약아빠지거나 신의가 없는 놈은 아니거든. 나는 그놈을 잘 알아요. 솔직히 아까운 놈이지. 아까운 놈이라서 버려야 합니다. 어쩌면 젊은 시절의 꼭 나를 보는 것 같아서 더욱 싫기도 했고."

아! 결국은 토사구팽이었다.

국민학교(지금의 초등학교) 때부터 읽기 시작한 삼국지를 열한 번, 손자병법을 네 번, 초한지와 열국지를 다섯 번씩이나 읽어 달달 외울 정도였으면서도 이때 나는 한신의 토사구팽을 잊고 있었다.

풍운아 한신이 젊은 시절 시장의 건달들에게 허리를 굽히고, 그들의 요구대로 가랑이 사이로 기어나간 적이 있었다. 이른바 과하지욕이었다.

처음엔 항우를 영웅으로 보고 섬겼다. 항우에게, 한신을 중용하지 않을 바엔 차라리 죽이라는 범증의 말을 전해 듣고 목숨의 위태함을 느낀 한신은 야반도주하여 유방을 찾아갔다.

영웅은 영웅을 알아보는 법이다. 한신의 사람됨을 알아본 유방은 한신을 대장군으로 임명하는 파격적인 인사를 취했다. 힘은 장사였으나 사람을 알아보는 안목이 없는 항우는, 힘은 없으나 사람을 알아보는 특출한 안목이 있는 천적 유방에게 한신을 빼앗긴 것이다.

병권을 쥔 한신은 초나라 항우를 상대로 최후의 승리를 거두었다. 해하의 마지막 전투에서 역발산기개세의 괴력을 자랑하던 항우에게 자살이라는 치욕스러운 최후를 안겨준 사람이 바로 자신이 버린 한신이었다.

한나라를 세우는 데 1등 공신이 된 한신은 제왕의 자리까지

올랐으나 한신의 운명은 거기까지였다. 한 고조 유방의 부인인 여황후의 잔혹한 마수에 걸려들어 죽음을 앞둔 한신은 하늘을 우러러 한탄의 말을 남겼다.

'아무리 좋은 활도 새 사냥이 끝나면 부엌의 땔감으로 들어가고, 훌륭한 사냥개도 토끼를 다 잡아 잡을 토끼가 없으면 죽여서 보신탕으로 한다. 적국을 멸하면 능력 있는 신하도 망한다, 천하가 평정되었으니 나도 팽을 당하는구나.' 천하를 통일한 영웅 한신은 그렇게 죽어갔다.

훗날 역사 학자들은 이때 한신의 죽음을 빗대어 '토사구팽'이라는 말로 이름 지었다.

한신의 토사구팽이 있다면, 유거용의 불여유적이 있었다.

당나라 말기에 소위 '황소의 난'이 일어나자 조정에서는 유거용을 초토사로 삼아 황소의 반란을 진압하게 했다. 유거용의 작전에 걸려든 황소가 대패하여 강동 땅으로 달아나자, 장수들은 추격하여 이참에 황소의 잔적들을 궤멸시키자고 주장했다. 그러나 영리한 유거용은 그대로 철수를 하였다. 유거용은 말했다.

"조정에 어려운 일이 많고 사람에게 힘든 일이 있으면 장수나 관리에게 상을 내리는 것을 아끼지 않는다. 그러나 난이 진압되거나 조정의 어려운 일이 말끔하게 해결되고 나면 바로 잊고 해害가 되어 돌아온다. 적당하게 적을 남겨둠만 못한 것이다."

이른바 불여유적이었다.

유거용은 한신의 토사구팽을 잘 알고 처신을 한 것이었다. 천하를 통일하여 적이 없으니 한신은 토사구팽을 당했으나, 계속

시끄럽게 해 줄 적을 남겨놓아 자신이 필요하도록 존재를 확인시킨 유거용은 살아남을 수 있었다.

나를 감히 한신과 유거용에 비교할 수는 없다. 그러나 그동안 벌어진 일련의 과정들을 짚어 보면 설명이 필요 없는 토사구팽이었다.

나도 수많은 홍보물을 작성하지 말고, 노조를 둘로 분열시키지 말고, 직장폐쇄를 주장해서 관철시키지 말고, 비조합 팀도 만들지 말고, 사직서를 써놓았다는 치욕을 당하던 날 담을 넘어가지 말고, D당사에 가서 강성 팀을 데려오지 않았으면 나는 토사구팽을 당하지 않았을 것이다. 그게 아니면 최소한 강성 팀만이라도 그대로 남겨 2개의 노조로 만들어 놓았어야 했다. 나의 지나친 회사 사랑으로 얻은 업보였다.

김 전무는 노조를 둘로 갈라치기하겠다고 보고했을 때 처음엔 나를 칭찬했다. 뒤끝이 안 좋은 말이긴 했지만 격려도 했다. 그리고 직장폐쇄라는 큰 결단도 자신이 주도했다. 그러나 이후의 일을 장담하지 못하는 안갯속 상황이 계속되자 불안하여 자신은 서서히 발을 빼고, 나를 앞세우는 교활한 계략을 세운 것이다. 그의 속셈을 의식하지 못한 상태에서 김 전무와의 처절한 게임은 시작된 것이다. 최고위 중역과 일개 쫄따구 계장의 게임이었다. 패할 수밖에 없는 불공정한 경기였다. 심판이 되어야 할 사장은 일찍부터 침묵하고 있었다. 편파적인 그 게임 결과가 지금의 내 모습이 되었다.

버마재비가 수레바퀴에 맞서는 어리석은 일이었으니 얼마나 무모한 짓이었나. 이제야 깨달은 어리석음이, 수레바퀴에 짓밟히는 버마재비가 되었어도 나를 탓할 수밖에 없다는 것을 알았다.

성공해도 자르고 실패를 하면 책임을 묻겠다는 목표를 정해 놓고 있던 김 전무였다. 그에게서 답을 찾으려 하였으니, 나의 어리석음에 저절로 한탄이 나왔다. 나의 유통기한을 정해 놓기 전부터, 자신들이 임의로 나의 사직서를 작성하기 전부터 이미 토사구팽은 시작되고 있었다. 어리석은 나만 모르는 '팽'이었다.

'아~ 나는 한신韓信의 공은 알았으나 토사구팽兎死拘烹을 잊었고, 유거용劉巨容의 영리함은 알았으나 불여유적不如留賊은 왜 몰랐을까.'

집으로 가는 길이 이처럼 멀게 느껴본 적은 처음이었다.

내가 어릴 적이었다. 물을 가득 채운 함지박에 바가지를 엎어 놓고 두드리면, 다른 친구는 찌그러진 알루미늄 개 밥그릇을 들어 꽹과리 흉내를 냈었다. 그리고 한 친구는 지게 작대기를 두드리며 덩실덩실 춤까지 추었던 기억이 어렴풋이 떠올랐다. 꼬맹이 음악대였다. 그 둔탁한 소리가 멀리서 또는 가까이서 지금 나의 머리를 후려치고 있다. 어느 지하의 술집에서 그때와 같은 음악 소리가 요란하게 들렸다.

네온사인들이 하늘에 붙어서 춤을 추고 있다. 가로등들도 내 옆구리를 칭칭 감은 채 오색 조명처럼 현란하게 움직이고 있었다. 하늘은 땅으로 내려오고 땅은 하늘로 올라가고 나도 빙빙 돌았다.

육중한 철문을 힘껏 두드렸다. 두드리는 힘에 비해 그 소리가 매우 희미하다고 느껴졌다.

"네, 나가요."

신발 끄는 소리가 들렸다. 순간 긴장이 풀렸다. 철문에 간신히 버티고 있던 두 팔이 스르르 미끄러져 내려가고 있었다.

나의 고개는 죄지은 사람처럼 땅바닥을 향해 떨구어져 가다가 털썩 주저앉았다. 그것도 잠시, 바닥을 짚고 있던 팔마저 힘이 빠지면서 나는 그 자리에 벌렁 누워 버렸다.

철 대문 여는 소리가 났다. 황급한 아내의 목소리가 들렸다.

"아버님, 삼촌, 나와 보세요, 큰일 났어요."

식구들이 몰려나오는 듯한 소리가 들렸다. 그러나 아내의 절규 같은 외침은 곧 까마득하게 멀어져 갔다. 대신 내 머릿속에는 김구천이 했다는 잔인한 말로 채워져 가고 있었다.

'토사구팽' '토사구팽' '토사……'